魔術師は竜王子の花嫁になる

釘宮つかさ

illustration:
やすだしのぐ

prism bunko

CONTENTS

魔術師は竜王子の花嫁になる

＊

「一生のお願いです、ダンテ」

両手を顔の前で組むと、魔術学校生のティーノは目の前にいる青年を見つめた。

「お前……その可愛い顔してお願いすれば、俺がなんでも言うことを聞いてくれると思ってるんだろう？」

先輩魔術師であるダンテが忌々しげに言う。

慌てて「そ、そんなこと思ってません」と言いながらも、ティーノは必死で彼を見上げた。

濃いブラウンの髪に紫色の目、小柄なティーノは、もうすぐ十八歳という年齢よりもやや幼く見える。そのせいか舐められやすく、同級生たちからはからかわれることも多い。いいことはほとんどない容姿だが、先輩であるこのダンテにだけはなぜかやけに気に入られて、あれこれと目をかけてもらっている。

反則みたいに思えてなるべく甘えないように気をつけてきたけれど、いまだけはなりふり構ってはいられない。切実な気持ちで目の前の青年を見つめ、頼み込む。

四歳年上のダンテは、すらりとした長身に艶やかな黒髪をしていて、理知的な顔にはいつも銀縁の眼鏡をかけている。瞳が深い赤褐色なのが印象的な、美しい青年だ。

突然訪れたにもかかわらず、ダンテはティーノを快く屋敷に迎え入れてくれた。機嫌がいいようで、使用人が作ったという美味しいお茶とお菓子を振る舞ってくれもした。

しかし、優しげな笑顔に安堵し、ティーノがおずおずと来訪の目的を口にしたとたん、彼は深々とため息を吐いた。

「――それに関してだけは、何度頼まれても、だめだったらだめだ」

ティーノの何度目かの切実なその頼みを、ダンテはきっぱりと撥ねつけた。


ティーノはロザーリア王立魔術学校の六年生で、もうじき卒業を迎える予定の最上級生だ。

すでに魔術師として独り立ちしているダンテとは、ティーノが入学してからの二年間、寮の部屋が同室だった先輩後輩の間柄だ。

入学者全員が入る定めとなっている魔術学校の寮には、古くから上級生と新入生が同室となる慣例がある。上級生が新入生の勉強を見たり、悩みを聞いて導いたりする代わりに、新入生は上級生の雑用や部屋の掃除をする。

つまり、新入生をスムーズに学校生活に馴染ませるための仕組みだ。

十二歳だったティーノが入寮したとき、世話係兼同室者になったのが、このダンテだった。

当時、五年生だったにもかかわらず、並居る最上級生たちを押し退けてダンテは校内でトップの成績を誇っていた。

彼の家は、古くは王家とも繋がるロザーリア王国でも屈指の名門だ。

家柄を除いたとしても、ダンテは優秀過ぎて、入学試験が最下位だった自分の世話係になるには不釣り合いな存在だった。学内には『幼い頃から飛竜を呼べたらしい』や『怒って小山をひとつ消したことがあるそうだ』といった、彼に関する様々なとんでもない噂がまことしやかに流れていた。入学当時からほとんどの魔術を教師以上に使えたらしく、教師たちが皆『天才魔術師だったダムラウの再来だ』と絶賛するほどの強力な魔力の持ち主だ。

しかし、あまりに卓越した能力を持っているが故にか、ダンテはそれまで学内にほとんど友人を作らずにいたらしい。

同室でともに過ごす時間を重ねるうちに、「お前は本当に不器用だな」と呆れながらも世話を焼いてくれるようになり、いつしかティーノにだけは心を許すようになった。

――だから、彼がティーノの『一生のお願い』をこんなにもきっぱりと拒絶するというのは、かなり珍しい事態なのだった。

「まったく、久し振りにお前がうちに来たと思ったら、またその話か」

顔を顰《しか》めて言いながら、彼はソファからクッションをひとつ取り、無造作にぽんとこちらに向けて投げる。

「わっ」

慌ててなんとか受け取ったティーノは、豪奢な刺繍の施されたクッションを抱き留めてホッと息を吐く。次の瞬間、驚きに目を瞠った。

気づけば、テーブルを挟んで向かい側のソファに座っていたはずのダンテが、真隣に移動している。

なんでもできる彼は、ティーノは成功したことのない空間移動の魔術だってやすやすと使える。おそらく、クッションを投げた瞬間に術で移動してきたのだろう。

すぐそばにあるダンテの深い赤の目が、じっとこちらを見据えている。

「ティーノ。『どうしても行かなきゃならないところがあるから、時空移動の魔術を教えてほしい』と簡単に言うけどな。お前、自分がいったいどんな危険なことをしようとしているか、本当にわかっていて頼んでるのか？」

真剣な声音で問い質され、ティーノはぐっと詰まる。

『時空移動の魔術』は、他の世界の動きに干渉する可能性がある禁忌の魔術だ。

通常は、よんどころない事情があるときにのみ、国王の許可を得たあとでその方法が記された魔術書を開くことが許される。

これまでにその使用が許可されたのは、極めて特別な場合だけらしい。

――つまり、勝手に使えば禁忌を破ることになる。もしそれがバレたなら、最悪は、国から認定された魔術師の証しをはく奪される恐れがある魔術だ。

ただ、その方法を口伝により知っている者が何人かいる。

それは、王室付きの魔術師たちで――ダンテはそのうちのひとりなのだった。

彼は誤魔化しを許さない目でじっとティーノを見つめながら言った。

「決まり事を破ること自体は、俺もよくするから文句を言える立場じゃない。それよりも……万が一にも時空移動に失敗すれば、目的の場所には辿り着けず、この世界に引き戻してもらうこともできずに、永遠に時空の狭間を彷徨《さまよ》う可能性があるってことを理解しているんだろうな？」

「……わ、わかってます」

「だったら、まずは俺になぜ行きたいのか、その理由を説明して納得させてみろ。事情も知らないのに、お前を危険に晒す頼み事を叶えるなんて、できるわけがないだろう？」

ふいにダンテの声が優しくなる。ティーノの身を案じる問いかけに、彼の思い遣りを感じた。

確かに、なにも言わずに頼み事だけ叶えてもらおうだなんてムシが良過ぎる。

悩んだ末に、ティーノは彼を見上げて口を開いた。

「わかりました……ダンテだけには、全部話します。でも、お願いだから誰にも言わないでください」

渋々と頷いた彼を見て、決意を固めて打ち明ける。

「僕が異世界に行きたいのは……実は、王妃様に関わる、ある人を助けるためなんです」

――大きな危険を冒すことを覚悟した上でも、ティーノには、会いに行かなければならない人物がいる。

その人は、王妃が五年前まで暮らしていた、このロザーリアとは違う時空にある国『ニホン』にいる。

だから、なんとか時空移動の術を使って、異世界にあるその国に行きたい——。

真剣な顔でティーノは言った。

「僕は、『タカツカサ』という男性にある事実を伝えるために、異世界の『ニホン』という国に、どうしても行かなくちゃいけないんです」

その目的を果たすためには、どうしてもダンテの手助けが必要なのだ。


——最初のきっかけは、数か月前の出来事だった。

「はあぁ……」

秋が近づきつつあったその日。魔術学校の卒業試験をようやくすべて終えたティーノの気は晴れなかった。

明日から結果発表の日まで休みに入るというのに、ちっとも嬉しくはない。

魔術学校の生徒は普通、卒業前に仕事先が決まる。ロザーリアの民にとって魔術師は羨望の存在であり、裕福な雇い主から引く手数多なことが当たり前だからだ。

だが、総合成績が万年最下位だったせいか、情けないことに、未だにティーノは仕事先が決まらずにいた。

　無事に卒業試験を通っていれば、卒業式はもう来月だ。ランダム出題だった卒業試験の実技は、校外に出ての『人助け』と『失せ物捜し』で、自分の得意な魔術を使える系統の出題だったのが幸運だった。今日の筆記試験も相当頑張ったつもりなので、あとは結果を待つしかない。

（これからどうしよう……寮は試験が終わるまでしかいられないし、とりあえず、卒業したあと住む場所を探しておかなきゃ……）

　鬱々とした気持ちで帰り支度をする。教室内では同級生が楽しそうに今後のことを話しているのが耳に届いた。

「えっ、お前、宝石商のエドモンダ様一家の専属になったのか!?」

　雇い主の話で盛り上がる彼らを横目に、ティーノは目立たないようにそっと教室を出る。

（はあ、いいなあ、みんな……）

　卒業後の仕事も、これからの住まいすらも決まっていないティーノの目には、にぎやかにこれからの話をする姿は眩し過ぎるほどだった。

　有能な魔術師は裕福な家のお抱えとなり、屋敷に住み込むことも多い。

　魔術学校の入学生は才能のみを重視して集められるというけれど、生徒たちはそれなりにいい家の出であることが多く、暮らしにはそもそも困っていない者がほとんどだ。

　赤ん坊の頃に孤児院の前に捨てられていたティーノには、親がいない。孤児院を家として育ってきたけれど、学校の寮は卒業するまでの間しか住めないし、十八歳になれば、孤児院の部屋も基本的には出ていかなくてはならない。

これまで衣食住に困ったことはなく、孤児院の先生たちも皆優しくて、親がいない身としては恵まれていると思っていた。

だが、雇い主が決まらないいまは、もしも親がいてくれたら……と詮ないことを想像しては、ため息が漏れてしまう。

学校の食堂で簡単な昼食をとってから、いつものように王城に向かう。ティーノは許可を受けているので、スムーズに入れてもらうことができる。

「あっ、ティーが来たぁ!!」

広間の扉を開けると、駆け回ったり、寝転んで本を読んだりと思い思いの遊びをしていた子供たちが、嬉々としてティーノのそばに集まってきた。

その数は六人。六つ子なので、皆そっくりな顔立ちをしている。

「みんなこんにちは」と言って、制服のマントを脱ぎながらティーノは笑顔を作る。鬱々とした気持ちを見せないように、無理にも明るい声を出した。

六つ子は現王の弟で、もうじき九歳になる。

ロザーリアの王家は白銀の竜の家系で、皆が濃く竜の血を引いている。中でも王とその子供たちは、竜に変身できる特別な能力を持ち、国中から尊敬を集める存在だ。

まだ幼い王弟たちはやんちゃ盛りで、皆が魔術に興味津々だ。大人の世話係だけでは彼らを満足させることができず、魔術学校から素行のいい者が選ばれて、週に二、三回王城に来て彼らの遊び相手を受け持っている。ティーノがやってきたのは、王家から魔術学校が受けたその仕事のためだった。

魔術学校生としては落ちこぼれだけれど、無遅刻無欠席のティーノは、学校から真っ先に遊び相手として推薦されることになった。

魔術の勉強をさせるためなら、王室付きの優秀な魔術師がいる。真面目な学生を選んで招いているのは、本当にただ遊び相手のためだからだろう。

ティーノは、一度目の訪問でなぜだか六つ子たちにすっかり気に入られ、『次もティーがいい』という強いご指名をもらった。そのおかげで、週に二度ほど専属の遊び相手で定期的な報酬を得られて、自分としてもありがたいばかりだ。

「今日はなにをして遊ぼうか？」と訊ねながら、簡単な魔術で小さな光を手の中に作り出して空中に飛ばす。歓声を上げる子供たちに微笑んだときだ。

隣にいた六つ子のうちのひとり、一番活発なジェナルがティーノの膝の上に手を置き、顔を覗き込んできた。

「ねえねえティー、そういえば、魔術学校を卒業したあとのお仕事は決まったの？」

そう無邪気に訊ねられて、ティーノはぎくりとする。

「えっ、もしかして、まだなの？　でも、卒業式のあとは寮を出なきゃならないんでしょう？住むお部屋はどうするの？」と心配そうに首を傾げるのは優しい性格のアナンだ。

「大丈夫だよ、この城には部屋がたくさん余ってるからティーも一緒に住めばいいし、仕事なら僕たちが雇ってあげるよ！」

そうだそうだと口々に言う子供たちの優しさに、泣きたいような気持ちになった。

六つ子たちは皆そっくりな顔立ちをしているが、それぞれ性格が異なるのですぐに見分けがつく。

城で彼らの遊び相手をするようになってから、三年ほどが経つ。

六つ子たちは、落ちこぼれな自分のささやかな魔術をすごいと目を輝かせて喜んでくれる。純粋で可愛い子供たちの相手をする時間は、収入を得られる貴重な仕事であると同時に、ティーノにとって大きな癒《いや》しでもあった。

「ティーは花を咲かせるのが上手だから、庭師になればいいと思う！」

「だめだよ、庭師じゃ僕らと遊んでもらえないもん。ねえ、料理番は？」

「料理番はもっと忙しいから、いつもそばにいてもらえる従者はどうかなあ」

子供たちはあれこれと知恵を絞り、ティーノを城で雇うための仕事を考えてくれる。

ツンツンと袖を引っ張られて目を向けると、アナンが背伸びをして、こっそり耳打ちをしてきた。

「ね、大人になったら僕がお抱え魔術師として雇うから、それまではみんなの世話係になってくれない？　他にも、お城でティーがしたい仕事があれば、なんだっていいよ」

僕がちゃんと兄上に頼んでくるし、お給金も弾むようにお願いするよ、と言われて、「そ、それは、だめだよ」とティーノは慌てた。

彼らは王弟――つまり、六つ子の兄は、現ロザーリア国王であるエルネストなのだ。

この上ない最強のコネではあるけれど、子供の彼らに、あろうことか王へ職のあっせんを頼むわけにはいかない。

ティーノは表情を引き締めると、まだあれこれと最適な職種を話し合っている六つ子たちに「ちょっと、待って」と声をかける。

こちらを向いてくれた彼らひとりひとりと目を合わせて言った。

「アナン、エーデン、レナール、ロディ、ジェナル、ジブリール。みんな、心配かけてごめんね。いろいろ考えてくれてありがとう。でも、自分で頑張って仕事は探すつもりだし、見つかるまでの間は、ちゃんとこれまでと同じように城にも来るから」

ええー、と文句が零れる。

子供たちは心配そうだったり不満げだったりする顔を見せたが、渋々納得してくれたようだ。

気を取り直して「見ててね」と皆に言い、ティーノは手のひらの上に圧縮した小さな球体を作る。その中に雲を作り、雨を降らせて、更にささやかな虹を架けてみせる。

「わあ、きれい……！」と、アナンとジェナルが目を輝かせた。他の子供たちも近づいてきてじっと見ている。

皆の視線が集中したところで、持ち上げた手の中の球を一気に潰し、今度は両手の間に小さな竜巻を作る。子供たちはわーっと歓声を上げて大喜びだ。

（こういうのなら、得意なんだけどなあ……）

だが、残念なことに、これらはかなり初級の魔法だ。

魔術学校を卒業した者であれば、こんな小さな球体の中ではなく、街中に大きな虹を架けることも、一時的に天気を変えることさえもできるはずだ――自分は、失敗ばかりだったけれど。

夕方までの間はせがまれるがまま、簡単で目を引く魔術をあれこれと見せて、一頻り子供たちと遊んだ。

扉がノックされてどうぞと入室を促すと、開けた扉から誰かがひょこっと顔を出した。

「トーリ！」

わっと声を上げ、大好きな人の姿に子供たちは笑顔になる。

「そろそろ夕食の支度ができるみたいだから、呼びに来たんだ」

広間に入ってきた艶やかな黒髪にきりりとした顔立ちをした細身の青年は、王妃のトーリだ。

「ティーノ、こんにちは。今日もこの子たちと遊んでくれてありがとう」

紫色の目を細めて微笑む彼には、どこか不思議な神々しさが漂っている。一瞬ぼうっとして見とれてから、ハッと我に返り、「こ、こんにちは、トーリ様」とティーノも慌てて挨拶を返した。

六つ子たちの遊び相手をする時間、こうしてトーリは時々広間に顔を見せる。六つ子は兄と結婚した彼に殊の外懐いているし、トーリも義弟たちを目の中に入れても痛くないほど可愛がっている。

トーリに会えるのは光栄なことで、少し緊張するけれど、ティーノも嬉しかった。

トーリは特殊な経歴の持ち主だ。そもそも彼は、前王の姉のもとに生まれた王家の人間だったが、幼少時のある日突然姿が消え、長い間行方不明となっていた。

あとからわかったことだが、幼いトーリは、不幸にも時空を移動する幼鳥の悪戯で攫われたらしく、異世界で成長していたのだ。

彼は二十年以上もの長い長い年月が経ってから、数奇な運命の巡り合わせで、祖国であるこのロザーリア王国に帰還することになった。

トーリと雑談をしているうち、使用人が夕食ができたと伝えに来た。すでに仕事の終了時間も過ぎていることに気づき、「僕は失礼します」と言って、ティーノは慌てて腰を上げようとした。

すると「ティーも夕食を食べていって！」と子供たちに誘われ、トーリからもよかったらと勧められる。躊躇いながらもありがたく甘えることにした。

皆に手を引かれて向かった晩餐の間には、なんと驚いたことに国王の姿があった。

「君が魔術学校生のティーノか。いつも大変世話になっていると弟たちからよく話は聞いている。私からも礼を言おう」

国王エルネストは、そう言ってティーノを快く迎えてくれた。

鈍い金色の髪に澄んだ蒼色の目、息を呑むような美貌のまだ若き君主に、平民のティーノがこんな間近で会うのはこれが初めてのことだ。彼には魔術の才能があり、前王が亡くなって王位を継ぐまでの間は、ダムラウから直々に教わっていたと聞く。

「い、いえ、こちらこそ、光栄な任務にあずかりまして……」

かちこちになって挨拶をしていると、「ティーはここの席！」と勝手に決めたアナンとジェナルに手を引かれて、ふたりの間、そしてトーリの斜め前の特等席に導かれる。

(大変なことになっちゃった……)

うっかり王族が並ぶ晩餐の席につくことになり、場違いさを感じて冷や汗をかく。

長身で堂々とした様子の王と、細身の体格をした年上の王妃は仲睦まじく、この上なくお似合いの夫婦だ。親しみやすい笑みを浮かべた夫妻は、六つ子の話を聞きながら、ティーノにも話を振ってくれる。

王夫妻の間には、結婚してすぐに授かった可愛い五つ子がいる。確かまだ四歳くらいなので、おそらく乳母が先に寝かしつけているのだろう。皇太后のエリーザもいつもは一緒に食事をとるけれど、ここのところ体調を崩し気味なので、今日は先に休んでいるそうだ。

緊張しつつ、舌が蕩けそうなほど美味しい夕食を食べながら、ティーノは時折、美しい王妃に目を奪われた。

（トーリ様の目……すごく綺麗……）

竜の血を引く者たちが暮らすこの国には、様々な髪の色や目の色を持つ人々がいる。その中でも、王妃やティーノのような紫色系の目はかなり珍しいものだ。トーリの目は、比較的明るい紫をしたティーノの目よりも深い色で、晩餐の間の明かりに神秘的な宝石のように煌めいている。目の色以外にもいくつかの共通点があり、以前からティーノはトーリに勝手な親近感を覚えていた。

「――ところで、ティーノはどんな魔術が得意なんだ？」

ふいに国王に訊ねられ、ティーノは自分の得意な魔術について説明した。

それを聞いた王妃が、なぜか考え込むような表情になる。

どうしたんだろうと思ったが、魔術の話になると、六つ子たちが「ティーの魔術はすごいんだよ!!」と口々に自分の魔術を褒めちぎり始め、トーリを気にかけるどころではなくなる。嬉しくて赤面したり、褒め過ぎだと青くなったりした。

「ふむ。そんなに有能なら、卒業後はオリヴェルの下で働くというのはどうだ？」

国王がまさかの話を真顔で持ち出してきて、六つ子たちがおおはしゃぎで賛成する。

「いっ、いえ、その、校長先生は、すごく怖いので……っ」

ティーノは身の凍る思いがして、慌てて申し出を断った。

王夫妻はぽかんとして、それからどっと笑いが零れる。

「そうか、オリヴェルは怖いのか」と国王はくっくっと堪えようとしながら笑っている。覚えがあるのか、その隣でトーリも苦笑いしているようだ。

オリヴェル校長は王家とは遠縁に当たる、国一番の魔術師だ。伝説の魔術師ダムラウの一番弟子で、ダムラウ亡きあとは、師匠が創設したロザーリア王立魔術学校の校長になると同時に、王室付き魔術師の筆頭の座にもついた。

校長は、つい先日行われた卒業試験の監督もしていたが、自分がどんな点数をつけられたか、想像するのも恐ろしい。

時折授業に出てくると、不器用なティーノに対する態度は誰よりも厳しくて、常にため息を吐かれていたことを思い出す。

彼の下で働くなんて、おそらくオリヴェル自身が許さないだろうし、なによりも自分の心臓が持たないだろう。

丁重に断った帰り際、城を辞する前に、王妃はそっとティーノの耳元で囁いた。

『いつもアナンたちがお世話になっているし、就職のこととか、もしなにか俺たちの口添えが必要なときは、いつでも力になるから』と。

単なる六つ子の遊び相手でしかない自分のことまで、こうして気にかけてくれるなんて。

憧れの存在であるトーリと国王の優しさに、ティーノは胸がいっぱいになった。

夢のような晩餐があった、その翌週。

学校を出たティーノは、いつものように子守の仕事のために城を訪れた。

「ティーノ、こんにちは」と言って、今日も途中から入ってきたトーリに慌てて挨拶を返し、先週の夕食の礼を伝える。

ティーノが子供たちにあれこれと簡単な魔術を見せている間、壁際に置かれたソファに腰を下ろしたトーリは、寄ってきたアナンの相手をしていた。

(どうしたんだろう……?)

どこかその表情が冴えないように見えて、ティーノは気にかかった。

ティーノが帰る頃になると、使用人がやってきて、六つ子たちに湯の用意ができたことを伝える。名残を惜しむ子供たちと部屋の扉の前で別れ、ティーノはトーリと広間を出た。

「今日もありがとう。気をつけて帰ってね」と言い、去りかけた王妃に慌てて声をかける。

「あ、あのトーリ様！」

振り返った王妃がこちらに目を向ける。

「……差し出がましいことを言って、すみません。もしかして……その、なにかお悩みがおありなのではないですか……？」

思い切って訊ねると、王妃はかすかに狼狽えを見せた。その様子で、自分の質問が図星だとわかった。

先週の晩餐の場でティーノの得意な魔術を聞いたとき、王妃は少し様子がおかしかった。広間にやってきた今日もそうだ。

王妃は自分に頼みたいことがあるのではないか——とティーノは感じていた。

「もし、僕になにかできることがあるなら、なんでも言ってください。僕、トーリ様のお力になれるなら、どんなことでもしますから」

せいいっぱいの気持ちを込めて言うと、トーリが紫色の目をかすかに瞠った。

少しの間のあと、彼は「……少し、時間をもらえるかな？」と言った。

促されるままトーリのあとをついていき、奥まった場所にある応接室へと案内される。

ソファを勧められてティーノが大人しく座ると、トーリも向かい側に腰を下ろす。

尊敬する王妃とふたりきりになり、緊張でティーノの鼓動は速くなった。

「仕事の終わりにごめん。迷っていたんだけど、実は……もしできれば、君にお願いしたいことがあって」

「どんなことでしょう？　僕にできることでしたら、なんでも言ってください」

ティーノは勢い込んで訴えた。

トーリはロザーリアの国民から絶大な人気を得ている。王妃のためならどんなことでもするという熱烈な崇拝者もいるほどだ。

ティーノ自身も、彼の望みであれば、どんなことでも力になりたいと思う。

なぜなら彼は、民にとって王の妃というだけの存在ではない。

トーリは王と国と国民、そのすべてを救った救世主なのだから――。


――五年前のことだ。数千人の民が暮らす自然に溢れたロザーリア王国は、亡国の危機に瀕していた。国の中枢にまで巧みに入り込んだ黒竜ダミアーノが、ある日赤い洪水を起こし、呑み込んだ国民ごと、国のすべてを凍らせたからだ。

当時、王位を継いだばかりだった若き王エルネストは、姿を奪われた上で、たったひとり塔の中に残され、全国民の命を盾に取られて苦しんでいた。

気候のいいロザーリアを気に入ったダミアーノの目的は、ただひとつ。自分が王になり代わり、国を乗っ取ることだった。

しかし、王を殺したあとで氷を溶かし、『自らが魔物を退治した王である』と宣言して、奪ったエルネストの姿で国民の前に姿を現しても、ロザーリアを我が物にすることはできない。

なぜなら、ロザーリアの城は、代々の魔術師が張り続けてきた非常に強力な結界によって守られている。そのため、城には王の許可を得た者か、もしくは王家の血を引く者以外は、何人たりとも入れない仕組みになっているからだ。

どのような拷問を与えても城に入る許可を与えない王に焦れたダミアーノは、ある人物の帰還により、べつの策を講じた。

凍りついた国に帰ってきたのは、ダミアーノにとって幸か不幸か、諸国へ旅に出ていた国一番の魔術師ダムラウだった。ダミアーノは、虜囚とした国王エルネストを殺すと脅し、ダムラウに自分が城に入れるようになる方法を尋ねた。

嘘をつけば、即刻王を殺す――。そう脅されたダムラウは、城に入るための条件を満たす、世界でたったひとりの人物を異世界から見つけ出した。

それが、幼少時に妖鳥に攫われ、異世界で成長していたトーリだったのだ。

ダムラウの力によってトーリをロザーリアに連れ戻し、欲しいものを手に入れたダミアーノは、真っ先にダムラウを殺して口封じをした。

ダミアーノは、ダムラウを脅迫して聞き出した話により、王家の血を引くトーリとの間に子を成すつもりでいた。その子の生き血を啜ることで王族の血を躰に入れ、王城に入る資格を得ようと目論んでいたのだ。

その後は、王とトーリを殺し、国王エルネストの姿になり代わって、堂々とこの国を我が物にするつもりだったらしい。

しかし、奪った美しい王の顔で「国を救うために子作りを」と懇願されたトーリは、強い意志と慧眼を持っていた。どれほどの甘い言葉を囁かれても、目のくらむような褒美を示されても頷かず、真実の愛をもって王エルネストにかけられた呪いを解いたのだ。

ダムラウは、未来を見通す先見の力を持っていた。

だから、用なしとなった自分は殺されることもわかっていたはずだ。それでも、彼はあえてトーリを異世界から呼び寄せる道を選んだ。

――自分が死んだあと、ダミアーノに国を奪わせるためではなく、トーリが国を救ってくれる未来に一縷の望みをかけて。

そして、おそらくは彼が先見をした通りに、王はトーリによって呪いから解放され、本来の姿と力を取り戻した。国王エルネストはダミアーノを討ち取り、国と民を取り戻したあとで、救世主であるトーリに求婚した。

それから五年。ふたりは結婚した。竜の巣に二度と悪さができないよう妖鳥は狩られ、無事に生まれた可愛い竜人の五つ子は、皆に見守られながらすくすくと健やかに育っている。

ロザーリア王国には平和が戻った。国防は強化され、王妃の暮らしは幸福に満ちていて、なにひとつ問題はない――はずだと、ティーノは思っていた。


ティーノが頼み事の内容を訊ねると、少し悩んだあとでトーリは口を開いた。

「……この間、夕食の席で、得意なのは〝遠見の魔術〟だって教えてくれたよね。対象者や対象物がはっきりとわかっていれば、どの世界の、どんなものであっても鏡に映し出して見通すことができる、って」

ティーノは「はい、できます」と言って頷いた。

入学してから六年間、一日も休まず魔術学校に通った。けれど、他の生徒たちが当然のように使える火や水の魔術はどんなに練習してもいっこうに上達せず、残念なことにいまでも基本的なものしか使えない。上級魔法にいたっては失敗以前に発動すらできないものもある。

そんな自分が、国中から魔術の才能のある者を拾い上げる入学試験に合格し、そしてなんとか最上級生にまでなれたのは、もはや奇跡に近い。

その理由は、同室になったダンテからの強力な助けがあったことと、それから、この〝遠見の魔術〟の能力が抜きん出ていたからに他ならない。

遠見自体は魔術師なら誰でもできることだが、ティーノの術は精度が高く、必ず求めているものを見つけ出せる。

遠見には、清めた鏡を使う。目を閉じ、心を静めて鏡面に触れると、そこに求めている捜し物や捜し人が映し出される。映像だけで、音や声は聞こえないが、鮮明に見える。

自分が見たことのない誰かの捜し物であれば、その人と手を繋ぎ、見たいものを思い浮かべてもらいながら鏡面に触れることで、映し出すことができるのだ。

更に、ティーノの遠見の力が他の者よりも際立って優れているところは、現在だけでなく、過去から捜すこともできる、という点にあった。

過去を覗き見ることができる者は、ダムラウ亡きあと、この国ではティーノ以外いない。

優れた魔術師であるオリヴェル校長にもダンテにもできない、稀有な力だ。

いつからできるようになったのか覚えていないが、物心ついた頃からこの力はあった。気づいてからはひとりで様々なものを鏡に映し出しては遊んでいた。誰に教えてもらわなくても、退職した優しい先生や里親にもらわれていった仲間、姿を見なくなった野良猫の近況をティーノは見ることができたし、皆の捜し物も頼まれれば惜しみなく力を使って見つけ出した。

いつしかその噂が魔術学校の審査会にまで届き、入学試験の許可証が孤児院に送られることになったらしい。

校長のオリヴェルからは、他の魔術を使う才能のなさにため息を吐かれながらも、なんとか入学を許可された。『この子の遠見の力は、磨き上げればいつか国を救う力になるかもしれない』と言われて――。

ただ、遠見の魔術だけしかまともに使えないティーノは、いつかの有事には役立っても、毎日必要とされるわけではない。

つまり、貴族に重宝される魔術師のように、水や風の上級魔術を操って主人や屋敷を守ったり、火の魔法で攻撃力を誇示して警護したりすることができないのだ。

更に、過去まで見られることについては『非常に有用だが、後ろ暗い過去がある者からは命を狙われる危険性もある。決して安易には伝えないように』とオリヴェル校長にきつく命じられている。そのおかげで、魔術師を雇う貴族にこの力があるとアピールすることもできない。ささやかななくし物の頼まれ事はよくきても、残念なことに、魔術師としての職にはちっとも結びつかない力なのだった。

だが、その力がいま、救世主であるトーリの役に立てそうだとティーノは俄然張り切った。

室内を見回すと、応接室の壁には装飾的な金縁の大きな鏡がかかっていた。これを水で清めれば使えるだろう。

「どんなものでも映し出してみせます。トーリ様はなにをお捜しでしょう？」

鏡を検分しながらティーノが訊ねると、王妃は硬い表情で口を開いた。

「――元の世界にいた、同僚?」

ティーノの説明を聞いていたダンテが、怪訝そうな顔をした。彼はソファに腰掛け、長い足を組んでいる。

「王妃様が、その同僚の男を捜して見せてほしいとお前に頼んだのか?」

ティーノはこくりと頷く。

「トーリ様は、ダムラウに呼ばれて、本当に突然こっちの世界に連れてこられることになったでしょう? だから、元いた『ニホン』という国では、行方不明の状態みたいなんです。他の知り合いは自分のことを忘れていると思うけど、ひとりだけ、最後に会った『タカツカサ』っていう同僚のことが気にかかっていたんだそうで……」

「だったら、半人前のお前じゃなく、王室付きのオリヴェル校長に頼むほうがスムーズなのでは?」

ダンテの疑問はもっともなことだった。いま現在の捜し物であれば、ティーノである必要はない。王妃の立場からいっても、オリヴェル校長に依頼するほうが自然だ。

「校長先生に頼むと、口止めをしたとしてもトーリ様が元の世界を見たがっていたことが国王陛下に伝わって、大事《おおごと》になってしまうみたいなんです」

オリヴェル校長はトーリとともに国を救った国王に忠誠を誓っている。なにかを頼めば、国王の耳に入るのは必然らしい。そして国王は、王妃が元いた世界に少しでも心を残しているとわかると、顔色を変えて『やはり帰りたいのか』と問い質してくるようだ。

決してそういうわけではないと伝えても、国王は王妃が元の世界に戻ることを恐れて、向こうを覗き見る許可すらくれないのだという。どうも、二十年以上も暮らした世界だから、元の世界の様子を見れば、里心がつくと思っているらしい。

「――それで、お前はその同僚とやらを捜し出して、現在の様子を王妃様に見せたんだろう？だったら、無事に終わりでいいじゃないか。そこからどうして、お前自身が異世界に行くことに繋がるんだ？」

困惑した顔のダンテに訊かれて、迷いながらティーノは口を開く。

「トーリ様と手を繋いで、鏡に映し出すと、その同僚は……トーリ様があちらの世界から消えたあともずっと、彼を捜し続けていました」

「え……って、王妃様がこちらに来てから、もうじき五年になるぞ。まさか、その間、ずっとか？」

ティーノがこくりと頷くと、さすがのダンテも言葉を失った。

当事者である王妃の驚きは、当然、彼以上のものだった。

ティーノはどうしていいかわからず『もし、お望みであれば、トーリ様があちらの世界から消えたところから、『タカツカサ』の行動を辿っていくことも可能です』と伝えた。

安易に過去を見ることは禁じられているけれど、王妃の役に立つなら国のためも同然だろう。

見せてほしいと頼まれ、ティーノは王妃の前で、その男の四年半の日々を映し出した。

不思議なことに『タカツカサ』というその男は、トーリの伴侶である国王エルネストに姿かたちが瓜ふたつだった。

国王と同じく極めて端正な容貌をした彼は、向こうの世界のものらしいかっちりとした衣服を纏い、毎日仕事に励んでいた。そして休日には、消えたトーリを捜して、彼に関係する場所や知人の元へと足を運び続けているようだった。

時間が経つにつれ、じょじょに『タカツカサ』に話しかける人は減っていき、整った顔に浮かぶ笑みは少なくなっていく。

明らかに彼が疲弊していく様子が伝わってきて、無関係なティーノですら胸が痛んだ。

世界中をどんなに捜し回ったところで、見つかるはずはなかった。

なぜなら、彼が捜している人物は、ここ、別世界のロザーリア王国にいるのだから——。

そんなこととは露知らず、彼は王妃のことを捜し続けて、苦しんでいる。

ティーノの頭は『捜し求めているトーリ様はここにいます』と彼に伝えたいもどかしさでいっぱいになった。

だが、どうすることもできない——なぜなら、それは過去の光景なのだから。

ティーノにできることは、現在に至るまでの過ぎ去った光景を覗き見て、自分と触れている者にも同じ光景を見せるだけだ。映し出された過去の光景に干渉できるような、高度な能力はない。

「……トーリ様は、目にした光景にかなりショックを受けていたみたいですが、礼を言ってくれて、謝礼の金貨まで渡されてしまいました。断ったけど、見せてもらえて感謝していると言われて、受け取るしかなくて……」

少し迷ってから、ティーノは続けた。

「別れる前に、トーリ様は苦い顔でこう漏らしたんです。『本当なら、無事でいることを鷹司《たかつかさ》に伝えに行きたい。でも、きっとどんなに頼んでも、エルネストは俺が元の世界に行くことを許してはくれないだろうな』……って」

ダンテはその話を聞いて頷いた。

「まあ、そうだろうな。国王の妃への溺愛っぷりは、国で知らない者がいないほどだ。その最愛の妃を、無事に戻ってくるかもわからない異世界へみすみす送り出すはずがない。使者を送るにしても、異世界というのは前例がないしな……しかし、王と同じ顔の男というのは、なんとも不思議な話だ。いったいなぜなのか……」

考え込むように言ったあとで、ダンテはハッとした。

「まさか——お前、王妃がこの国で生きていることをそいつに伝えるために、異世界に行こうとしているんじゃあるまいな……？」

ティーノはまっすぐに彼を見据えてきっぱりと答えた。

「はい、そのつもりです」

当事者である王妃トーリは、行くことができない。とはいえ、許可を出さない国王の気持ちもわからないでもなかった。夫妻にはまだ幼い五人の子供たちがいる。送り出して、王妃の身に万が一のことがあったらと考えるのは当然だ。

――だったら、べつの誰かが知らせに行くしかないのではないか。

トーリに元の世界を見せた日から、ずっとティーノは考え続けていた。ひとりになって時間が空くと、ついまた遠見の魔術を使い、異世界にいる『タカツカサ』の現在の様子を眺めてしまう。

その表情が晴れないのは、消えたトーリの無事を知らずにいるからだろう。

彼がこの苦しみから救われない限り、王妃から罪悪感が消えることはない。

――もし、トーリがこの国に呼ばれ、勇気ある行動で呪いから王を解き放ち、国を救ってくれなかったら。

ロザーリアの民と王は皆殺しにされ、今頃この国は滅亡していたかもしれない。

王妃には深い感謝の気持ちがある。だから、なんとかして、ティーノは救世主である彼の心に突き刺さったままの棘を抜いてあげたかった。

思い悩んでいくうち、自分にできることはひとつだけだとわかった。

「孤児の僕には、心配するような家族もいません。それに、幸か不幸かまだ雇い主も決まっていなくて、卒業後は時間も空いてます。行くなら、いましかないから……」

「馬鹿な……！　そんな男のことなんて放っておけ。そのうちきっと忘れるだろう」

呆れた顔でダンテは吐き捨てた。

「いいえ、彼はきっと忘れないと思います。だって、五年近くもの間、変わらずにトーリ様を捜し続けているんですから」

ティーノは必死の思いで目の前のダンテに縋った。

「お願いです、ダンテ。三週間後の満月の日に、移動できそうな時空の歪みを見つけたんです」

それを聞いてダンテはぎょっとした顔になった。

「時空の歪みまで見つけてあるのか」

硬い表情でティーノは頷く。未熟な術者である自分には難しかったが、毎日必死に探すことで、なんとかひとつだけは見つけることができた。

「いま行動しなかったら、僕はきっと一生後悔します。卒業式を終えたら、厨房を手伝う約束で、孤児院の先生用の空き部屋に住まわせてもらえることになったんです。もし誰か訪ねてきたとしても、風邪をひいて寝込んでいるからと面会を断ってもらえば、僕がこちらの世界にいないことは誰にもわかりません。もしバレたときには、僕がダンテを脅したことにしてくれて構いませんから……！」

「そんなことになったら、魔術学校の卒業資格をはく奪されるぞ」

厳しい脅しに、ティーノはぐっと言葉に詰まる。

ダンテは額に手を当て、深々とため息を吐いた。

「ああ、もうこの話は終わりだ！　俺は出かけてくる」

「ま、待ってください、ダンテ！」

話を切り上げられそうになり、ティーノは慌てた。

「やり方だけ教えてくれたら、それ以降は迷惑をかけないようにします。だから……お願いです、なんでもしますから、どうか呪文だけ、教えてもらえませんか」

腕にしがみつくようにして訴える。彼の目にかすかな迷いが見えた気がして、ティーノはここぞとばかりに頼み込んだ。

「他の王室付き魔術師には頼めないんです……お願いします、ダンテ……！」

ふいにダンテは冷ややかな目でこちらを見下ろした。

「……俺とチンケな同僚魔術師たちを秤にかけるな」

赤褐色の目でぎろりと睨まれて、思わず身を強張らせる。

「ちょっと頼みさえすれば、こんな重い頼み事を聞いてもらえるとでも思ったか？　見も知らない男を助けようとするお前のために、王室付きの魔術師の地位も、周囲からの信頼も、すべてを失うかもしれないと知っていて？」

「ダンテ……」

厳しい言葉を叩きつけられ、絶望した気持ちになる。

言葉とは裏腹の優しい仕草で、ダンテはティーノの頭をくしゃくしゃと撫でた。

「今日は俺は送らないからな。気をつけて帰れよ」と言い、落胆するティーノを置いて、彼は本当に部屋を出ていってしまった。


とぼとぼとティーノは寮への道を歩いて帰る。

ダンテにきっぱりと断られて落ち込んだけれど、冷静になって考えてみれば、彼の言い分はもっともなことだった。

いくら頼んだ皆に口止めをしても、バレるときはバレるだろう。

許可を得ずに禁忌の時空移動を手伝ったことが万が一にも公になれば、名家の出で王室付き魔術師であるダンテの輝ける経歴に傷をつけてしまう。

たとえ人助けのためであっても、彼に助けてもらおうとするのは、あまりに身勝手な考えだった。

（これまで、甘え過ぎたんだな……）

ティーノは自分の考えの甘さを深く反省した。

なぜだか、ダンテはきっと助けてくれるという楽観的な気持ちがあったのだ。

以前、ティーノにまだ職が決まっていないと知ったダンテは『住むところが決まっていないなら、とりあえずうちに来ればいい』と誘ってくれた。部屋はいくらでも余ってるし、別宅住まいの両親の許可も取ってあるから、と言って。

さすがにそこまで甘えるわけにはいかずに断ったが、彼の優しさが身に染みた。

ダンテの父は貴族会の代表で、慈善活動に積極的に取り組むことで知られている。資産家の彼の父は国や学校への寄付も莫大で、先々は跡取りであるダンテがその財産と地位を継ぎ、貴族会を纏める立場につくのだろう。なにも持たない孤児で、しかも魔術師候補生としての能力にも疑問符がつく自分とは、本来であれば住む世界が違う人なのだ。

（……もしかしたら、今回のことで、見捨てられちゃうかもしれない……）

悲しいけれど、やるべきことを諦められない以上はどうしようもない。しばらくは距離を置かれてしまうかもしれないが、目的を果たしたあと、甘え過ぎたことを改めて謝りに行こうと思った。

ともかく、時空移動については、もうダンテに頼むわけにはいかない。

（……これから、どうしよう……）

瞼を閉じると、苦しげな『タカツカサ』と、彼が消えた自分を捜し続けていたことを知り、悄然としていたトーリの顔が蘇る。

そのことを思うと、どうしても諦められず、ティーノは鬱々とした気持ちで他の道を考えるしかなかった。

二日後、緊張しながら開けた卒業試験の結果は、奇跡的に合格だった。

「やった……！」

急いで孤児院の先生に知らせに行くと、集まってきた先生たちに囲まれて、なんと泣かれてしまった。「一番小さかったティーノが魔術師さまになるなんて」と喜んでくれる先生たちの涙には素直に胸を打たれた。就職先も見つけられないまま自分が立てている異世界行きの計画が、今更ながら後ろめたく思えた。

少し遠回りになるが、異世界に行くという目的を果たしてこちらに戻ってきたあとは、育ててくれた院長先生と孤児院に恩返しをして生きるつもりだ。

だから、どうか最後のわがままを許してほしいと、ティーノは密かに心の中で願った。


十日後には、魔術学校の敷地内に立つ由緒ある講堂で、ティーノたちの卒業式が行われた。

制服を着た在校生と、魔術師に与えられる特別なマントを纏った卒業生たちが待つ講堂に現れたのは、国王エルネストだ。彼は王室付きのまだ若い魔術師を数人同行させていた。

壇上にずらりと並ぶ憧れの存在に、卒業生も在校生も皆真剣に見入っている。

（あ……ダンテ……！）

その中には、ダンテの姿もあった。

彼のほうも壇上から目敏くティーノを発見したらしく、怖い顔でじーっと見下ろしてくる。

その目が〝諦めたんだろうな？〟と言っている気がして、ティーノは身を竦めた。

式典の最後には、ひとりひとりに魔術師としての身分を証明するバッジが贈られた。

どきどきしながら自分の番を待つ。壇上に上がると、国王エルネストは、かすかに口の端を上げ「おめでとう。今日から正式な魔術師だ」と言ってバッジを手渡してくれた。

（本当にそっくりなんだなあ……）

異世界の『タカツカサ』に瓜ふたつな端正な顔立ちを前にして、不思議な気持ちになりながら、バッジを受け取る。

バッジが全員に手渡され、無事に式が終わる。

「あっ、見ろよ、飛竜だ！」

誰かがあげた声を聞いて見上げると、講堂の天窓の上に、祝いのためか数頭の飛竜が旋回しているのが見える。飛竜は竜神のもとから王族の子を連れてくる役目を担う。他には、国王の誕生日など、ごく稀な祝いの日にしか姿を現さない。

珍しい生き物の出現に、生徒たちから歓声が上がった。

皆が騒いでいる間に、ティーノはダンテの険しい視線から逃げるみたいにして、そそくさと講堂をあとにして孤児院に戻った。

ロザーリア王国は自然環境に恵まれた立地で、周辺国に比べると非常に豊かな国だ。福祉も行き届いているおかげで、孤児院といえども立派な建物で、物資も充実し、世話係もじゅうぶんな数が割り当てられている。

捨て子は稀で、不幸にも親を失った子にも、必ず誰かしらが引き取ろうと手を上げる。

だから、孤児院で暮らす子供の数はいつもかなりの少人数だった。それなのになぜかティーノだけはもらい手が現れることはなかった。孤児院ではそのぶんも可愛がってもらえて、料理が得意なティーノはよく厨房を手伝うので重宝された。

魔術学校に入る十二歳になるまでずっとここで育った。

だから、ある意味では、ここが自分の実家なのだ。

『どうしても職が見つからなかったら、料理人として住み込みで働けばいいわ』と院長先生は言ってくれたが、自分としては、やはりなんとかして魔術師の仕事を見つけたい。

借りた部屋に戻り、考えごとをしながら、寮から運び込んだ荷物の片付けをしていたときだ。

「――おい、ティーノ」

扉が開く気配もなく、声をかけられてぎょっとする。振り返ると、そこには険しい表情で息を荒らげたダンテが立っていた。

金の縁取りがされたマントは王室付き魔術師の正装だ。さきほど卒業式に来たままの服装をした彼は、なぜか豪華な花束を無造作に持っている。

「ど、どうしたんですか？」

驚いて訊ねると、彼は怖い顔のまま口を開いた。

「お前、王弟の遊び相手を辞めさせてほしいと申し出たんだってな」

びくっとなる。まだ、昨日申し出たばかりの話だ。どうしてダンテがそのことを知っているのだろう。

おずおずと訊いたティーノに、彼は「俺に伝わらないわけがないだろう。毎日のように仕事で王城に出仕しているんだぞ？」と焦れたように言った。

「お前が突然辞めたおかげで、六つ子たちはすっかり落ち込んでしまってるそうだ。城の使用人たちでは相手として足りず、ほとほと困り果てているらしい。俺が魔術学校でお前の世話係だったと知っている者から、どうにかしてまた彼に来てもらえないかと相談されたよ」

ダンテは狭い寝台の端にどさりと腰を下ろす。

窓のある個室には、書き物机と椅子、それから寝台だけしか家具は置かれていない。荷物は、ティーノが寮から持ってきた旅行鞄ひとつぶんの着替えと、それから雑貨類と本の入った箱が数箱、部屋の端にまだ積まれたままになっている。

室内を見回したダンテは、困惑した様子で口を開いた。

「六つ子の相手は、お前にとっては唯一の収入源だったはずだ。仕事のわりに報酬だってかなり良かっただろう？　雇い主もまだ決まってないっていうのに、いったいなんの問題があって辞めたんだ？」

「問題とかは、なにもないです」

「だったらなぜ――」

問い質しかけて、彼はハッとする。突然立ち上がり、部屋の真ん中に立ったままのティーノの前に来る。ぐっと両方の肩を掴まれた。

「まさかとは思うが、まだ『異世界』に行くのを諦めていないんじゃないだろうな……？」

ティーノがなにも言えずにいると「答えろ、ティーノ」と強く命じられる。

ダンテの言うことには逆らえず、仕方なくティーノはぎくしゃくと頷く。

「……調べたら、時空移動の魔術には、よほど卓越した術者でなければ最低でも五人の魔術師の力がいるって……最低限必要な魔術師五人には、もう手伝ってくれる約束を取りつけました」

最初に頼んだのは、ティーノが魔術学校で一番仲が良かったエミリオとロメオの双子だ。

魔術学校を卒業はしたものの、ふたりは魔術師にはならない。農場を経営している実家に戻り、家業を手伝いながら、家族と町のために力を使うと決めているらしい。

『もしもティーノの手伝いをしたことがバレたって、僕たちちっとも困らないからさ！』と笑って、快くティーノに手を貸してくれることになっている。

あとの三人は、ロメオと以前同室だった先輩のルーベンと、その友人のマヌエル、それから魔術学校を中退した元同級生のリナルドだ。

将来を考えると現役の魔術学校生には頼めない。実家が裕福で働くつもりのないルーベンは楽しそうだからと力を貸してくれて、慈善活動に熱心なマヌエルは人助けのためならと協力してくれることになった。

在学中に父が亡くなって店を継いだリナルドは、店の売り上げが下降気味らしく、謝礼の金貨の話を出すとふたつ返事で応じてくれた。これで、必要な五人が揃った。

「さも完璧に揃えたみたいに言うが、半人前ばかりじゃないか」

ダンテに鼻で笑われて、さすがにティーノはムッとして彼を睨む。

「し、失礼です！　そりゃ、ダンテに比べれば、誰だって半人前に思えるかもしれませんけど……」

思わず反論したが、正直、ダンテに比べるとこの面子は不安が残る。時空移動の魔術が無事発動できるのかは謎でしかない。だが、幸運にも手助けしてくれることになったこのメンバーでやってみるしかないのだ。

おそらく、ティーノがそこまで本気で考えているとは思っていなかったのだろう。ダンテは笑みを消すと、しばらく考える様子を見せたあとで口を開く。

「王妃は、お前が『ニホン』に行こうとしていることを知っているのか？」

「……最初に異世界の光景をお見せしたあと、城でお会いしたときに申し出ました。でも……」

ティーノが『タカツカサ』にトーリの無事を伝えに行く時空移動の計画を申し出ると、王妃は酷く驚いた顔をした。一瞬希望を持ちかけたようだったが、すぐに思い直したらしく、彼は首を横に振った。

『すごくありがたいけど、無関係の君を危険な目に遭わせるわけにはいかないよ』とトーリは答えた。『時間がかかってもエルネストを説得して、自分で伝えに行かなきゃと思ってるから』と言って、その上で、ティーノの気持ちはとても嬉しかったと丁寧に礼を言ってくれた。

「……そうはいっても、国王が許可を出しはしないだろう」

掴んでいたティーノの肩から手を離し、ダンテはため息を吐く。ティーノも同じ意見だった。自分でなんとかしたいというトーリの気持ちもよくわかる。だが、彼を愛し過ぎている国王と話し合えば、揉め事になるのは間違いない。たとえ行かせてもらえるとしても、いったい何年後になるのか。

その間も異世界で『タカツカサ』は、トーリを捜して彷徨い続けているというのに――。

ダンテは困り果てたような声を出す。

「そこまで準備をして、呪文を教えてくれる者は見つかったのか？」

「そ、それは、まだなんですが……」

ただの魔術師候補生であるティーノに、ダンテの他に王室付きの魔術師とのコネなどない。六つ子の子守で城に出入りを許されていたため、顔は知っているが、話したことがある者すらいない。それに、もし人選を誤れば、逆に仲間のオリヴェル校長に伝えられて、ティーノは卒業すらも危うくなってしまっただろう。

「間違っても、流しの魔術師だけには頼むなよ？」

ダンテから釘を刺されて、ぎくりとする。

それは、ティーノが最終手段として考えていたことだったからだ。

街には、力を持ちながらも国から公式に魔術師として認定されていない者たちがいる。国に認められない理由は、なにがしかの後ろ暗い事情がある証しだ。

その中には、以前、王室付きだった魔術師もいる。なんらかの事情で首を切られたあと、流しの魔術師として仕事を受け、密かに報酬を得ているらしい。彼らなら、ティーノが求めている時空移動の魔術を使う方法を知っているはずなのだ。

彼らは仕事を選ばず、違法スレスレの仕事であっても引き受けてくれると聞く。

最終手段としては、こつこつと貯めてきた手持ちの金貨をはたいてでも、そういった非公認魔術師の手を借りるしかないかもしれない、というところまでティーノは思い詰めていた。

「まったく、お前は……」

彼が弱り切ったような声を漏らす。心底呆れられているとわかり、さすがにティーノも自分が情けなく、悲しくなってきた。あり得ないことだと思うが、もしダンテがオリヴェル校長に報告をしたら、時空移動どころではなく、自分の将来は終わりだ。

「ごめんなさい……でも、ダンテにはもうぜったいに迷惑をかけませんから……」

必死でそう言うと、なぜか彼は苛々とした様子で、手にしていた花束をぐいとティーノに押しつけてきた。慌てて受け取ったのは、一抱えもある立派な花束。

「――俺はこれまで、お前を迷惑だなんて思ったことは一度たりともないぞ」

きっぱりと言われて、ティーノは目を瞠る。

「ダンテ……」

彼の言葉に、じわっと胸の中が温かくなった。

ふと、ダンテが卒業するときのことを思い出した。

魔術学校に入学して一年目の健康診断で、ティーノは自分が男でありながら子を孕めるという、珍しい躰であることを知らされた。

数百人にひとり程度はいるというが、外見は普通の男なので、気づかずに一生を終える者も多いらしい。男の身で王妃となり、五つ子を産んだトーリも、ティーノと同じ躰だ。

特別な躰であることは、竜の血を濃く引く者には匂いでわかるといわれている。竜に変化はしないまでも、王家に繋がる血筋を持つダンテは、どうやらティーノの躰のことを、ティーノ自身が知るより前に気づいていたらしい。

彼は卒業するとき、『寮を出たら俺はもう送ってやれない。夜道をひとりで歩くな』『学校で着替えるときは躰を見せるな』『信頼できる者であっても、男とはぜったいに密室でふたりきりになるな』と、身を守るための注意事項をあれこれと厳しく言い渡された。

そのときに、卒業までの間、ダンテが特別な躰である自分を変に特別扱いせず、だがさり気なく気遣い、ずっと守ってくれていたことを知った。

それ以外でも、彼はあらゆる学生生活でティーノの支えになってくれた。

万年学年最下位の落ちこぼれでもなんとかこれまで学校を続けられたのは、根気よく、毎週のように補習に付き合ってくれた彼の面倒見の良さのおかげだ。

基本的な魔術すらもまともに使うことができないティーノに、その感覚をわからせるのは、器用でなんでもすぐにできてしまう彼にとっては相当苦難の時間だっただろう。

それなのに「お前は本当に不器用だな」と呆れながらも、先生もさじを投げたティーノを、なぜかダンテは見放さなかった。

どうして彼がこんなにも親身になってくれたのかと、自分でも不思議なほどだ。

落ちこぼれでたったひとつの魔術にしか秀でていないティーノがなんとか魔術師になれたのは、ひとえに彼のおかげなのだ。

ダンテはティーノに渡した花束を見ながら顔を顰める。

「本当は、今日の卒業式には、祝いを持って迎えに行くつもりだったんだ……だが、六つ子の世

話係に呼ばれて泣きつかれた上に、王の随行につくことが決まって、予定が狂った」

「あ……じゃあ、これ、もしかして、僕へのお祝い……？」

普段はぶっきらぼうで、誰に対してもやや冷ややかに見える態度をとるダンテが、こんな大きな花束を自分のために用意してくれたのかと驚く。

「……ありがとうございます、ダンテ。すごく綺麗……僕、嬉しいです」

美しい花束を見て自然と笑顔になる。素直に礼を言うと、ダンテもやっとぎこちなく笑みを作る。

「……卒業おめでとう。六年間、よく頑張ったな」

くしゃくしゃと頭を撫でられて、照れくさくて肩を竦める。

「それはともかくとして、怪しげな非公認の魔術師にだけは頼むなよ。いいな？」

改めて厳命されては反論のしようもない。渋々とでもティーノは、頷くしかなかった。


なんとか卒業はできたものの、異世界に赴く計画についてはなにも進展がないまま、刻々と時間だけが過ぎていく。ティーノの焦りは募った。

異世界に移動するためには、時空の歪みに飛び込む必要がある。

そして、その歪みを見つけ出すことは、未熟な魔術師であるティーノには至難の業だった。

『タカツカサ』の元にトーリの無事を知らせに行くのだと決めてから、時空移動できる日を見つけようと躍起になった。日付を書いた紙を広げた上で特別な振り子《ペンデュラム》を揺らして必死に探したけれど、直近のはっきりとした歪みをひとつ見つけるのがせいいっぱいで、ティーノの力ではその先のことはまったく見通せない。

――つまり、次に異世界に行ける歪みがあるのかはさっぱりわからない。

協力を約束してくれた双子たちはいつまでも街にいるわけではなく、田舎に帰ってしまえば彼らの手を借りるのは難しくなる。双子がいないとなるとルーベンたちが来てくれても人数が足りず、たとえ呪文がわかったとしても術を使うことができない。

更に、ティーノ自身も、目的を果たしたあとは、早々に雇い主を見つけて働かなくてはならない。孤児は子供のうちは国から手厚い補助があるが、十八歳になれば大人と見なされる。ティーノは今月末に十八歳になる。親なし家なし、その上無職の身では、こつこつと子守をして貯めてきた報酬の金貨も尽きて、仕事先がなければあっという間に食い詰めてしまう。

だから、ティーノが異世界である『ニホン』に行けるとしたら、卒業したてで時空の歪みが数日後に迫ったいまが、正真正銘、最初で最後の機会なのだ。

(ダンテにはああ言われたけど……やっぱり今回は、流しの魔術師の手を借りるしかないかな……)

散々悩んだ挙げ句、もう他に手段はないと、ティーノは覚悟を決めた。

知り合いに見られても気づかれないように、持っている中で一番地味な色の服を着て、フードを目深に被り、こそこそと孤児院の部屋を出る。

商店が並ぶ人通りの多い道を避けて歩き、商品を積み上げた狭い路地を抜ける。

ようやく一本裏通りにある目当ての酒場の前について、呆然とした。

「ぼうや、その店になんの用だい」

隣の立ち飲み屋の店主らしき中年の男がゴミ箱を手に出てきて、立ち尽くしているティーノに声をかけてきた。とっさに答えられずにいると、なにかを察したのか声を潜めて言う。

「そこに書いてあるだろ？　店員が盗っ人のグループを匿ってたらしい。店で働いてた奴らは店主も纏めて昨日、全員役人にしょっぴかれていったよ。しばらくは戻ってこられないだろうなぁ」

店の脇にゴミ箱を出して中身を纏め、やれやれと言いながら男が店内に戻っていく。

酒場の前には、確かに『営業禁止　何人たりとも入店を禁ずる』という王国の印を押した張り紙が張られている。

（そんな……）

ティーノは愕然とした。

この店は、件《くだん》の流しの魔術師が出入りしているという噂のある店だったのだ。

失意のままとぼとぼと歩く。途中の道でフードを脱ぎ、重たい足で歩を進める。

馬が地面を蹴る蹄の音が近づいてきて、反射的にティーノは振り返った。

「ティーノ。いま帰りか」

孤児院に来る途中だったのか、馬上から声をかけてきたのはダンテだった。

「ダンテ……」

「どうした、そんな情けない顔して。なにかあったのか？」

驚いた顔でひらりと馬から下りてきた彼に、まさか今日のことを打ち明けるわけにはいかない。

八方塞がりとは、いまの自分の状況のことだろう。

落ち込んでいる様子に気づいたのか、ダンテは「今日はどこに行ってたんだ？　まさかとは思うが、なにかまた無茶なことを考えてるんじゃないだろうな」と潜めた声で訊ねてくる。

そのときふと、このタイミングで闇取引に使われるという噂の酒場が摘発されたことに不可解さを覚えた。

（まさか……ダンテが……？）

自分が非公認魔術師を雇うことを阻止するために、彼が役人を行かせたのだとしたら……という考えがティーノの頭を過る。

思わずダンテを見上げるが、彼は怖い顔をして「聞いてるのか、ティーノ!?」と問い質してくるだけだ。

その様子を見て、違う、とわかった。そもそも、もし密告したのだとしたら、ダンテは隠すタイプではない。

彼が手を回したのならば、『万が一にもお前が雇えないように、酒場ごと営業停止にさせておいた』と堂々と知らせに来るだろう。

追い詰められた状況にいるとはいえ、大切な友人を疑った自分が嫌になる。

王妃の役に立ちたいと突っ走ってきたが、自分はいったいなにをしているのだろうと自己嫌悪に陥った。

「ごめんなさい、ダンテ……」

謝ると「なにがだ？」と彼は怪訝そうだ。

「なんだか、ぼうっとしているな……もしかして、熱でもあるんじゃないか？」

困り顔のダンテがティーノの頬に触れてくる。

大丈夫だと言おうしたが、頭の中がぐるぐるして考えが纏まらない。

ティーノの頬に触れ、次に額にも手を当ててきたダンテが、舌打ちをする。

「熱いじゃないか……送ってってやるから、いま——おい、ティーノ!?」

目の前にいるダンテが、どうしてか色を失っていく。視界が回り、躰に力が入らなくなって、まずいと思ったときにはもう遅かった。

ダンテの焦った顔が見えなくなり、ティーノは意識を失っていた。

悩み続けて精神的に追い詰められていたせいか、その日からティーノは高熱を出した。

寝込んでいる間、熱に浮かされた頭の中には、異世界にいる男の姿がたびたび浮かんだ。

もし、自分が知らせに行かなければ、『タカツカサ』はきっと一生トーリを捜し続ける気がした。

無謀だと窘める声が、自分の中からも聞こえる。

（生きてる……あなたの捜してる人は、この国にいるんだ……）

――夢現《ゆめうつつ》の中で、ティーノは必死で『タカツカサ』にトーリの無事を伝え続けた。


起き上がれるようになったときには、すでに決行すべき日はもう目前に迫っていた。

淡い金色と、赤みのある色のふたつの月が、どちらももうじき満ちてしまう。

（……いったい、どうしたらいいんだろう……）

熱は下がり、体調も回復した。だが、肝心の、時空移動を行うための呪文はわからないままだ。

なんとしても決行するつもりでいたから、協力を頼んだ五人とは、当日、国の中心に立つ塔の入り口で落ち合う約束になっている。

塔のある場所には非常に強い気が溜まっていて、魔術を使うのに最適な空間だからだ。

前日までなにか方法はないかと悩み続け、結局見つけられないまま、とうとう満月の日がきてしまった。

（……塔まで行って、皆に謝らなきゃ……）

沈んだ気持ちのまま身支度をして、数日振りに孤児院を出る。

ティーノは自分の馬を持っていない。急ぎの用があるときは孤児院の馬を借りるが、今日は歩いて塔に向かおうと早めに出た。

街外れにある孤児院から、塔の方角に向かって進み、国の中心部を貫く国一番の大街道に出る。道沿いには様々な店が並んでいて、あらゆるものが揃う。人々があちこちの店を行き来し、活気に溢れている。

気候が良く、暮らしやすいロザーリア王国は、作物もよく育ち、食べ物はなにもかも滋味があって美味しい。人々の気質は穏やかで、素晴らしい国だと思う。ティーノはこの国が大好きだ。

――だから、なんとかして、愛するこの国を守ってくれたトーリの役に立ちたかった。

（……これからは、また頼み込んで、六つ子たちの遊び相手を続けさせてもらいながら、仕事先を探すべきだよな……）

もう今日は時空移動をすることは無理だとわかっている。

ならば、潔く諦めて、自分の今後のことを考えるべきだ。

絶望的な気持ちで黙々と歩いているうちに、いつしか塔の足元についていた。

懐中時計を取り出すと、早めに出発したというのに、重たい気持ちで歩いたせいか待ち合わせの時間ぎりぎりになっていた。慌てて扉のあたりを見回したが、まだ誰も来ていないようでホッとした。

塔の入り口には王家の印である竜の紋章が刻まれている。

過去に大規模な水害に襲われた経験のあるこの国で、塔は災害時の避難場所の役割も果たしている。

だから、塔の約半分ほどの高さまでは部屋がなく、いざというときに誰でも階段を上って洪水から逃れられるようにと、入り口の扉は施錠されていないのが常なのだ。

防犯のためには、貯蔵庫や王族の避難用の部屋、王家の霊廟などがある上階に入る最初の扉には鍵がかけられていて、警備の者が立っている。

しかし、塔の上部には、入れてもらえる特例があった。

貴重な書物を集めた書庫には魔術関連の書物もある。魔術学校の生徒が学生証を見せれば、それらの本を読むために塔の上部に入ることができるのだ。

卒業したためもう学生証は持っていないが、よく来ていたので驚備系とは顔見知りだ。読みたい魔術書があるから書庫に入れてほしいと頼めば、おそらく断られることはないだろう。

自分が最初に入って、あとから来る皆を入れてもらえるよう頼んでおかねばならない。

（本当なら、警備係には魔術をかけて記憶を操作しておくはずだったんだよな……）

術が成功して異世界に行くとすると、ティーノだけが塔から消えることになる。禁忌の術を使ったことを知られないよう、警備係には『入った人間は皆出ていった』という記憶を植えつけておく必要があった——計画が頓挫したいまとなっては、不要な心配だけれど。

悄然とした気持ちで入り口の重たい銅製の扉を開ける。塔の内側の壁に沿うように造られた階段を急いで上っていく。

長い階段に息を吐き、やっとついた最初の入り口を見上げて、ティーノは首を傾げた。

普段なら必ず警備係が立っているはずの場所に誰もおらず、扉が少し開いている。

(珍しいな……)

不思議に思いながらも、きっと警備系は中にいるのだろうと、扉をそろそろと押し開ける。

そこにいた予想外の人物に目を瞠った。

「ダ……ダンテ!? どうしてここに……」

「なんだ、俺がいて嬉しくないのか。あれほど助けてくれと頼んできたくせに」

仕事はどうしたのか、私服の黒い上着姿で腕組みをして立っていたのは、ここにいるはずのないダンテだったのだ。

通路の端には、少し居心地悪そうにしているエミリオとロメオの双子、それからルーベンとマヌエル、そしてリナルドの姿もあった。皆、約束通り来てくれたのだ。

「も、もしかして……時空移動のやり方を、教えてくれる気になった、とか……?」

警備係がいなかったのは、ダンテが手を回したせいとしか思えない。

目を輝かせて訊ねたが、彼は眉を顰《ひそ》め「いいや。お前をひとりで行かせるなんて危な過ぎる」と答える。ティーノは戸惑った。

それならば、いったいなんのためにダンテはここに来たのだろう。

「どうしても行くというのなら——代わりに俺が行く」

「ええっ!?」

予想もしなかったダンテの言葉にティーノは仰天した。

「そ、そんなの、だめです」

「なぜだ？　俺なら、お前を行かせるよりずっとスムーズに目的を果たしてこられる」

「で、でも、ダンテに行ってもらうなんて……ご家族に心配をかけてしまうし……それに、異世界では、なにが起こるかわからなくて、危ないから……」

いくら人助けのためとはいえ、未来あるダンテを異世界に行かせて、自分の勝手で危険に晒すわけにはいかない。

頑なに拒むティーノを見て、ダンテは「少しは反対する俺の気持ちがわかったか？」とからかうように言う。

ティーノはしゅんと項垂れる。有能なダンテでも異世界行きには不安が残るというのに、未熟な自分が行くと言い出したのだから、彼の心配は相当なものだったのだろう。今更ながら、苛々して散々止めてきたダンテの気持ちがわかった。

「……ダンテに行ってもらうなんて、考えもしなかったんです。だって、戻れる日にちはまだ見つからないし、もしもうまく戻れなかったら、ダンテにこちらの世界から呼び戻してもらえると思ってたから……」

正直な本音を伝えると、彼は呆れたように笑った。

「そもそも、俺ありきの計画だったってわけか。俺に断られたあと、非公認魔術師なんかを呼ぼうとして、いくら金を払ったって、お前が戻るときまで奴らがまともに手伝うわけがないだろう？」

あまりの無計画振りが恥ずかしくてしょんぼりすると、ダンテは深いため息を吐く。

「――お前が熱を出して寝込んだ日、街のとある酒場が摘発された」

突然話題を変えたダンテに、ティーノはぎくりとする。

「非公認魔術師に闇仕事を依頼できる、という噂のある仲介所だった酒場だ……わかるよな？その話を聞いて、あの日お前の様子がおかしかった理由がわかった。もう、どんなに止めてもお前は無茶な方法で呪文を知り、時空移動を試みるだけだろうとわかったんだ」

ダンテはティーノの目を覗き込むようにして少し屈み込む。両肩を掴み、まっすぐに見つめてきた。

「危険を押しても、どうしても、行くつもりなんだな？」

「――はい」

迷いなくきっぱりと頷くと、彼は一瞬、どこか苦しそうに眉根を寄せた。

「わかった。……じゃあ、手を貸してやる」

ダンテは心を決めたかのように、きっぱりと言い切った。

「いろいろと考えたが、確かに俺自身が行ってしまうと、万が一のとき、こちらから無事に呼び戻せる人材がいない。それに、いま無職のお前の不在はどうにか隠せそうだが、俺がいなくなればすぐに問題になるだろう……仕方ない」

ぶつぶつ言いながら、そうと決めると、ダンテはにやりと笑った。

「お前は幸運だ。王室付き魔術師である俺の力を駆使して、お前を異世界の『ニホン』、王妃の同僚がいる場所に、必ず無事に送り出してやる」

「ダンテ……」

信じられなくて、ティーノは目を見開いた。

彼がいるから、ティーノは異世界から戻る方法を考えていなかった――もし、うまく戻れなかったとしても、ダンテは必ず自分を捜し出して、こちらの世界に呼び戻してくれると、信じていたから。

同じように、もしもいつかダンテが窮地に陥るようなことがあれば、そのときは自分が命をかけてでも彼を助けるだろう――万能の彼に限って、起きるはずのないことだとは思うけれど。

「ダンテ……ありがとうございます。必ず無事に戻ってきて、恩返ししますから」

目を潤ませて礼を言うと、彼はティーノの頭をくしゃくしゃと撫で、「礼は帰ってからもらうぞ。ああ、孤児院にはしばらくお前は魔術の特訓でうちに住まわせると伝えておく」と言った。

エミリオたちも、まさかダンテが来るとは思いも寄らなかったのだろう。魔術学校で雲の上の存在だった最優秀生、そして王室付き魔術師の登場に恐れ戦き、背中を壁に張りつかせたままだ。

なにやら持ってきたらしい荷物を抱えたダンテに促され、皆でまた更に続きの階段を上っていく。

やっとついた最上階は、天井が高く広々とした空間だ。

下の階のようにいくつかの部屋で区切られてはおらず、石造りの室内には家具は燭台を置く机しかなくて、がらんとしている。

エミリオたちに命じて机を壁際へ移動させると、ダンテは持参した小袋の中から赤い粉の入った瓶を取り出す。おそらく時空を移動できる飛竜の鱗を削ったものだろう。彼はその粉を床に落として、てきぱきと床に魔方陣を描いていく。

これで行けるのだ。『タカツカサ』の元へ――。

諦めかけていた道が唐突に開き、ティーノの心は一気に高揚した。

ひとつ不安なのは、『ニホン』とロザーリアの言語は違うことだ。だが、救世主である王妃トーリの祖国の言葉ということで、王の結婚後、ロザーリアではニホン語が一躍大ブームとなった。

トーリに懐いている王弟たちが率先して学び、城で話し始めたことから流行りに火がついた。民からの求めを受けて、王妃が監修したニホン語を勉強するための本は、飛ぶように売れた。そのおかげで、ティーノを含め、ほとんどの民はカタコトのニホン語を話せるのだが、不安は残る。

『タカツカサ』に会えたら、伝えるべき言葉は、何度も確認して暗記した。

眺めているうちに緊張が高まってくる。魔法陣が完成してから時計を見ると、時空に移動できる歪みが生まれる時間までは、残り三十分ほどに迫っていた。

あとは燭台に火を灯すだけだ。

準備を終えると、ダンテは口を開いた。

「ああ、お前を呼び戻せそうな時空の歪みは、さっき散々探して見つけておいた」

「えっ、もう!?」

ダンテが有能なことはよくわかっていた。だがまさか、自分があんなに毎日探し続けても見つけられなかった戻れる日を、こんなに短時間で見つけてしまうなんて。

「よく聞けよ。戻れるのは三か月後。向こうの世界が満月になったその夜だ。王妃は、ダムラウどのの力でこちらに連れてこられるとき、普通なら死んでいるような事故に遭ったそうだ。おそらくその日、爆発のような強大なパワーが発生する出来事がある。それが、俺が発動した時空移動の魔術で、お前をこの世界に呼び戻すための力だ。抗わずに身を任せろ」

ティーノはこくりと頷く。

「ああ、それから、俺は亡きダムラウどのほどの神懸った能力はない。お前が触れている者を取り除いて、お前だけを連れ戻すことはできないからな。その夜はぜったいに誰にも触るな。こちらへの時空移動に巻き込んでしまうぞ」

真剣な表情で頷く。三か月後——目的を果たして帰ってこられるようにと祈る。

「ティーノ、気をつけて」「お土産楽しみにしてるから」「無事に帰ってこいよ！」「戻ったら異世界の話を聞かせてくれ」双子とルーベン、リナルドが口々に言い、マヌエルが遠慮がちに手を振る。のんきな様子に苛ついたのか、ダンテは忌々しげに彼らを睨んでいる。

ダンテが「これを持っていけ」と言い、壁際に置いていた一抱えほどもある革袋を渡してきた。

「これ、なに？」

「保存が利く食料と防寒用のマント、それから万が一のための薬に、応急手当て用の薬草、それから護身用の短剣と、念のための金貨が入ってる。向こうの世界で役に立つかはわからないが、なにもないよりはましだろう」

びっくりして受け取り、慌てて礼を言う。

行く方法ばかりに気を取られ、ここ数日は寝込んでいたせいもあって、向こうの世界で過ごすための用意などなにもしていなかった。ティーノは、ダンテの用意周到さと思い遣りに感謝した。

懐から取り出した時計に目を落とし、しばらくの間、ダンテは無言だった。

静かに暮れていく窓の外に目をやると、薄暗い空にふたつの色をした満月が姿を現し始めていた。

　ふいにティーノは腕を掴まれ、ダンテの胸に強く抱き込まれていた。

　魔術の訓練の途中で、何度も危ないところを助けてもらったので、彼に抱き締められるのは慣れている。けれど、痛いくらいに強い腕の力はこれまでにないものだった。

「ダンテ……？」

「三か月は長い。極力無茶はせず、なんとかして無事に生き延びろ。安否は遠見の術で確認するつもりだが、もし怪我をしていたり、約束の日にうまく呼び戻せないなんていうことがあれば、俺はなにを置いてもお前を連れ戻しに向こうの世界に行くからな」

　ダンテが心底心配してくれていることがわかり、初めて、胸が締めつけられるような気持ちになった。

　親兄弟はいなくても、自分にはこんなにも安否を気遣ってくれる人がいるのだ。

　ティーノは彼の広い背中をそっと抱き返す。

「心配しないでください、ダンテ。僕、必ず無事に帰ってきますから……！」

　身を離して笑顔を作ったティーノを見下ろし、彼は余計に苦渋の顔になった。

「……本当は、行かせたくない。不安でたまらないよ……お前をたったひとりで見知らぬ世界に行かせるなんて……自分が行くほうが、どれだけましか」

　竜神の加護を、と囁き、彼はティーノの額にキスをする。

「病気や怪我にだけは気をつけろ。……幸運を祈ってる」

うん、と深く頷く。必ずここに帰ってこなくては、とティーノは強く決意を固めた。

刻々と時間が過ぎ、ついにその時刻がやってきた。

ダンテがスッと手を振ると、用意されたすべての燭台に火が灯る。

魔方陣の中央に立つよう促されて、緊張した面持ちでティーノは進み出る。

「俺ひとりでもできなくはないだろうが、念のため力を貸してくれ」とダンテが皆に言う。

術には五人いればじゅうぶんなので、一番自信がないというマヌエルには見守っていてもらうことになった。

ティーノが立った魔法陣の周りをダンテたち五人が囲む。ダンテの指示で五人はティーノを囲むように左右に腕を伸ばし、それぞれの手を繋ぐ。

正面にいるダンテが、真剣な目でまっすぐにティーノを見つめる。

「必ず、生きて戻れよ」

ティーノは慌ててこくりと頷く。

それを見たダンテは「なにがあっても手を離すな」とエミリオたちに命じてから、通りのいい声で、歌うように朗々と呪文を唱え始めた。

これこそが、ティーノが知りたくてたまらなかった時空移動の呪文なのだ。

息を詰めて呪文を聞いていると、繋いで輪になった五人の手に、かすかな光が灯る。

その不思議な光景にティーノは目を瞠った。光はそれぞれの魔力の強さを表しているのか、ダンテの腕が一番強く輝き、ロメオの腕の光がもっとも弱いようだ。

ふいに石造りの地面がぐにゃりと揺らぐような奇妙な感覚があった。

(トーリ様、行ってきます……)

引きずり込まれる、と思い、ティーノが覚悟を決めたときだ。

「つ、くしゅん!」

ダンテの右側にいるロメオが、埃でも吸ったのか、唐突に大きなくしゃみをした。その拍子に、ダンテと繋いでいるべき彼の手が一瞬外れる。

「あっ、馬鹿野郎!! 早く手を――」

驚愕したダンテが慌てて言った瞬間、柔らかく感じていたティーノの足元は、底が抜けるように消えた。

「うわあああっ!?」

真っ暗闇の中に呑み込まれるようにして、ティーノは足元からどこまでも深くまで落ちていくのを感じた。

＊

土と緑の匂いに鼻腔をくすぐられて目が覚めた。

ゆっくりと開けた目に、葉を茂らせた樹木とまばらな星が光る夜空が見える。

今夜はやけに星が少ないな、などと思ったとき、ティーノは自分が地面に仰向けに転がっていることに気づいた。

（あれ……僕……なんで、外で寝てるんだろう……）

ぼんやりとした頭で考えるが、理由がどうしても思い出せない。なんだかここは冷える。このままでは風邪をひいてしまうと、重たい躰を起こす。

「うぅ……っ」

なぜだか全身がぎしぎしと軋む。わけがわからないまま、ぎくしゃくとした動きでどうにか上体を持ち上げる。

やっとの思いで立ち上がり、自分の姿を見下ろしてぎょっとした。着ている服は見事にボロボロで、あちこちが破れているし、どこで脱げたのか片方の靴が見当たらない。

寝ていたのは、綺麗に刈り揃えられた植え込みに囲まれた芝生の上だった。

あたりには、横たわっていた自分を囲むように、なぜか物が点々と落ちている。穴が開いた革袋、保存食の干し肉のようなものや乾いたなにかの果実、それから暗くてよく見えないが、何枚かの細かい模様が刻まれた金貨が散らばっていた。

状況的に、これらは自分の持ち物なのだろうか。戸惑いつつも、おそるおそる落ちている物を拾い集めながら、周りを見回す。目に入ったものに、ティーノは息を呑んだ。

植え込みから少し先には整然と整えられた道があり、その先にはかなり高さのある立派な建造物が立っている。かたちからして城ではないようだが、塔とも違う。

夜だというのに贅沢にあちこちに灯された光で照らされたその建物は、恐ろしいくらいの高さがあり、見上げてもてっぺんは見えないほどだ。

——ここは、どこなんだろう。そして、謎のこの躰の痛みは。

いったい自分になにが起きたのか。

呆然と立ち尽くしていると、ふいに人の気配を感じた。

慌てて視線を向け、目に入った姿に、勝手に躰が動いた。危険かもしれない、隠れるべきだという考えを押しのけ、本能のまま、おぼつかない足を無理矢理動かして、ティーノは夢中で彼に駆け寄る。

突然植え込みの中から出てきたティーノに驚いたのか、男が足を止めた。

「君……どうしたの!?」

彼は驚愕した様子で訊ねてくる。

自分より頭ひとつぶん以上も背の高いその男を見た瞬間、ティーノは強い既視感を覚えた。

彫りが深く、際立って整った美貌に蒼色の目。鈍い色の金髪と、長躯に沿った地味な色合いの不思議な衣服。

「ケンカじゃなさそうだな……誰かに襲われたの？　もしかして、追われていたりする？」

男は懐からなにか手のひらサイズの長方形をした薄いものを取り出しながら、険しい表情であたりを見回す。

自分は彼を知っている。だから、彼もきっとティーノのことを知っているに違いない。

そう思い込み、慌てて彼の目の前に出てきたはいいが、態度を見る限り、彼のほうは自分に見覚えがないようだと気づく。

「怪我はある？　救急車を呼ぼうか？」

長身の彼は、身を屈めてティーノの目を覗き込み、心配そうに訊ねてくる。彼のことを、自分は知っているのに。

「……タカ、ツカサ……」

喉が渇いているせいか、うまく声が出せない。必死に言葉を絞り出すと、男はえ、と言って目を瞠る。

「知り合い、じゃないよな……？　君、俺のことを知ってるのかい？」

ゆっくり話してくれたので、理解できた。ティーノがこくりと頷くと、彼は怪訝そうな表情になる。その様子を見て、ティーノはどうしていいかわからなくなった。

通りかかった彼を見た瞬間、歓喜が湧いた。

なにもかも見たことがなく、自分がいる場所がどこなのかさえもわからない。そんな中で、知っている人間を見つけたと安堵して、必死で駆け寄ったのだ。

けれど、彼と話そうとしてみて気づいた。

どんなに頭の中を探ってみても、『ティーノ』という自分の名前と『タカツカサ』という、彼の名前以外にはなにひとつとして思い出せない。

だけど自分は、彼のことをぜったいに知っているはずなのに。

(……もしかして、気を失う前、どこかで頭でもぶつけちゃったのかな……?)

最悪なことに、ティーノは自分と彼の名前以外の記憶を、すべて失ってしまっているようだった。

＊

「――とりあえず、レントゲン写真では骨に異常はなし」

目の前の椅子に座っている、顎に髭を蓄えた白髪交じりの男が言った。

白い服を着た髭男の横にある壁には、不思議な光を透かす紙が張られている。驚いたことにそこには、ティーノの躰の中身らしきものが写し出されているようだ。

どんな魔法を使ったのかは、さっぱりわからない。

（もう二度とおかしな機械には入らないぞ……！）

固い決意で、ティーノは目の前の髭男を必死で睨む。

「ＣＴは撮らせてもらえなかったけど、本人は元気そうだしな。前頭部にたんこぶができてるから、転んだときに打ったのかもしれない。他はあちこちに擦過傷がある程度で、現状では入院の必要はなさそうだ」

ティーノにはちんぷんかんぷんな話だが、隣に立っている『タカツカサ』は男の説明を聞いてホッとしたようだ。

名前以外の記憶を失ってしまったティーノは、ボロボロの姿の自分に、いったいなにが起きたのかすらわかっていなかった。

『すぐ近くに知り合いの医院があるから』と言う『タカツカサ』に連れられて、鉄でできた自動で動く『タクシー』という名の魔訶不思議な乗り物に乗せられた。そうしてついたのがここだ。

彼の叔父だという高齢の髭男は、どうやら医師らしい。消毒薬の匂いに包まれた医院で、医師は怯えるティーノに服を脱ぐように指示し、その代わりにぺらぺらの衣服を着るように促した。

仕方なく従うと、躰のあちこちを矯めつ眇めつされ、ようやくさっき解放されたところだ。

髭男は擦り傷の手当をしてくれたし、自分でも自分になにが起きたのかさっぱりわからなかったので、最初はティーノも大人しく耐えていた。

しかし、個室に閉じ込められて、おかしな鉄の板に挟まれたときは逃げ出しかけた。『痛いものじゃない。頼むからちょっとだけ我慢して？』と心配そうな『タカツカサ』が頼むから、なんとかそれも我慢した。

けれどその次に、べつの部屋にある寝台に寝かされて躰を固定され、その寝台が動き出したときには、さすがにもう我慢できなくなった。

ティーノが寝かされた寝台は、大きな窯のような穴の開いた謎の立体物に向かって自動で進んでいった。室内には獣の咆吼のような大きな音が響いて、あの穴を通ったら呪われるのではないかと思うと恐ろし過ぎて耐え切れなかった。躰を固定するベルトから無理やり四肢を引き抜き、寝台から飛び降りて、ティーノは部屋の隅にある机の下に隠れた。

『タカツカサ』が迎えに来てくれて「怖かったんだね、ごめん。もう大丈夫だから、出ておいで」と言って手を差し伸べてくれたから助かったが、なにがあっても、二度とあの窯のある部屋には入らない。世にも恐ろしい経験だった。

もう決してなにもされないようにと、ティーノは『タカツカサ』の手をしっかりと両手で握っている。

彼は困惑顔のままだが、手を離させることはせず、ティーノの好きにさせてくれている。

「それで、どうする？　警察に連絡しておくか？」

医師が訊ねると、『タカツカサ』は少し考え込んでいる様子だった。

「孝一郎《こういちろう》叔父さんはどう思う？」

「どうというと？」

『タカツカサ』は声を潜めて言った。

「俺は……この子、虐待されて、閉じ込められていたどこかから逃げてきたんじゃないか、という気がするんだ」

簡単な会話はなんとか理解できるのだが、難しい単語が出たり、早口で説明しているときはさっぱりわからない。

だから、いまのように小声で言われると、彼がなにを言ったのかはティーノには聞き取れなかった。

「それに、どうも会話が難しいみたいだし」

次の言葉は理解でき、むっとしてティーノは頬を膨らませる。『タカツカサ』の手をくいくいと引き、異を唱える意味合いでぶるぶると首を横に振る。

「聞き取りはできるみたいだぞ」

髭男がティーノの顔を見て苦笑する。

「いまは怯えているから口を利かないだけじゃないか？」

聞くだけでなく、しゃべるほうだってできるはずだと思う。

ただ、この医院に来て、彼らが会話するのを聞いて、ひとつだけはっきりとわかったことがある。

自分は彼らの言葉を大筋では理解できる。

だが、思考するとき、頭に浮かぶのはいつもべつの言語だ。

――つまり、彼らが使っている言語は、自分が日常的に使っている言葉とは違うものらしい、ということだ。

（……僕は、どこかここととはべつの国から来たんだろうか……）

「聞こえてるなら、なにか話せるか？　名前でも、家の場所でも、電話番号でもいい」

医師の男に訊ねられて、必死で記憶を探ってみたあと、ティーノは落胆してゆっくりと首を横に振った。『デンワバンゴウ』というのがなんのことかはわからないが、名前も家も思い出せない。

――どこに住んでいるのか。自分は、誰なのか。

それは、自分こそが知りたいことだった。

（とにかく、早くここから出たい……）

眩しいほどの明かりが点いていて、鼻にツンとくる臭いのするこの場所が、自分はとても苦手なようだ。

そしてこの髭男には恐怖しか感じない。ここに来てすぐに恐ろしい目に遭ったので、またなにか怖いことをされたらと思うと少しも落ち着くことができなかった。

「うーん、名前も言えないか……年齢は十代半ばくらいだろう。確かに、服はボロボロで擦り傷も多数あったけど、古い傷痕はなかったし、健康状態も悪くはないようだ。まだ虐待とは断定できないな」

医師の男が胸の前で腕を組む。『タカツカサ』は難しい顔をしている。

「俺が見つけたときには、酷い姿で逃げるみたいに植え込みから飛び出してきたし……それに、実はこの子、俺の名字を口にしたんだ」

「へえ……知り合いってことか？」

医師の男が怪訝そうにティーノを見る。

「いや、状況からすると、マンションで俺の近くの部屋に住んでいて、見かけたことがある程度なのかもしれない。通報した場合、もしも親に問題があるとしても、外見上に怪我がなければそのまま帰すことになる可能性がある。せめて捜索願が出されているか、出されているのなら、親がまともかを調査してからこの子を返したい」

眉を顰めた『タカツカサ』の言葉を一生懸命に聞こうとしたけれど、知らない言葉が多い。ティーノには半分程度しか理解できなかった。

「本当にお前はお人よしだな。まあ、この子の安全を最優先にするとしたら、確かにその通りだが」と息を吐き、医師の男も『タカツカサ』の考えに同意したようだった。

「だが、黙って保護して誘拐扱いになるのだけはまずい。まずは太一郎《たいちろう》に連絡して、この子らしき人物に該当する捜索願が出ていないか確認してもらおう。この子は容貌からしておそらくハーフかクオーターだ。目の色に特徴もあるし、捜索願が提出済みなら保護者はすぐ見つかるはずだ。今後のことは、それからだな」

医師は『タカツカサ』を見た。

「そうすると、とりあえず今晩預かる場所が必要だが」

『タカツカサ』が困った声で医師に訊く。

「捜索願を確認するまで、ここで一晩預かってもらうっていうのはだめかな？」

彼に置いていかれそうな気配に、慌ててティーノは彼の腕にしっかとしがみつく。

「本人は嫌だって言ってるぞ？」と医師の男が笑う。

「怪我のほうは心配いらなそうだし、お前のところで預かるのがいいんじゃないか？　お前が拾ったからか、この子、どうもお前には心を許しているみたいだからな」

彼の腕を掴んで離さないティーノに苦笑し、医師がお役御免とばかりに立ち上がった。『タカツカサ』とティーノに部屋を出るように促し、部屋の明かりを消す。

「なにかわかったら連絡する。気をつけて帰れよ」と言い置いて、医師はふたりを医院から追い出す。入り口のガラス扉の鍵を閉めると手を振り、さっさと奥の部屋へ行ってしまった。

外に出ると異様なほど空気が冷たくなっていて、ティーノは小さなくしゃみをした。

着ているのは検査のときに着せられたぺらぺらの服で、足元は医院で借りたゴム製の靴だ。元々身につけていた破けた服や靴は、紙袋に入れて彼が持ってくれている。

「その格好じゃ寒いよな」

と言って彼が急いで上着を脱いで着せかけてくれる。

礼の意味でぺこりと頭を下げてから、置いていかれないようにティーノはふたたび彼の手をそっと握る。その様子を見て『タカツカサ』が困ったような顔で小さく笑った。

「じゃあ……とりあえず、今夜泊まるのは俺のところでいいかな？」と訊かれる。なんとなく意味が伝わって、ティーノはこくこくと頷く。

もう一度『タクシー』という鉄でできた乗り物に乗せられ、最初に乗ってきたあたりで降ろしてもらう。

どうやら『タカツカサ』の家は、ティーノが意識を取り戻したあの植え込みの前に立つ、巨大な建物の中にあるようだ。

ふと思い出してティーノはくいと彼の手を引っ張る。「なに？」と不思議そうな彼を連れて植え込みの中に入り、拾い集めたまま置きっぱなしになっていた荷物を抱え上げて見せた。

「これ、君の荷物？」

ティーノは首を傾げてから、たぶんそうなのだろうと頷く。

「どこの硬貨だろう……」見たことがないな、と言いながら、彼は失礼と言って一枚の金貨を手に取る。明かりに翳してしげしげと眺め、怪訝そうにしている。

集めた荷物も、彼が持っている紙袋に纏めて入れてもらい『タカツカサ』の家に向かう。

明るい照明の点いた建物の中に入り、先に入った彼に不思議な鉄の箱へと導かれる。扉が閉まるなり襲ってきた浮遊感に怯えて壁にへばりつくと『タカツカサ』が「上に昇っているだけだから大丈夫だよ」と言いながら不思議そうにこちらを見た。

「もしかして、エレベーターに乗ったことがないのかな……？」

驚いた顔をしてからうーん、と唸る彼について、急いでその箱を出る。瀟洒な装飾の施されたぴかぴかの鉄の扉が並んだ通路を通り、彼は最奥の扉の鍵を開ける。

「どうぞ」と言って通された『タカツカサ』の家は、艶々に磨き上げられた床に、暖色系の明かりが灯る広々とした部屋だった。

背の高い窓に囲まれた室内には、中央部に大きな革張りのソファとガラスのテーブルが置かれている。突き当たりの壁に真っ黒な鏡みたいな長方形のものがかけられているのはなんだろうと思う。

彼が手のひらサイズの小さな箱を弄ると、カーテンがゆっくりと勝手に閉まってぎょっとする。更に、どこかから暖かな風が吹いてきて、ティーノは狼狽えた。

(『タカツカサ』は、もしかしたら魔法使いなのかな……？)

前衛的で、見たこともないような立派な建物に住んでいるところを見ると、彼は資産家のようだし、勝手にいろいろなものが動いたり明かりが点いたりする様子からしても、魔力があるのは確実だろう。

「怪我してたし、今日は風呂は控えたほうがいいよな……」

上着を脱ぎながら、彼がなにかぶつぶつと言っている。

『タカツカサ』はティーノにソファに座るように促して、どこかべつの部屋に行ってしまう。不安に思いながら、クッションの利いた座り心地のいいソファの端にちょこんと腰掛けて待つ。

そわそわしていると、しばらくして戻ってきた彼に、こっちにおいでと言われ、急いでついていく。

行き先は、水場らしき小部屋だった。「これ、寝間着。ちょっと大きいかもしれないけど」と言って彼が服を渡してくれる。このぺらぺらの服を着替えられるだけでありがたくて、ティーノはまたぺこりと彼に頭を下げた。

水場は内部がいくつかの部屋に分かれていて、奥にはまたべつの小部屋があるようだ。手前の小部屋で、温かいお湯で絞った手拭いを渡され、首を傾げる。

「ええと、お湯はこっちのレバーを上げれば出るから。乾いたタオルはここにあるから使って。俺は向こうに行ってるから、よかったらこれで躰を拭いてから寝間着に着替えるといいよ」

一通り説明をすると、彼はそそくさと小部屋を出ていってしまおうとする。慌ててティーノは彼のシャツの背を掴んだ。

「うわっ!?」

声を上げ、とっさに足を止めた彼が振り返る。戸惑っているティーノの目を見て、『タカツカサ』は困ったみたいに微笑んだ。「タオルで躰を拭いて、着替えて。ひとりでできる？」と身振りを合わせてもう一度、ゆっくりと説明される。

言われていることは伝わった。頷いたものの、彼が目の前からいなくなるのが不安でたまらない。

自分でもおかしいと思いながらも、この焦燥感をどうしたらいいのかわからず、おずおずと彼のシャツの袖を掴む。気持ちが伝わったのか、『タカツカサ』が屈んで目線を合わせてきた。

「……大丈夫、どこにも行かないから」

安心させるように言い、ティーノの肩にそっと触れてくる。

不安な気持ちを無理に押さえ込んで、小さく頷く。彼が小部屋を出ると同時に、ティーノは纏った服を急いで脱いで着替え始めた。


躰を拭いて借りた服を着ると、小走りで元の部屋に戻る。

『タカツカサ』はちゃんとそこにいた。

広い部屋の奥は厨房らしく、鍋には湯が沸いているようだ。シャツの袖を捲った彼は「ずいぶん早かったね」と笑った。

促されて、厨房の前のテーブルを挟んで、彼と向かい合う場所の椅子に腰を下ろす。

「一番小さめなのを選んだんだけど、やっぱりぶかぶかだったね」と言われて、自分の格好を見下ろす。引きずらないようにズボンの裾は捲っている。上着の袖は指先まで隠れるほど大きいけれど、彼と自分とでは相当な身長差があるのだからしょうがない。

「たぶん、お腹空いてるんじゃないかと思って」

苦手なものはある？とゆっくりな口調で質問されて、ティーノはふるふると首を横に振った。

「簡単なものしかできないけど、いま作るから、ちょっとだけ待ってて」と言われて、ティーノは嬉しくなってこくこくと頷いた。

聞き取りやすいペースで話せば、だいたいの意図が伝わることに、彼が気づいてくれたからだ。

『タカツカサ』が手早く作ってくれた食事は、乳色のスープに野菜と鶏肉、それから小麦の粉でできた短い麺を入れて煮たものだった。優しい味のスープは美味しくて、躰がぽかぽかと温まった。

満腹になり、小さく息を吐く。隣に座って同じものを食べていた彼が、ティーノが完食したことに気づいたらしく笑顔になった。

「お腹いっぱいになった？」と訊ねられてこくこくと大きく頷く。

お代わりも食べる？と訊かれたが、首を横に振る。

ずっと緊張していたからそれどころではなかったが、目覚めたときから躰のあちこちを打ちつけたような鈍い痛みと全身の疲労感があった。スープで躰が温まるとそれは更に強くなったが、彼より先に眠ってしまうわけにはいかない。

食器を片付けたあと、彼はティーノをまたべつの部屋に連れていく。

明かりを点けられたそこは、ソファと本棚があるだけのシンプルな部屋だった。

彼はソファの背もたれを倒し、棚からシーツや毛布を取り出す。

「ここは客間なんだ。このソファをベッドにするから、今夜はここで休んでくれる？」

ゆっくりと説明されて、ハッとしてティーノはぶるぶると首を横に振る。

「この部屋じゃだめかい？　なにか、足りないものある？」

困ったみたいに言う彼にこくこくと頷き、急いで彼のシャツの袖を掴んだ。

「……大丈夫、俺の部屋は向かい側だ。どこにも行かないし、シャワーを浴びたら俺もそっちで寝るから」

ね？と子供に言い含めるみたいに言われたが、必死でぶんぶんと首を横に振った。

彼とべつの部屋で眠るわけにはいかない。

自分でもおかしいと思うが、どうしようもないほどの切実な焦りを感じる。

わかっているのは、〝彼から離れてはいけない〟という痛切なまでの感覚だけだ。

どうしたらこの気持ちが伝わるのかと、ティーノは彼の手を両手で握り、縋るような気持ちで彼を見上げた。

困惑していた様子の『タカツカサ』が、ふいにじっと目を見返してくる。

「君の目……紫色なんだね……」

真剣な目で見つめられて首を傾げる。彼がなにを考えているのかよくわからない。

しばらくまじまじとティーノの目を眺めていた『タカツカサ』は、どうしてかティーノを客間で休ませることを諦めてくれたようだった。

おいで、と言われて小走りで彼についていく。

さきほどの食事をとった広い部屋で、ソファに座っているように言われて大人しく待つ。ほどなくして戻ってきた彼に、飲み物の入ったカップを渡された。厨房で作ってきたらしいそれは甘い匂いがして、どうやら温めた牛乳らしいとわかる。

自分のカップにはなにかべつの苦い匂いのする飲み物を入れてきた彼が、鞄から平べったい金属製の板のようなものを取り出す。ティーノの斜め向かいの場所に腰を下ろし、その不思議な板をふたつに開くと、かすかな音を立てて指先で叩き始めた。

なにをしているのかと興味津々で横から眺めていたが、さっぱりわからない。規則的な音を聞いているうち、だんだんと眠気が湧いてきて、堪えられなくなってくる。

いつしかうとうとし始めたときだ。

なにかが肩に触れた気がして慌てて目を開けると、『タカツカサ』が顔を覗き込んでいた。ティーノの躰には柔らかな毛布がかけられている。

「ごめん、起こしちゃった？　熟睡してるみたいだから、このまま寝かせておこうかと思って毛布を持ってきたんだ」

いつの間にか部屋着に着替えた彼は、髪を洗ったらしく、前髪が下りていて、さきほどよりも少し若く見える。うっかり自分が眠り込んでしまっていたことに、ティーノは慌てた。

急いで立ち上がると、彼においでと言われて、奥の部屋に連れていかれる。

まだ寝起きのぼんやりした頭で見回す。さきほど入った客間の向かい側にある『タカツカサ』の部屋は、壁の一面に本棚が造りつけられ、たくさんの本がぎっしりと詰め込まれている。手前の壁際には大型の机と椅子、ソファなどがあり、奥の壁際に大きめの寝台が据えられている。

「ちょっとだけ待ってて」と言って彼は部屋を出ると、纏めた布団を抱えて戻ってくる。それから持ってきた布団を自分の寝台と並べて床に敷き、シーツをかけて整える。慌ててティーノも端を持ち、掛け布団や枕をセットするのを手伝った。

寝台に腰掛けた彼に「ここならいいかな？」と訊ねられて、ティーノはおずおずと布団の上に座ってみる。せっかく敷いてくれたが、これでは困る。この布団に横たわったら、寝台の上に眠るであろう彼の姿が見えなくなってしまうではないか。

困ったティーノが、躊躇いながら、寝台の彼の隣に入れてもらおうとすると『タカツカサ』は明らかにぎょっとした。

「一緒に寝たいの？　うーん、それは、ちょっとまずいな」

なぜか困り顔で言われたけれど、ティーノは必死だった。

この疲労感では、きっと自分は熟睡してしまう。もし目覚めたとき彼の姿が部屋から消えていたら、悔やんでも悔やみ切れない。

（いったい、どうして……？）

自分でも自分の気持ちが理解できない。

隣にいさせてくれさえすれば、大人しく眠ります、という意思表示のために、そそくさと彼の寝台の奥側に潜り込む。寝台は広々としているから、ティーノが入れてもらっても彼が落ちることはないだろう。

「参ったな……じゃあ俺がこっちの布団で寝るから、ってしたら、またこっちに来ちゃうだけか……」

『タカツカサ』は自分の髪をかき混ぜ、ため息を吐く。

彼を困らせているのは自分なのだと思うと、悲しい気持ちになった。

「……ゴメン、ナサイ……」

しょんぼりして、彼の言語を使って謝る。どうやら伝わったらしく、彼が驚いたように振り返った。

ティーノがしゅんとしているのに気づいたのか、『タカツカサ』は小さく笑った。

顔を覗き込まれて、おずおずと見上げる。

彼は優しい目をしてこちらを見ていた。

「いきなり検査しに連れていっちゃったし、いままでは緊張してたのかな……俺の名前以外では、初めて話してくれたね」

大きな手が伸びてきて、そっと頭を撫でられる。大人しくされるがままになっていると、「きっと、いろいろわけがわからなくて不安なんだよな。……じゃあ、今夜だけは特別だ」と言って、冗談ぽく笑ってくれた。

彼がティーノの隣に身を横たえる。電気を消すよ、とこちらに声をかけてから、枕元に手を伸ばすと、魔法みたいにフッと明かりが消えた。

しばらくじっとしているうちに目が慣れてくる。目を閉じているがまだ眠ってはいないらしい彼を見つめ、思い切ってティーノは口を開く。

「ボク……ティーノ」

「――ティーノ？」

パッと彼が目を開けてこちらを見た。暗闇の中で、ティーノは自分を指さす。

「それが、君の名前？」

訊ねられて、こくりと頷いた。

こちらをじっと見た彼が、かすかに口元を緩める。

「俺は、隆一郎《りゅういちろう》だ。鷹司は名字で、名前が隆一郎」

ふたつ目の名前を教えてもらえて嬉しくなり、またこくりと頷く。

彼のひとつ目の名前は、よく知っている。

なにもかもを忘れてしまっても、『タカツカサ』の名だけは、なぜか記憶に張りついたみたいに消えずに残っていた。

名前をなんとか伝えると、唐突に疲労感が押し寄せてきた。ずっと気を張っていたせいか、全身が鉛のように重くなってきて、強烈な眠気に抗えなくなる。

その前にと、もぞもぞと手を伸ばして、しっかりと彼の手を握る。

一瞬強張った『タカツカサ』の手が、ティーノの手をほんのわずかに握り返してくれる。

彼に触れていると、ようやくティーノから不安が消えた。

安堵の中で、すーっと溶けるように眠りに落ちていく。

「……不思議な子だな……」

彼の呟きが、眠りかけたティーノの耳に届いた。

＊

夜が明けても、日差しを遮る厚めのカーテンが引かれた部屋は暗い。

朝食の準備をしたあと、目覚まし時計が鳴るまでの間、ティーノはまた寝室に戻る。

彼が目覚めるまでのわずかな時間、寝顔を眺めるためだ。

（……綺麗だなあ……）

ティーノを見つけ、拾ってくれた彼――鷹司隆一郎という男は、非常に整った美貌の持ち主だ。

すっと通った鼻梁に、閉じた瞼を縁取る長く密度の濃い睫毛。少し厚めのかたちのいい唇。鈍く輝く金髪は、寝癖がついてくしゃくしゃになっていてすら味がある。

まるで、神様が特別な愛情を注いで誂えたみたいな美しさだとしみじみ思う。

なぜか、こうして彼を見つめていると、ティーノの胸は安堵で満たされる。ただ眺めているだけで不思議な充足感が湧いてくるのだ。

それがいったいどうしてなのかは、どれだけ考えてみてもよくわからないけれど。

たとえば心を落ち着かせる薬を飲むみたいに、そばにいる鷹司の姿をたびたび目で追うことは、ティーノにとって自然なことになっていた。

もうあと五分で、彼がセットした目覚まし時計が鳴る時間だ。

それまでのわずかな間、彼の寝顔を眺められる幸福をティーノは堪能した。

「うー……」

鷹司はいつも、どれだけ寝不足であっても、目覚まし時計のアラームが鳴る少し前に起きる。

小さく唸ったあと、切れ長の目がゆっくりと開く。隣でうつ伏せの体勢でベッドに肘を突き、自分を眺めている存在に気づくと、彼の目が驚きに開かれた。

「わっ、ああ、ティーノか……今日も早起きだな」

そう言いながら、彼は手を伸ばして鳴る寸前だったアラームを止める。

「おはよ、リューイチロ」

呼びたいように呼んでいいと言ってくれたので、下の名前で呼ばせてもらうことにしている。

おはようと返した鷹司が、まだ眠そうな顔で微笑む。

「俺が起きるのを待ってたんだな」

ごめんな、と言われ、ベッドに横たわったままの鷹司にくしゃくしゃと無造作に頭を撫でられる。

構われて嬉しい。犬なら尻尾をぶんぶんと振っているところだ。

——三週間前のある夜、ティーノはこのマンションの敷地内で、彼に拾われた。

それからというもの、行き場のない自分はマンションの十四階にある鷹司の部屋に住まわせてもらっている。

拾い主の鷹司は、『外務省』という公的機関に勤務しているらしい。

仕事はかなり忙しいようで、朝は早く出るし、帰宅はいつも夜の八時や九時は普通に過ぎ、場合によっては日付が変わるまで帰ってこないときもある。休日出勤もたびたびで、家事をする余裕はほとんどない。

そのため、寝るところと食べ物、なに不自由のない生活を与えてもらっている恩から、ティーノはなにか彼のためになることがしたくて、思いついたのは料理をすることだった。

必ず一緒にとれる朝食と、それから食べずに帰ってきてくれるときの夕食は自分が作ると決めた。これまでの記憶はなにもないけれど、多少は料理の経験があるのか、調理器具の使い方を覚えると、すぐに料理のコツは掴んだ。

いまは毎日ちょっとずつ、作れるメニューを増やしていっているところだ。

彼に拾われ、医院で怪我がないかとあちこちを検査された、その翌日。

鷹司が身内のツテを使って調べてくれたところ、警察にティーノの「捜索願」というものは出されていないことがわかった。

三週間が経ついまも、記憶はまったく取り戻せない。

それなのに、不思議なくらい、ティーノの中にどこかに切実に帰りたいという気持ちは湧いてこなかった。だからか、自分は切実に捜している誰かや戻るべき故郷のような場所を持っていないような気がしていた。

（もしかすると、僕には身寄りがいないのかもしれない……）

――記憶喪失で身元不明の未成年者。

その状況であれば、ティーノの身柄は、本来であれば保護施設に預けられるべきものらしい。警察に身元不明者としての届け出をして、入れる施設を探してもらい、身内が見つかるまでの間はそこで生活する。とりあえず届け出だけでも出さなきゃと鷹司に言われてたけれど、ぶんぶんとティーノは首を横に振った。

一般的な記憶喪失者がすべき手続きを説明されても、到底頷くことはできなかった。なぜなら、ティーノは自分を最初に見つけてくれた鷹司とどうしても離れたくなかったからだ。

施設行きの話は理解した。だが、行くことを納得するかどうかはべつだ。

記憶をなくした自分が、なぜか彼の名前だけは覚えていた――つまり、彼はいっさいが謎のままであるティーノの人生に、なんらかの関わりがあるとしか思えないのだ。

しかし、鷹司のほうはそう思ってはいないようだった。

『家族が必死で捜しているけど、まだ捜索願が出されていないだけかもしれない。届け出だけはしておこう？』

鷹司から離れたくないティーノはそれは不要だと思ったけれど、まだ拙い言葉ではうまく反論できない。もどかしさを感じながらも彼の言う通り手続きをすることになってしまった。

そして、最初に福祉事務所に行き——そこで、運はティーノのほうを向いた。

仕事が抜けられない鷹司の代わりに来てくれた彼の母に付き添われ、状況を説明してもらう。

『記憶喪失の身元不明者で、見つかったときは服がぼろぼろだったんです』と鷹司の母がやけに深刻そうに伝えると、受付の係員は顔色を変え、個室に案内されて担当者から改めて事情を訊かれた。

親切な担当者に、わかる限りの状況——つまり、なにも覚えていないということを説明し、今後の希望を訊かれて〝自分は鷹司のそばにいたい〟という気持ちをティーノは正直に伝えた。

その途中で、無理やり時間を開けてきたらしい鷹司が、面談中の福祉事務所に顔を出した。担当者からティーノ自身の希望を聞かされた彼は、少しだけ悩んだあと「わかりました。家族が見つかるまでの間、この子はうちで責任を持って預かります」と言ってくれて、ティーノは驚きと感激で目を輝かせた。

その後は、詳しくはよくわからないがとんとん拍子に話が進んでいき、親身になってくれる担当者と鷹司との間で書類が何枚もやりとりされた。そうして、ティーノらしき捜索願が出されたときにはすぐ連絡がつくようにすることなど、いくつかの条件付きで、ティーノは一時的にだが鷹司のもとで暮らしてよいということになった。

（これで、彼から離れなくていいんだ……！）

望み通り、鷹司のそばで暮らせる。

きっと必死に懇願した自分に絆されただけだとわかっていても、彼が自ら保護を申し出てくれた。どこにもやられないで済むことが、ティーノはたまらなく嬉しかった。

「うん、初めて作ったとは思えないほど上手だな」

ワイシャツとスラックスに着替えた彼と、向かい合って一緒に朝食をとる。ティーノがレシピサイトの動画を見て作った初めてのフレンチトーストを、鷹司は手放しで褒めてくれた。

朝食を綺麗に平らげて「ごちそうさま。今日も美味しかったよ、ありがとう」と彼が笑顔になる。

鷹司は、ティーノが彼のためになにかすると、ささいなことであっても、いつもこうして礼を言ってくれる。穏やかな優しさを持つ彼のそばにいると、日常のすべてが、くすぐったく感じるほどの幸福感に満ちている。

「どういたしまして」とティーノは覚えたての言葉で返す。

鷹司がセットした食器洗い乾燥機が動き出すかすかな音を聞きながら、ティーノはリビングルームに置かれたいくつかの観葉植物に水をやる。

その間に、スーツのジャケットを着てネクタイを締め、すっかり出勤の支度を終えた彼が、ビジネスバッグを持って廊下から顔を出した。

「ティーノ、俺はそろそろ出るけど」

「ま、まって、ぼくも」

ティーノは慌てて彼を追いかけ、リビングルームを飛び出した。

薄手のコートを着た彼が、シャツとズボンという格好で追いかけてきたティーノを見て、玄関の脇のハンガーラックに手を伸ばす。

「少し寒くなってきたから、これを着て」と普段着用の鷹司のジャンパーを渡され、ありがたく袖を通すと、なぜか彼がくすりと笑う。なにかおかしかっただろうかとティーノは自分の格好を見下ろして首を傾げた。

着ている服は買ってもらったぴったりサイズのものだが、鷹司のジャンパーは、身長差が二十センチ近くあるティーノにはサイズが大き過ぎてぶかぶかだ。袖から手は出ていないし、裾は尻まで隠れている。だが、暖かい上に、かすかに彼の匂いがして安心できるので、ティーノはその上着を借りるのがとても気に入った。

「早めにティーノ用の上着を買わなきゃな」

部屋を出ながら鷹司は言う。

「これでいい」と言って借りているジャンパーを指さしたけれど「でも、サイズが違い過ぎて動き辛いだろ？」と言って彼は納得してくれない。

「せっかくだから、次の休みにでも気に入るのを探しに行こう」と言われ、彼と一緒に出かけられるのは嬉しかったので、素直に頷く。

鷹司に見つけてもらったあの日から、少しずつ秋が深まり、確かに朝夕は肌寒くなってきた。

ふたりで並んでマンションを出る。最寄りの駅までは徒歩十分ちょっとの距離だ。

始業時間まではまだだいぶ余裕があるようだが、仕事の準備のため、いつも鷹司は早めの時間に出かけていく。

そんな彼と、仕事も用もない居候のティーノが一緒に部屋を出るのにはわけがあった。

彼の帰りはいつも遅くなることが多くて、平日はわずかな時間しかそばにいられない。だから、少しでも長く一緒にいたくて、「あさのさんぽ」と称し、出勤する鷹司を駅まで送りに出る日課を作ったのだ。

とりとめのない話をしながら、駅までの道を一緒に歩く。

そっと隣の彼を見上げる。いつも格好いいけれど、職場に行くときのスーツを着て少し髪を撫でつけて整えた鷹司はきりりとしていて、うっとりするほど決まっている。テレビに出てくる容貌を売りにした俳優やタレントなどよりも、ずっと美形なのではないかと思うほどだ。

まだ通勤には早い時間のため、人けは少ない。それなのに、すれ違う人は男女関係なく端正な美貌をした長身の彼に一瞬目を引かれる。

（無理もないよね……）

自分だって、もしも目の前から彼が歩いてきたら、つい足を止めて目で追ってしまう気がする。

鷹司に目を奪われる人々の自然な反応に、しみじみと納得しながら歩く。

地下鉄の入り口まで来ると「ここまででいいよ」と言われ、いつもそれ以上ついていこうとするのを止められる。

「じゃあ気をつけて帰るんだぞ？」

「うん。いってらっしゃい。おしごと、がんばって」

別れるのは寂しいけれど、仕事に行くのを引き留めるわけにもいかない。ティーノは無理に笑顔を作ってぶんぶんと手を振る。

少しだけ照れくさそうな笑みを作り、いってきますと言って彼は小さく手を振り返してくれる。スタイルのいい長身の後ろ姿が地下鉄へと続く階段に消えていく。

（ああ……行っちゃった……）

鷹司の背中が完全に見えなくなるまで見送ってから、ティーノはしょんぼりとした気持ちで来た道を戻り始めた。


途中の道にあるパン屋で明日の朝食用のパンを買ってから、マンションに戻る。

帰宅して洗濯機をセットしたとき、電話の呼び出し音が鳴り、ティーノは受話器を取った。

『ティーノ、おはよう！　今日の調子はどう？』

明るい声に微笑んで、ティーノも元気よく返す。

『カオルコさん、おはよう。ありがと、ぼく、ちょうし、とてもいいよ』

鷹司の母である薫子《かおるこ》は、初めて会ったときからとても親切で、毎朝困ったことはないかと電話をかけてくれる。ティーノはいつも、彼女から電話がかかってくる時間を楽しみにしていた。

薫子と初めて会ったのは、鷹司に拾われた翌日、福祉事務所に行くときのことだ。

この部屋に居候させてもらえると決まってからも、日常生活の些末なこと――たとえば、キッチンの調理器具の使い方や、風呂の湯の沸かし方さえもティーノにはさっぱりわからなかった。

「火は熱い」「水は冷たい」といった最低限の事実は知っていても、それを使用する上での知識がないようなのだ。

それは、留守番をする上で大きな問題だった。

彼の部屋には、近づくと蓋を勝手に開け閉めする全自動トイレや、無機物のはずなのにボタンを押すとしゃべる洗濯機など怖いものだらけだし、仕組みが理解できない。

操作する以前の問題で、最初はひとりでトイレで用を足すのすらも恐ろしくてたまらず、真っ赤になりながらも必死で袖を引っ張って、鷹司についてきてもらったほどだ。

実年齢は不明だが、自分の見た目の年齢は十代半ばくらいで、もう子供というほど幼いわけではないはずだ。それなのにと自己嫌悪に陥ったが、「俺が留守の間のことは心配いらないよ。喜んでいろいろ教えてくれそうな人を呼んだから」と鷹司は微笑んだ。

そうして翌朝やってきたのが、彼の母の薫子だった。

彼女は、顔立ちこそ息子と似たところはないものの、彼と同じ色の金髪に蒼い目をた、おおらかな優しい女性だ。料理研究家という仕事をしていて、家で時々料理教室を開き、料理本も何冊か出版しているそうだ。

『まー記憶がないなんて、それだけでも大変よね。でも、いますぐなにもかも覚えなくって大丈夫！』

ひとりでも簡単な美味しいご飯を食べられて、温かいお茶が飲めるようになればじゅうぶんよ、と朗らかに言ってくれて、焦っていたティーノはホッとした。

まだカタコト程度にしか彼らが使う言葉を理解できていなかったティーノを気遣い、薫子はゆっくりと家電の簡単な操作方法を説明してくれた。

彼女はそれからもしばらくの間やってきて、鷹司が仕事の間、部屋にひとりでいても問題ないようになるまでティーノを仕込んでくれた。

鷹司の部屋に住まわせてもらうと決まったその夜から、ティーノの奮闘が始まった。

昼間仕事を抜け出したせいか、残業して夜半に帰宅した鷹司に、おそるおそる電子レンジで温め直したビーフシチューと簡単なサラダを並べて出した。夕方から薫子と一緒に作ったものだ。

「もうこんなことまでできるようになったんだね」と驚く彼に食べてもらい、美味しいと褒められて嬉しかった。

家賃や生活費を払える当てはどこにもない。正式な里親には税金から手当が出るそうだが、一時的に保護してもらっているだけの状況ではそれも難しいらしい。

だからせめて、最低限の家事くらいはして、少しでも彼の役に立ちたいと思った。

決めたのは、彼ともっと話せるように言葉を勉強すること。そして、住まわせてもらっているぶんもできる限りの家事をしようということだった。

それからというもの、毎日ティーノは洗濯乾燥機を回し、お掃除ロボットをセットしてから、ぞうきんを持ってあちこちを磨き上げた。それが終わると、日本語の教材を開いて、リビングルームのテーブルで勉強するのが日課となった。

鷹司は言葉を勉強したいというティーノの気持ちを酌み、積極的に動いてくれた。日本語の学校に通うことや家庭教師をつけることも提案してくれたけれど、ティーノの手持ちの資金はといえば、どこで使えるのか不明な金貨だけだ。彼に学費まで出してもらうのはあまりにも申し訳なく思えた。

鷹司は『気にしなくていいのに』と笑ったが、翌日には、とりあえずと言って日本語を学ぶための教材をあれこれと購入してきて、効率的な勉強方法を一緒に考えてくれた。

昼ご飯のあとは、壁にかけられた大型テレビの電源を入れた。午後からは、鷹司に買ってもらった日本語会話の動画を見て、発音や会話を学ぶ時間だ。

「んーと、『あなたの　おすまいは　どちらですか』『わたし　は　みなとく　に　すんでいます』……」

会話をぶつぶつと口に出して読み、ノートに書き取る。

夕方になって勉強が一区切りつくと、洗濯が終わった衣類を畳んでしまい、キッチンで夕飯を作った。まだ簡単なメニューしかできないけれど、レシピの動画を流しながらその通りに作る。煮込んだりして待つ時間には、テレビで日本語のドラマや映画を流し、ひたすら台詞を真似し続けた。

なにせ、時間だけはたっぷりとある。言葉の勉強は、夜になって鷹司が帰宅するまで黙々と続けた。

そうして、この三週間、日中の大半を言葉の勉強に費すやうち、最初はカタコト程度だったティーノの会話力はめきめきと上達していった。

まだ漢字の読み書きは初級程度だが、少しずつ語彙も増えてきている。

平日の昼間はひとりで、会話の相手といえば電話をかけてくれる薫子だけなので、まだ発音にぎこちなさがあるのが悩みだ。

日に日に達者な言葉で話し始めるティーノに鷹司は感嘆しているようで、お願いする前に、更に進んだ中級の教材を買ってきてくれた。彼に、『日本語がどんどん上手になるね。ティーノは努力家なんだな。俺も見習わなきゃって思うよ』としみじみとした様子で褒められて、泣きそうなくらい嬉しかった。

必死で勉強したのは、自分の身元を捜し、ここでの暮らしに馴染むために、語学力はぜったいに必要だと思ったからだ。

だが、ティーノが必死で言葉を学んだのは、それだけではない。

鷹司と意思の疎通を図りたかった。彼の言葉をもっとちゃんと理解したいし、自分も彼に話を聞いてもらいたい。そう思うと不思議なくらいに没頭できて、勉強することが楽しく思えた。

一時的に預かると決めたあとも、鷹司はどこかにいるであろうティーノの家族の存在をいつも気にかけていた。定期的に、それらしき捜索願が出されていないかを、身内を通じて警察に確認してもらっているようだ。

「ティーノを捜している人がいたら、きっとすごく心配しているはずだから」と言われて、もし家族がいたらその通りだろうと思うのに、さっぱり実感が湧かない。

いまの居候の暮らしに、まったく不安がないわけではない。

なにせ、自分がいったい何者なのかもわからないのだから。

だが、鷹司のそばは、なぜか不思議なくらいに安心できた。

記憶がないことへの不安や、いるのかわからない家族の存在についてなど、気になることは山ほどあるものの、彼のそばにいると、そういったもやもやが薄くなる。

なぜか『自分はするべきことをしているのだ』という、不思議な安堵感が湧いてくるのだ。

どこか気がかりが消せない様子の鷹司には、後ろめたくて言えない。

けれど、ティーノは彼との穏やかな生活に幸福を感じ始めていた。

テレビを見て覚えた曲を鼻歌で歌いながら、朝食の支度をする。ジムから戻り、着替えを済ませた鷹司が苦笑しながらリビングルームに入ってきた。

「ご機嫌だな、ティーノ」

彼が起きるのは、いつもに比べて二時間遅い。

「うん。きょうは、リューイチロ、やすみだから」

笑顔で言うと、そうか、と鷹司も優しい笑みを浮かべる。

週末は特別嬉しい日だ。

平日の彼の帰宅は、ほぼ毎日遅い。本人は、『俺は家が近いから、同僚たちよりずいぶん楽なほうなんだよ』と言うけれど、それにしても働き過ぎではないかと思う。

（こういうの、『ブラック企業』っていう……？）

テレビのワイドショーで聞いた言葉を思い出す。

最近は、飲み会の付き合いなどはほとんど断っているそうだが、それでも、残業しない日はまずない。

(大変な仕事なんだな……)

外務省というのは、この『日本』という国と他国との折衝となる部門だそうだ。部署によって担当地域があり、彼もその国との間の様々な問題がスムーズにいくように日々奔走しているらしい。

だが、毎日こんなに遅くまで働いていて、休日までたびたび出勤していては、いつか躰を壊してしまうのではないかと心配だ。

そんな中、今日は通常通り休みらしい。彼が少しでも躰を休められると思うと、それだけでもティーノは嬉しかった。

平日はほぼひとりきりで過ごしているティーノにとって、鷹司がしてくれるだけで嬉しい日だ。

具にハムとチーズ、刻んだトマトをバジルソースで和えて挟んだホットサンドを作る。サラダをつけ合わせにして、昨日スーパーで見つけた新鮮なオレンジをくし形に切って添える。皿をトレーに載せ、ダイニングテーブルに並べた。

これまで食材は、彼が帰宅するときに近所のスーパーで買ってきてくれたり、休みの日に仕入れたものだけでなんとかしていたが、最近はひとりでも買い物に出るようになった。

とはいえ、徒歩三十分圏内の店より遠くにはぜったいに行かないように厳命され、更に、GPSで常に彼から居場所がわかる子供用のスマートフォンを持たされている。

どちらにしても、自分が行くとしたらマンションのすぐそばにあるコンビニかスーパー、それから行きつけのパン屋くらいのものだ。

（リューイチロは、心配性なんだなあ……）

彼は不思議なくらい過保護だが、気にかけてもらえている証拠な気がして少し嬉しい。

陽光の差し込む部屋で鷹司と向かい合って座り、いつもよりもゆっくりめに朝食をとる。

先日、薫子から電話で作り方を教えてもらったホットサンドは、なかなかの出来映えだ。

今日はこれから、彼と一日一緒にいられるかと思うと、口元が緩んで仕方がない。

「バジルソースのホットサンド、すごく美味いな。子供の頃、好きでよく食べたよ」

「うん。カオルコさん、きいた」

にこにこしながら種明かしをすると、二口目をかぶりつこうとしていた彼がぴたりと動きを止めた。

「……母さんに？　わざわざ俺の好物を訊いて作ってくれたのか？」

なぜ鷹司が驚いているのかわからなかったが、ティーノはこくりと頷いた。訊ねると、薫子は『尽くすタイプね〜』などと笑いながら、鷹司の好きな肉の焼き加減や魚の種類、苦手な野菜などをいろいろ教えてくれた。

ティーノは鷹司のことをもっとよく知りたかった。世話になっているぶん、好物を作って喜んでもらいたい。忙しい彼に少しでも家で快適に過ごせるようにするにはどうしたらいいのかといつも考えている。

ティーノが彼の母に好物を訊いて作ったと知ると、なぜだか鷹司は殊更に真面目な顔つきでホッとサンドの残りを食べた。

「ごちそうさまでした……今朝も、本当に美味しかった。ありがとうな、ティーノ」

丁寧に手を合わせて礼を言ったあと、テーブル越しに手を伸ばしてわしわしと頭を撫でられる。

「ん、うん」

肩を竦めて鷹司に頭を撫でてもらいながら、ティーノの中にじわじわと喜びが湧いてくる。

「いつも美味しい食事作ってもらってるから、なにかお礼しなきゃな」

食器を重ねてトレーに載せた彼が、そう言いながらキッチンカウンターを回り込む。

びっくりして「いらない」と言ったけれど、軽く水で流した食器を食器洗い乾燥機に並べる鷹司は首を傾げる。

「欲がないな。俺はティーノを家政夫扱いするつもりはないよ」

彼は食器洗い乾燥機のスイッチを押してセットしてから微笑む。

「でも」

「遠慮はなしだ。そうだ、日本語の勉強になるようなものがいいかな？　タブレットはちょっと早いかな……、電子辞書なんかどうだろう？」

すごく勉強に役立つと思うよ、と言われて戸惑う。

困惑してティーノはうつむいた。

自分が鷹司に食事を作ったり、洗濯や掃除といった家事をするのは、助けてもらった上に住まわせてもらい、食費まで出してもらっている礼代わりだ。それに対し、礼を受け取るというのはなにか違う気がする。

そのような気持ちを、拙い言葉で必死にティーノは説明した。

「食費なんてひとり増えたところで大して変わらない。損得で言えば、家事をなにもかもしてもらってる俺のほうがずっと得してるんだよ」

そう言われても、受け入れられずにいると、彼は目を細めて小さく笑った。

「そうだな……なら、ただ単に俺がティーノにプレゼントをあげたい、って言ったら？」

「ぷれぜんと」

ティーノは目を丸くした。おうむ返しに言うと、そう、と鷹司は頷く。

「朝食になにを出したっていいのに、ティーノは母さんに俺の好物を訊いて作ってくれただろう？　手間がかかってもいいから俺を喜ばせたいと思ってくれたんだ。その気持ちと同じように、俺も毎日頑張ってるティーノに欲しいものをあげて、喜ぶ顔が見たいんだよ」

それじゃだめか？と訊かれて考え込む。

自分の喜ぶ顔が見たいと彼に言われて、嬉しくないわけがない。そんなふうに言うのはずるい。断れるわけがないではないか。

おずおずと首を横に振ると、鷹司がにっこりと笑った。

「決まりだな。じゃあ、今日はちょっと出かけるから、そのあと秋冬物の上着とプレゼントを買いに行こう。せっかくだから遠慮せず、欲しいものを教えてくれるとありがたいんだけど」

嬉しげに言うと、彼はぽんぽんとティーノの髪を撫でる。じわじわと歓喜が押し寄せてきて、鷹司が出かける準備のためにリビングルームを出ていったあとも、ティーノはしばらく動けずにいた。

彼は自分を甘やかし過ぎなのではないか、とティーノは思う。

鷹司は本当に優しい。居候の自分を疎ましがらないどころか、まるで大切な相手にするかのように優しく接してくれる。

(なにを買ってもらおう……)

鷹司がくれるものなら、ペン一本でも自分はずっと大切に取っておくだろう。

彼からのプレゼントを想像しているうち、ティーノの中にわくわくとした気持ちが湧いてきた。

彼について、ティーノは駅に向かう。

今度はどこに行くのだろうと思いながら大人しくついていく。

一緒に暮らすうち、ティーノは鷹司の休日の行き先が謎めいていることに気づいた。

たまの休日、彼は運動不足を解消するため、まずはマンション内にあるジムに向かう。そこで一、二時間ほど汗を流して着替えたあと、必ずどこかへ出かけるのだ。

保護されてから初めての週末、少しでも鷹司と一緒にいたくて、ティーノは出かける支度をしている彼におずおずと、ついていってはだめかと訊ねた。鷹司は少し悩んでから「面白いところに行くわけじゃないんだけど」と言い置いて、それでもよければ一緒に来る？と訊いてくれた。彼と一緒に過ごせさえすれば文句などあるはずもなく、ティーノは喜々として頷いた。

どこに行くのかわくわくしながらついていくと、三度の週末で鷹司が訪れたのは、彼の暮らしに関わりがなさそうな場所ばかりだった。

最初の週末は、都内にある児童養護施設に行った。

すでに顔見知りのようで、彼は職員たちから笑顔で迎えられていた。途中の店で買った一抱えほどもあるお菓子と封筒を渡すと、『いつもすみません』と礼を言われ、その後、職員たちと少しなにか話をしていた。

次の週末は、古いマンションの管理人室だった。ここの管理人とも彼は知り合いのようで、なぜか管理人の高齢男性は心配そうな顔で彼に対応していた。

どちらのときも『すぐ戻るから、ちょっとここで待ってて』と車の中やベンチで待つように言われたので、鷹司がなんのためにそれらの場所を訪れたのかはよくわからない。

ティーノにわかるのは、養護施設と古いマンションに向かい、こちらに戻ってくるときの彼の表情がいつになく沈んで見えることだけだ。

——そして、四度目の週末の今日。

一時間ほど電車に乗って下車したのは、郊外にある小さな駅だった。

開発途中の町なのか、整備されたばかりらしい道路は広く、周辺に店や住宅はぽつぽつとしか見当たらない。

駅からまっすぐに延びた道の先には、開けた敷地に距離を開けて整然と石が立てられた広場があった。それぞれに花が供えられている。

（……これは、お墓……？）

前を行く鷹司は、慣れた様子で『さくら霊園』と書かれた事務所に入る。顔見知りらしき係員が出てきて「残念ながら、変わったことはないみたいです」と鷹司に言うのに、ティーノは首を傾げた。鷹司は係員に礼を言ってから、手桶と柄杓を借り、花を購入する。

芝生が綺麗に刈りこまれ、そこここに花が植えられて手入れの行き届いた通路を進む。彼が「ここだよ」と言って、ある墓の前で足を止めた。

墓石には少しだけ萎れた花が供えられている。

ドラマで見た覚えはあったものの、墓参りの詳しいマナーがよくわからないティーノは、手桶から柄杓で水を掬って墓石にかける鷹司を見守る。お供えの花を交換する手伝いをし、見よう見真似で彼と一緒に手を合わせた。

（この墓は、いったい誰のものなんだろう……）

墓には鷹司とは違う『立川《たちかわ》』という名字が刻まれている。

つまり、彼の家の墓ではないみたいだ。

その墓を見たとき、ティーノはあれ、と思った。

『タチカワ』という名字を、何度か聞いた覚えがあったからだ。

しばらく静かに手を合わせていた鷹司が、息を吐いて立ち上がる。ティーノを見て「遠くまで付き合ってくれてありがとうな」と言って微笑んだ。

事務所に借りた手桶を返してから、彼と並んで駅までの道を歩き始める。

なぜ養護施設に行ったのか。古いマンションは誰の住まいなのか。そして、あれは誰の墓なのか——。

彼に訊ねてみたかったけれど、なぜだか訊いてはいけないような気がして、ティーノは口を噤んだ。

帰り道は「この並木道は毎年、いまの時期がすごく綺麗なんだよな」と言いながら、ゆっくりめに歩いてくれる鷹司のあとをついていく。彼の言う通り、紅葉した街路樹が並ぶ景色は、一枚の絵画のように美しい。これから墓所へ向かうらしい人々とすれ違いながら、ぐるぐるする頭の中を整理しつつ、駅へと戻った。


電車を降りて昼食をとったあとは、約束通り、ティーノの上着とプレゼントを探しにショッピングビルに行こうということになった。

買い物客が行き交う綺麗で広々とした店内に圧倒され、周囲を見回しているときだ。

目に入ったものに、ティーノはぎくりとした。

ショーウインドーに映った自分が、一瞬だけべつの人間に見えた気がしたからだ。

——中世風の黒いマントを着た、端正な顔立ちに眼鏡をかけた黒髪の青年。

ハッとして慌てて瞬きをするが、そこにはもう見慣れた自分の姿が映っているだけだ。

(見間違い……?)

光の加減で映り込んで見えたにしては鮮明な姿だった。

背後やガラスの向こうにいたのではと、あたりをきょろきょろと捜していると、「ティーノ、こっちだよ」と先を行っていた鷹司に呼ばれ、気のせいだったのだと結論づける。

急いでついていった先のフロアには、新品の衣類がずらりと並んでいた。たくさんの上着の中から、「これとかどうかな」と言って鷹司が選び出したのは、紅葉した葉のように赤みがかったブラウンのコートだ。

店員に勧められて試着をする。軽くて着心地が良く、袖も丈もちょうどいい長さだ。モッズコートというらしいその上着を着た自分を鏡に映すと、意外なほど似合って見えた。自分の姿が、なんだかここでの暮らしにしっくりと馴染んで見えた気がして、ティーノは嬉しくなった。

これがいい、と伝えたが、わくわくしていた気持ちは精算時になって消えた。

店員から告げられたそのコートの値段が、驚くほど高価だったからだ。

値札も見ずに高い服をねだってしまったことに気づき、ティーノは青くなった。

鷹司が支払いを済ませ、丁寧に畳まれた上着の入った紙袋を笑顔の店員から渡される。

店を出ながら、「り、リューイチロ」と、鷹司の袖を掴んでくいくいと引く。

「ん？」

心苦しさのあまり、こちらを見た彼に、ティーノはおずおずと謝った。

「うわぎ、たかい……ごめんなさい」

自分は彼に世話になっている身だ。むしろ、お礼をしなければならない立場にいるのに、たくさんお金を使わせてしまった。あまりの申し訳なさに、どうしていいのかわからなくなる。

すると、目を丸くした鷹司が、我慢できないというように噴き出した。なぜ笑われたのかわからず首を傾げると、彼は口元を押さえながらおかしそうに言う。

「悪い……言葉選びが、本当に上手になったなと思ってさ。うちに来た最初の日は、トイレの蓋が自動で開いたり閉まったりするのが怖くて、でもそれをうまく伝えられなくて、半泣きで俺をトイレに引っ張っていったりしてただろ」

可愛かったけど、と、笑いを堪え切れないという様子で言われて、ティーノは頬が赤くなるのを感じた。自分が実際に何歳なのかはわからないが、いま二十八歳だという鷹司より年下なのは確実だ。だが、子供扱いされるほどの年ではないはずなのに。

「い、いっぱい、べんきょう、したもん！」

毎日欠かさずに教材を開き、少しの時間でも用例集を進めて言葉を学んでいる。

その努力は、なにもかも、彼ともっと意思の疎通ができるようになるためなのに。

笑われた悲しさで必死に訴えると、ふいに鷹司が笑みを消した。

「そうだよな……ティーノは、本当に頑張ってるよ」

大きな手でよしよしと頭を撫でられる。子供扱いは納得いかないけれど、優しい手は心地よくて、されるがままになるしかない。

「笑ったりしてごめんな。からかうつもりじゃなかったんだ」

許してくれるか？と訊かれ、彼を見上げてから、こくんと頷く。

よかった、と表情を緩める鷹司にティーノも笑顔になった。

「俺が保護するって決めたんだから、ティーノはいま、うちの子なんだ。俺は大金持ちじゃないけど、ティーノに必要なものとか、欲しいと思うものを買ってやれるくらいは稼いでる。食事を作ったり家事をしてくれるのは本当に助かってるし、ありがたいけど、無理に頑張らなくていい。まだ子供なんだから、遠慮しないで、もっと俺や母さんに甘えて、あれこれ欲しいって言ってくれていいんだよ」

ゆっくりと静かな口調で鷹司は言う。

〝うちの子〟という彼の言葉が、ティーノの胸にじんわりと染みた。

追い出されたらどうしようと、心のどこかに怯えがあった。彼の部屋はとても居心地がいいけれど、それに甘えてのんびりしていてはいけない。頑張らなければ、少しでも彼の役に立たなくては、彼の部屋にいられないと、ずっと必死だった。

鷹司はティーノが夕飯のおかずを焦がしても、洗濯の仕方を間違えて服を縮めてしまっても、一度も怒ったことがない。

最初の夜から彼と離れるのが不安でたまらないティーノの気持ちを酌み、いまでも毎晩同じベッドで眠らせてくれている。自分でも自分が誰なのかわからないティーノを懐に入れて。

優しい彼は、きっとティーノがどんな失敗をしても追い出したりなどしないはずだ――最初に会った夜から、彼がそんな人だと気づいていたのに。

思わず涙が出てしまいそうになるのを堪えて、こっくりと頷く。

鷹司は「もう少し買い物しよう」と言って、ティーノをビルのべつの階に連れていった。

そこはまた衣料品売り場で、鷹司はティーノの好みを聞きながら、サイズに合う着心地の良さそうなニットにシャツ、かたちのいいズボンを買ってくれた。

その後は電化製品の階に下りて、迷わずに最新機種の電子辞書を購入する。更には書店にも寄り、日本語会話の用例集と何冊かの初級漢字のドリル、それからティーノが表紙の美しさに惹かれてなんとなく手に取った児童書の冒険小説まで「面白そうだね」と言って、さっさとレジに持っていく。

どれも、止める間もなく会計を済ませてしまう彼に、ティーノは唖然とした。

支払いを終えた鷹司から「はい」と本の入った紙袋を渡される。受け取ると同時に「こっちは持つよ」と言って、上着の入ったかさばる紙袋をひょいと奪われた。これでは、彼に本以外の荷物をすべて持ってもらうことになる。もうひとつ持つと言っても、軽いから大丈夫だよとあっさり断られた。

(どうしよう……)

今日はたくさん歩いたけれど、足元がふわふわして、少しも疲労は感じない。

鷹司からのプレゼントは想像以上にたくさんで、しかもどれも明日からのティーノの暮らしを楽しくするものばかりだった。

さっき買ってもらったドリルを頑張って進めよう。分厚い冒険小説を全部読めたら、彼ともっとちゃんと話せるようになるかもしれない。

跳びはねたいような気持ちを抑えながら、駅に通じるビルの出口に向かう彼について歩く。

「これからもっと寒くなってくるし、ティーノの秋冬物ももう何着かあったほうがいいな。靴も一足じゃ心許ないだろ？　今日はもう荷物が多いから、あとはまた来週にでも見に来ようか」

何気なく言う鷹司の言葉に、ティーノは驚愕した。

いったい、この人はどれだけ自分のために散財するつもりなのか。

また来られるから、今日はそろそろ帰る?と訊ねられ、帰るという部分に急いでこくこくと頷いたあと、いや来週はもうなにも買ってもらわなくていいのだと、ぶんぶんと勢いよくティーノは首を横に振る。

「こら、どっちなんだ？」と笑う鷹司の腕をぎゅっと掴む。あたりを見回してから、ティーノは彼をあまり人のいない通路の端まで引っ張っていった。

どうした?と怪訝そうな顔の彼を急いで手招きする。

屈んでくれた鷹司に背伸びをして、耳元に口を近づける。

「――リューイチロ。きょう……たくさん、かいもの、ありがと」

まだ拙い日本語の表現を間違わないように、言葉を選びながら伝える。

衣食住は、もうじゅうぶん過ぎるほど足りている。なに不自由のない暮らしをしながら、言葉の勉強に没頭させてもらえるという幸運な環境だ。

だから、これ以上、彼に甘えてはいけないと思っていた――それなのに。

そろそろ買ってもらった教材をやり終わることや、好きに読んで構わないと言われた本棚の小説をパラパラしてみては、漢字の多さに挫折して落ち込んでいたことを、もしかしたら鷹司は知っていたのだろうか。

彼は墓参りのあと、ずっとティーノのものばかり買っている。

毎日長い時間働いて得た大切なお金を使い、ティーノのものを買ったところで、彼にはなんの得にもならないというのに。

たまの貴重な休みにも、鷹司は自分のことはわずかな時間で済ませ、朝から晩まで人のことを考えている。そんな彼の行動に気づくと、ティーノはもどかしいようなたまらないような気持ちにさせられた。

他の人に聞かれないよう、周囲をきょろきょろと見回す。

「あのね、ティーノ、すごく、うれしい。ありがと……リューイチロ、いちばん、だいすき」

彼に、どうしてもこの思いを伝えたい――だから、いまの自分にわかる、最上級の感謝の気持ちを言葉にしたつもりだった。

だが、顔を離した鷹司は、なぜか酷く驚いた顔をしている。

言葉の使い方を間違えたのだろうか？と心配していると、彼はハッとしたように頷く。

「あ、ああ、うん、喜んでくれて、なによりだよ」

少しだけ鷹司の頬が赤くなっている。気持ちがちゃんと伝わったのだとわかって、ティーノはホッとして微笑んだ。

＊

墓参りと買い物に出かけた翌日の日曜は、鷹司が急きょ休日出勤になった。勉強しながら守番をして過ごし、夕方に帰宅した彼が車を出して、一緒に実家に向かう。

「ティーノちゃん、隆一郎も、いらっしゃい！」

チャイムを押すと、花柄のエプロンをかけた薫子が満面に笑みを浮かべて迎えてくれた。

鷹司は「母さん、これ土産の甘いもの。ティーノが選んだんだ」と言って、途中の店で購入してきたスイーツを薫子に渡している。

薫子は目を輝かせ、「あらあら、気が利くわねぇ。じゃあ、せっかくだから食後にみんなで食べましょう」と言って、いそいそと箱を冷蔵庫に入れた。

土日のうちいつもどちらか一日は鷹司の実家に行き、夕食をご馳走になっている。

鷹司の実家は、彼のマンションから車で三十分ほどの距離にある。

初めて連れてこられたときは驚いた。ここだよと言われたのが、豪邸が並ぶ住宅街の中でもひときわ大きく立派な三階建ての洋館だったからだ。鷹司自身収入のいい仕事についていて、お金には困っていない様子だというのはわかっていたが、どうやら実家のほうも相当な資産家らしい。

この広い家に、いまはもったいないことに彼の母の薫子と兄の太一郎しか住んでいない。鷹司の父は輸入関連会社の取締役社長で、一年の半分以上は海外に行っているそうだ。ティーノが鷹司に拾われたときはちょうど渡米している時期で、まだ一度も顔を合わせたことがない。

キッチンと繋がったダイニングルームは、薫子の趣味なのか白系で統一されている。花柄のカーテンや、花が飾られたアンティークなデザインのテーブルがかなりロマンティックな雰囲気だ。

「今晩はスペイン料理にしたのよ口に合うといいんだけど」と言って薫子がテーブルに並べていく料理は彩りが良くて洒落た皿に盛り付けられている。しかも、どれもティーノの作ったものとは比べ物にならないくらいに美味しい。

豪華な夕食をご馳走になりながら、薫子があれこれと振ってくれる話に、ティーノは一生懸命答える。毎週会うたびに「あらまた会話が上手になったわねー」と薫子が手放しで褒めてくれるのが嬉しくて、勉強のし甲斐があった。

夕食のお礼に、鷹司とふたりで分担して食後のお茶の準備をする。彼が紅茶を淹れている間に、ティーノはスイーツを皿に載せて運んだ。

「ティーノちゃんが毎週末来てくれるようになってから、ご飯の作り甲斐があるし、いつも話し相手になってくれるから嬉しいわ。隆一郎は黙々とたくさん食べてくれるのはいいんだけど、近況を訊いてもあんまり教えてくれなくて、寂しいのよねぇ……あら、これすごく美味しいじゃない」

スイーツを食べながら、薫子はつれない次男をさり気なくちくちくと攻撃している。

「近況って言われても、いつも母さんが機関銃みたいにしゃべり続けるから、答える隙が見つからないんだろ……」とぼやく鷹司は、紅茶のカップを手にやや拗ねた様子に見える。

(あれ……リューイチロ、ちょっと、むくれてる……?)

いつも余裕を持った大人の顔ばかり見せられているので、母親の前にいる彼は、ティーノの目に新鮮に映った。

「まあ、いまはティーノちゃんが教えてくれるから安心だけど」と薫子に言われてぎくりとした。最近の鷹司の帰宅時間や休日出勤の状況を薫子から訊ねられると、ティーノはついわかる限りのことを伝えてしまっている。

つまり、彼のいまの生活状況は、自分によってほぼ母親に筒抜けなのだ。

(もしかして、あんまり言わないほうがいいのかな……?)

おずおずと鷹司を見上げると、気持ちが伝わったのか、彼は苦笑してティーノの頭をそっと撫でた。

「心配しなくていいよ。ティーノが知ってることは、母さんに言って大丈夫だから」

「あらあらあら、仲がいいのね」

ふたりの様子を見て、薫子はにこにこと嬉しそうに頬に手を当てる。

「ねえ、ティーノちゃん、明日は隆一郎が代休だっていうし、たまにはうちに泊まっていったらどうかしら?」

突然の誘いに、ティーノは目を丸くする。

「ああ、もちろん隆一郎も一緒にね。うちのお風呂にはジャグジーがついててすごーく広いのよ！　朝食は美味しいホットサンドを作るし、明日の昼食と夕食用の食事も折り詰め弁当にして持たせてあげるから」

そうしたら、たまには丸一日家事をお休みしてゆっくりできるでしょう？と、薫子は喜々として言う。

どうすべきかわからず、困ったティーノは鷹司を見た。

「――代休取ってても、場合によって隆一郎は出勤の可能性もあるんじゃないか？」

部屋の入り口のほうで声がして、皆の目がそちらに向く。ダイニングルームに入ってきたのは、鷹司と同じほど長身で体格のいい、黒髪に整った顔をした男だ。

「兄さん、お邪魔してるよ」

「タイチロさん、こんばんは」

弟の挨拶におう、と口の端を上げた鷹司太一郎は、ティーノには目尻を下げた。

「よう、ティーノ。ちゃんと食べてるか？　ちょっとはでかくなったかな」

つん、と頬に触れられて、ティーノは顔を顰めて彼を見上げる。太一郎は、初めて会ったときから、小さいな、と笑ってティーノをからかってきた。必ず頬をツンツンされるし、もっと食べろと言われる。見上げるほど長身の彼にそう言われると、自らの小柄さが気になってくる。

「ぼく、ちいさくない」

むうと頬を膨らませて必死で言うと、太一郎は声を上げて笑う。

「兄さん、ティーノをからかうのはそこまでにして」と鷹司が兄を止めてくれる。

それから鷹司は薫子のほうに目を向けて言った。

「母さん。兄さんの言う通り、明日休みかはまだちょっと確定じゃないんだ。でも、出勤要請がきたときにうちからのほうが早くつけるから、やっぱり今日は帰るよ」

ごめん、という鷹司の答えを聞いて薫子は残念そうだ。ティーノちゃんだけでもいいのよ？と言われて慌ててティーノは首を横に振る。

最近鷹司は少し疲れているような気がした。だから、彼をひとりにしたくない。

「カオルコさん、ありがと。でも……ぼく、リューイチロと、かえる」と断ってから、誘ってくれた感謝でティーノはぺこりと頭を下げた。

薫子は「あらあら、じゃあまた今度ね」と言って笑顔になり、太一郎がくすくすと笑う。「そうだな、俺と帰ろうか」と言って微笑んだ鷹司が、なぜか頭を撫でてくれた。

置いて帰られたらどうしようと不安だったが、そうはされないようでホッとした。

「太一郎、夕食は？」

「食べるよ。ああ、自分でやるから」と薫子に言い、太一郎はキッチンに向かう。

鷹司は「帰る前に片付けてくる。ティーノは母さんの相手をしてて」と言って、手伝おうとしたティーノを制し、ティーセットや空いた皿を載せたトレーを手に立ち上がった。

「あ、そういやお前、室長経由でいった見合い、また断っただろ」と言う太一郎に、鷹司は怪訝そうな顔をする。

「——なんで兄さんが知ってるんだ？」

「この間同期会で飲んだから。合コンや飲みの誘いも片端から断りまくってて、省の女の子たちみんなお前のことはもう諦めてるって。だったら見合いでもしてけじめつけたらどうだ？」

ニヤニヤしながら言う太一郎を「けじめをつけるなら年齢的にも兄さんのほうが先だろ」と鷹司は一蹴している。

（……リューイチロは職場でもモテるんだなあ……）

聞こえてくる会話に、それはそうだよねとティーノはしみじみと思う。

キッチンで雑談をしている鷹司家の兄弟は、ふたりともいつも率先して動く。彼らが母親をとても大切にしているのが伝わってきて、微笑ましい。

薫子と会話をしながら、ティーノはキッチンにいる彼らを目で追う。

鷹司の八歳年上の兄である太一郎は、警視庁の捜査二課というところに勤務している国家公務員だ。ティーノの捜索願が出されていないかを確認してくれたり、その後も様々な手続きや届け出がスムーズにいくように口添えをしてくれたのが彼だった。

兄弟だが、彼らの容貌はあまり似ていない。太一郎の本来の髪の色は弟と同じ鈍い色の金髪らしいが、警察官という職業柄、黒く染めているから余計にそう見えるのかもしれない。

兄弟の髪の色が黒髪ではない理由は、母親の薫子がアメリカと日本のハーフで、父親がアメリカ人のクオーターだかららしい。

太一郎の顔立ちは薫子似なので、鷹司はおそらく父親似なのだろう。異なった雰囲気ながら、どちらも人目を引く容貌の持ち主で、ふたりが並ぶとその場が眩しく感じられる。それぞれに圧倒されるような異なる迫力がある兄弟だ。

「――ティーノちゃん、ありがとうね」

唐突にそっと薫子に礼を言われて、首を傾げる。いまは、今日出してくれたパエリアのレシピを教えてもらっていたはずなのだが、礼を言われるようなことがあっただろうか。

「ここ何年か、隆一郎はなんだか気持ちが沈んでいるみたいで……うちにはごくたまにしか顔を見せてくれなかったし、心配して連絡しても『大丈夫だよ』って言われるばかりで、ずっと心配してたのよ。でも……ティーノちゃんが一緒に住むようになってから、なんだか表情がずいぶん明るくなったみたい」

微笑んだ薫子が、ちらりとキッチンに目を向ける。

太一郎が夕飯を電子レンジで温めている横で、弟はティーカップを食器洗い乾燥機にセットしている。ふたりはなにを話しているのか笑っているようだ。

いま鷹司は、毎週のようにティーノを連れて実家を訪れている。その彼が、実は何年かの間、実家と疎遠だったなんてと驚く。

自分を拾う前の彼の様子を聞いて、ふと気になっていることを思い出した。

孤児院、古いマンション、そして、郊外の霊園――。

薫子は、息子が休みの日に訪れる場所がなんなのか、知っているのだろうか。

悩んでいるうちに、太一郎がトレーに載せた自分の夕飯を持ってきて、ダイニングテーブルのティーノが座る隣の席につく。食器を片付けて、鷹司も戻ってきた。

「ティーノ、隆一郎に朝と晩のメシを作ってやってるんだって？」

鷹司と帰るべく立ち上がったティーノに、気持ちのいいほどの食べっぷりを見せつつ、太一郎が訊ねてくる。

「うん、つくってる」

「いいなあ。今度マンションに行くから、俺にもなにか得意なの作ってくれよ」

太一郎にもいろいろと世話になっている。いいよと安易に頷きかけて、ティーノはハッとした。兄とはいえ、自分が勝手に訪問を許可してもいいものだろうか。慌てて鷹司のほうを見ると、彼はやんわりとした口調で言った。

「もちろん構わないけど、兄さんまでうちで食べたら、ご飯食べさせる相手がいなくなって母さんが泣くかも」

「ほんとよ！　こんなに美味しいのに！」と薫子が冗談ぽく泣き真似をする。それを見て皆が笑顔になった。

鷹司家はとても仲がいい。こうして家族の団欒の中にひととき交ぜてもらえると、ティーノまで幸せな気持ちになった。

「また来週な。それまでに、大きくなるようもっとたくさん食えよ」と笑って太一郎が手を伸ばし、ティーノの頭をよしよしと撫でた。

「……カオルコさん、やさしい」

帰路の車の中でティーノは言う。

帰り際、常備菜に手作りのお菓子など、薫子からはあれこれと土産を渡された。『毎日隆一郎の帰りが遅いんじゃつまらないでしょう？　もし寂しくなったら、いつでも迎えに行くからうちに来てね』とティーノに声をかけて、ふたりを見送ってくれた。

夜の街を運転しながら、彼がふっと口の端を上げた。

「うん。たぶん、ティーノのこと気に入ってるんだと思う」

薫子はいつ会っても、ティーノに無理に記憶を取り戻させようとはしない。それなのに、ティーノにとって必要なことならいくらでも手を貸してくれる。そこは性格的に鷹司と同じで、ふたりは似た者親子だなと思う。

彼女と初めて会った、保護された翌日のことを思い出す。

ティーノは身元不明者として様々な手続きをする必要があった。だが、仕事がある鷹司は連れていくことが難しい。その代わり、彼は母の薫子に付き添いを頼んでくれた。

彼にいてもらうことは無理なのだとわかっていたが、ティーノは鷹司が視界から消えることが不安でしょうがなかった。出勤する前に、屈んで目を合わされ、『仕事が終わったら、すぐ連絡するから。なにも心配いらないからね』と優しく言い含められて、引き留めたい気持ちを必死で堪えてこくこくと頷いた。

その様子を見た薫子は『まるで、親鳥に置いていかれるヒナみたいねぇ』と困った顔で笑い、福祉事務所の担当者とうまく話を進めてくれた。

親鳥が視界から消えたら、巣立ち前のヒナにとっては死活問題だ。必死になるのも無理はないと思う。

（……そっか……、もしかして、僕のため……？）

考えているうち、彼が毎週末、実家に行くようになった理由に思い至った。

――平日の大半をほぼひとりきりで過ごしているティーノに、少しでも自分以外の誰かと交流を持たせるため。

休日も、自分といるだけでは寂しいだろうと考えているのかもしれない。

彼には仕事がある。ひとりぼっちで留守番をする時間が長くとも、マンションに置いてもらえて、待っていたら毎日ちゃんと帰ってきてくれるというだけでじゅうぶんなのに――。

夜の道は空いていて、あっという間に車はマンションの駐車場に到着した。

エンジンを切ると、「遅くなっちゃったな。今日一日、お疲れさま」と笑って鷹司が運転席のドアを開けようとする。慌ててティーノは言った。

「――ぼく、さびしくないよ」

鷹司が驚いたようにこちらを振り返った。彼のシャツの袖を掴み、ティーノは必死な気持ちで訴えた。

「リューイチロといっしょ、まいにち、すごくしあわせ」

ちっとも寂しくなんかない。彼の家でともに暮らせることが、自分にとってなによりもの幸福だ。

言いたいことをわかってくれたのか、鷹司が表情を緩める。

困ったみたいな笑みを浮かべた彼に、くしゃくしゃと頭を撫でられた。

肩を竦めてされるがままになっていると、〝ありがとう〟という囁きが聞こえて、ティーノはくしゃりと笑った。彼はゆったりとした動きでティーノの髪をそっと撫でる。心地よくて、蕩けそうになった。

こうしていると、じわじわと安堵が湧いてきて、これ以上なにもいらないという充足感でいっぱいになる。

こんなに幸せでいいのだろうか。

——記憶をなくして、一番初めに会ったのが、彼でよかった。

保護してくれたのがこんなにも優しい鷹司で、自分は本当に幸運だった、と、優しい手の温もりを感じながら、ティーノは心の底から思った。

＊

墓参りに行った次の週末も、鷹司はティーノを連れて出かけた。

「今日はちょっと人に会いに行くんだ。用事が終わったら買い物もできる場所だから」と説明されて頷く。

マンションの最寄駅から電車を一度乗り換える。新鮮で楽しいけれど、電車の乗り降りや駅間の移動にはまだ慣れない。ぜったいにはぐれないようにと、人混みの中でティーノは鷹司の上着の裾をそっと掴ませてもらう。それに気づいた彼が小さく笑い、〝置いていったりしないから大丈夫だよ〟と囁いて、不安な場所は手を引いてくれた。

数駅先の真新しい駅で降りると、すぐ近くに大型のショッピングモールがある。オープン時間を少し過ぎたところらしく、まだ客の入りはまばらだ。

モールの入り口を入ったところに広くて綺麗な休憩所が見える。そちらを指さした彼が、「ごめん、少しだけあのあたりで待っててくれる？」と言ったときだ。

「――鷹司さん、どうも」

声をかけながら近寄ってきたのは、鷹司より少し年上に見える子連れの男性だった。

彼と手を繋いでいるのは、小学生の兄弟らしき子供たちだ。上の子は大人しそうだが、下の子は早く遊びに行きたいのか、じたばたして父親の手を離そうとしている。

「坂田《さかた》さん、わざわざすみません。友也《ともや》くん、和也《かずや》くん、こんにちは」

彼が挨拶をすると、子供たちも挨拶を返している。

こちらに目を向けた親子に、ティーノは慌ててぺこりと頭を下げる。坂田と子供たちも会釈してくれた。言われた通りに休憩所のほうに行こうとすると、鷹司がそっとティーノの背中に腕を回し、「この子は俺の連れです」と彼らに伝える。どうやら一緒にいていいようだ。

坂田という男性は、上の子に小遣いを渡し「友也、和也の手を離さないで。和也はお兄ちゃんの言うことをちゃんと聞くんだぞ？」と言い含める。兄弟は頷き、しっかりと手を繋いで鷹司とティーノに手を振る。

一瞬、上の子がなにか言いたげな顔をしたように見えたが、結局口を開くことはせず、兄弟は駆け足で遊戯施設の中に吸い込まれていった。

「……ふたりとも、また身長が伸びましたね」

「ええ、もう去年の服はぜんぜん入らなくて。特に和也は、一年生のクラスで身長が後ろから二番目だそうです」

鷹司の言葉に、目を細めて子供たちの後ろ姿を見送りながら坂田は言う。

「――それで、友也のことなんですが」

ふいに坂田が真面目な顔で切り出す。

「あのときのことで、なにか思い出したことはないか訊いてみたんですが……やっぱり答えはこれまでと同じなんです。誤魔化している様子もありません」

お役に立てなくて本当に申し訳ないです、と彼はすまなそうに頭を下げた。

「坂田さん、顔を上げてください。あれからずいぶん経っているのに、こうして改めて訊いてもらえただけでじゅうぶんですから」

鷹司は落ち着いた様子で言う。顔を上げた坂田はなぜか涙ぐんでいるように見える。

やけに深刻そうなふたりの会話の流れが理解できず、ティーノは困惑していた。

目元を拭った坂田は、少し雑談をしたあと、別れ際に言った。

「立川さんは、友也の命の恩人です。もしも、なにか少しでも進展がありましたら、お手数ですがうちにも連絡をもらえたら」

(命の恩人……?)

「ええ、もちろんです」

ホッとした顔を見せた坂田は、最後に弱り切ったような声で漏らした。

「あれから、もう五年になるなんて……いったい、あのとき、なにが起きたのか……」

その言葉に、鷹司の声が暗くなった。

「本当に、なにがあったのかわかりません。……俺も、消えた立川がいまどこにいるのか、せめて安否だけでも知りたくて、捜すのをやめられずにいるんです」

話を終えて頭を下げ、坂田が子供たちの行った遊戯施設のほうに向かう。

それを見送ってから、鷹司はティーノに目を向けた。

「待たせてごめん。ええと、まだお腹は空いてないよな？　飲食店がたくさんあるから、服を見る前になにか飲もうか」と言って微笑み、彼は建物内にティーノを促そうとする。「まって」とティーノはその背中に声をかけた。

振り返った彼に、思い切って訊ねる。

「リューイチロ……だれ、さがしてる？」

その問いを聞いて、鷹司が笑みを消した。

一瞬悩んだように見えた彼は「そうだよな。ここのところ、いろんなところに付き合ってもらってたし……ティーノには、話しておくべきだよな」と呟く。

彼に連れられて、昼前でまだ空いているカフェに入る。自由に席を選べる店らしく「外の席でもいいかな」と訊ねられて頷くと、彼は他に客のいない屋外のテラス席を選んだ。おそらく、他人にはあまり聞かれたくない話なのだろう。

頼んだ飲み物がテーブルに運ばれてきたあと、彼はゆっくりと話し始めた。

消えた同僚――立川橙莉《とうり》のことを。

（たちかわ、とうり……）

その名を聞いたとき、なぜか不思議な感覚がティーノの頭を過った。

なぜか、『トーリ』という名を、どこかで聞いたことがあるような気がしたのだ。

だが、それは『タカツカサ』の名前ほど明確な強い記憶ではない。気のせいかなと思い、彼の話を聞く。

五年ほど前、大学を卒業した鷹司が外務省に入省して、半年が経った頃のことだった。

立川は、ある日こつ然と姿を消した。

神隠しとしか言えないような、それは不可思議な出来事だったそうだ。

「……その朝、通勤途中だった彼は、飛び出した小さい子供を助けようとして、車の行き交う道路に足を踏み入れた。急ブレーキを踏んだ運転手の話では、なにかにぶつかったような衝撃を感じたそうだ。泣きじゃくっていたが、子供は無事だった。それなのに……なぜか立川の姿だけが、その場所から消えていたんだ」

鷹司は、静かにそのときのことを話す。

「最初は、誰かがなにかを誤魔化していて、怪我をした立川が事故を隠すために連れ去られたんじゃないかと疑っていた。だって、俺は、事故の直前に彼と偶然会って、会話もしている。その朝、立川が省庁のすぐそばまで来ていたことだけは確実なんだから」

彼の口調が、焦燥感を滲ませる。

近隣の監視カメラも、出勤途中の立川の姿をはっきりと捉えていた。

さきほどの坂田は車道に飛び出した子供――友也の父親で、若いスーツ姿の男性が友也を助けようと走り出す姿を目撃していた。だが、事故の瞬間は、タイミングの悪いことに両側を他の車に挟まれて坂田からは見えず、監視カメラにも映っていなかったそうだ。

事件は公開され、『男の子を助けた外務省職員が行方不明』と各局のニュースでも大きく報道された。子を救ったヒーローの失踪事件に、同時間帯に近隣を走っていた車からは、ドライブレコーダーの録画が多く集まった。だが、警察が調査をしたところ、トラックにぶつかったあとの立川の姿はどこにも映っていなかった。

不幸にも加害者となってしまったが、トラックの運転手が工作をするとは考えられなかった。なにせ、平日朝、都内のラッシュ時だ。たとえ事故の瞬間が監視カメラに映らなかったとしても、轢いた彼を連れ去り、事故の痕跡をなくすことは不可能なのだ。

血痕もなく、当事者である友也は当時まだ三歳で、証言は採用されなかった。『都会の神隠し』として、しばらくの間ニュースはその話題で持ちきりになったが、進展のないまま、事件はいつしか画面から消えていった――。

鷹司の話は、ティーノにとって衝撃的なものだった。

コーヒーカップに視線を落とした彼が、困惑した様子で漏らす。

「人ひとりが、都会の街中でいきなり消えるわけがない。怪我をしたとしても、無事だとしても、必ず、なんらかの痕跡が残るはずだ。大きな声では言えないが、警視庁にいる兄にも協力を頼んで、現場を映した監視カメラの映像も含めてあらゆる証拠を見せてもらった。他にも、使えるコネはすべて使って捜した。でも、立川がその場から攫われたという証拠は、なにも見つからなかったんだ」

「たちかわ……リューイチロの、ともだち？」

躊躇いながらティーノが訊ねると、鷹司は少し表情を緩めた。

「そうだな、研修時に隣の席で、同じ部に配属されたあともよく話す同僚ではあったよ。だけど、考えてみれば、ふたりだけでランチや飲みに行ったこともなかったし……」

顰められていた鷹司の表情が、ふいに柔らかいものに変わる。

「でも、なんとなく、立川は俺にとって気になる存在だった」

なぜだかティーノの胸にかすかな痛みが走った。

（なんだろう……？）

戸惑うティーノには気づかず、それから鷹司は、仕事中の事故で、彼が立川の肩を脱臼させてしまったときのことを話した。

「肩が外れやすいと知らなかったとはいえ、落ちてきた箱から助けようと、腕を強く引いてしまったのは俺の過失だ。だから、すぐに彼を叔父の病院に連れていって、そのあと心配だったから家まで送った。どれも当然のことをしただけなのに、立川はすごく感謝してくれているみたいで、なんだか不思議だった」

彼は当時のことを思い出すように言う。

「あとで知ったのは、彼は児童養護施設で育って、その後、里親の家にもらわれたけど、大学在学中に義理の母が亡くなって、また天涯孤独になったらしい。それなのに、勉強もおろそかにせず、大学を現役で卒業して外務省に入った。人事の者以外、彼の生まれ育ちを誰も知らなかった。仕事も早くて、作業を押しつけられても愚痴ひとつ零さない。真面目な努力家で……だけど、それを誰にも見せないタイプだったんだ」

鷹司はなにかを悔やむような顔で話す。

――たまの休みに、彼が差し入れを持って向かった児童養護施設は、立川が育った場所だ。そして、管理人と話していた古いマンションは、大学卒業後に住んでいたところ。

墓参りに行った霊園には、立川の養母の墓がある――。

手がかりを求め、鷹司は立川の里親の家も訪れたが、養父は引っ越しをしていて消息不明だった。そもそも立川は養母の強い希望で引き取られたらしく、折り合いの悪かった養父に連絡がいく可能性は薄いらしい。

だから、万が一立川が無事で、関係者になんらかのコンタクトを取ったり、訪れたりするとしたら、残った三つの場所しか考えられないのだという。

「最初のうちは、立川の行方がわからないかと期待をして足を運んでいたが、いまではもう養護施設には子供たちに差し入れを持っていくだけになってる。マンションも、年を取った管理人さんが元気かどうか様子を見に行っているみたいなものだ。墓参りだけは、せめて立川の代わりにと思って、できるだけ命日近くには行くようにしてるけど……それでも、なにか彼から連絡がくるんじゃないかと、定期的にあちこち確認に行くことだけはやめられなくてね……自分でも、諦めが悪いと思うんだけど」

自らの行動を自嘲するかのように、彼はかすかに笑う。

ティーノを見つけた前日までは仕事がかなり忙しく、しばらくの間、立川の捜索はほとんどできなかったそうだ。だから、ここのところの週末は、立て続けにあちこちへ行くことになったらしい。

自宅では、身元不明者のリストが更新されるたびに、全都道府県のデータをチェックしている。立川がなんらかの事情で他県で見つかり、保護されている可能性も捨て切れないからだ。

彼は、立川が消えてから五年もの間、彼が生きている可能性を信じて、捜し続けてきた。

話を聞いていると、言葉にするよりも雄弁に、鷹司の気持ちが伝わってくる気がした。

――五年も前に姿が消えてもなお、忘れられない相手。

同僚だと言うけれど、彼は立川を好きだったのではないか、とティーノは気づいてしまう。

わかったとたん、謎の胸の痛みはいっそう強くなる。

慌ててジュースを飲んでみたが、甘いはずの飲み物はなぜか苦く感じられた。

いつもなら目敏い鷹司は、ティーノの動揺には気づかない。おそらくいまは立川のことで頭の中がいっぱいなのだろう。安堵しつつ、どこかで彼の気持ちが自分に向いていないことに寂しさを感じた。

ふいに彼が笑顔になって店の外に向けて手を振った。目を向けると、店の外を歩く親子連れが元気よくこちらに手を振っている。さきほどの坂田とその子供たちだ。子供たちがティーノにも手を振ってくれていると気づき、慌てて振り返す。

「あの子……じこの、こども……?」

坂田親子が視界から消えてから、おずおずと訊くと、鷹司は頷いた。

「そう。坂田さんの長男が、立川が助けた友也くんだよ。立川がいなくなる直前のことを知っているのは、あの子だけなんだ」

坂田親子に連絡をするのも、最近では一年に一度程度だそうだ。

「友也くんは、当時からいまに至るまで、立川が消えたときのことを、何度訊いても同じように説明するんだ――『助けてくれたお兄ちゃんは、いつの間にかいなくなってた』って」

トラックにぶつかった直後の三歳の子供の記憶に、どれだけの信ぴょう性があるのかは疑問だ。

だが、警察でも、家で父親が訊ねたときも、友也は同じことを答えたそうだ。

『保育園に行きたくなくて逃げたら、知らないお兄ちゃんに捕まったの。抱っこされて暴れたら、大きいトラックがすぐそばまで来てて、びっくりした。怖くて目を瞑ったらぎゅってされて、なんにも見えなくて、いきなりお尻から地面に落っこちたのが痛かった。助けてくれた紫色の目のお兄ちゃんは、いつの間にかいなくなっちゃってたよ』

早朝、都会の真っただ中からの神隠し——。

最初は、外務省の同僚たちも進んで捜索に参加していたが、数か月経つにつれ、少しずつ皆日常に戻っていった。元々、立川は人付き合いがあまり得意ではないタイプだった。そのせいか、いまも捜し続けているのは鷹司だけらしい。

「……あの事故からもう五年も経つ。彼の交友関係や知り合いにはすべて当たってみたけど、なにひとつ得られるものはなかった。わかったのは、立川が孤独な生まれでも、一生懸命に生きてきたってことだけだ」

彼は淡々と話す。

「もしかしたら、もう立川は見つからないのかもと思ってはいる。でも……もし、どこかで生きて、彼が辛い思いをしていたらと思うと、放ってなんておけない。関わりのあった皆が全員諦めて、彼のことを忘れていくなんて、可哀想過ぎるよ。職場の同僚から、もう捜すのはやめたほうがいいと説得されても、どうしても、まだ自分の中では区切りがつけられないでいるんだ」

静かな表情の奥に、深い悲しみが覗く。

鷹司の蒼い目には涙はない。けれど、彼の心は、消えた立川を思い続けて苦しんでいるのだとわかる。

　この五年間の鷹司の日々を思うと、泣きたいような気持ちになった。

　立川がどんな人だったのかはわからない。だが、ここまで彼に捜してもらえるのだから、きっと素晴らしい人だったのだろう。どうしてか、立川が羨ましく思えた。

　そのとき、なぜ、彼が保護したティーノの安全を酷く気にかけ、ＧＰＳ付きのスマートフォンを持たせたのかがわかった。

　もしもこの土地に不案内な自分が迷子になり、行方がわからなくなったらと心配したのだろう――消えてしまった立川と同じように。

　胸に込み上げる感情を堪えていると、それに気づいた彼が、苦笑して手を伸ばしてきた。

「ごめん、悲しい気持ちにさせたな。こんなに詳しく話す必要はなかったのに、いろいろ同行してくれた人は久し振りだったから、ついティーノには打ち明けてしまった」

　ごめん、ともう一度謝られて、くしゃくしゃと頭を撫でられる。

　ティーノの気持ちが落ち着くのを見計らい、「そろそろ買い物に行こうか」と言われて席を立つ。

　ふいに、店の窓ガラスに映った姿に目をやり、ティーノは息を呑む。

「どうした？」

「……な、なんでもない」

足を止めたティーノは、そう言って、不思議そうな鷹司を慌てて追う。

(まだ……)

現れたのは、いつかのショッピングビルで見た、あの黒マントの青年だったのだ。

ガラスに一瞬映った青年は、なにか言いたげな顔でティーノを見つめていた。

(もしかして、霊でもついているのかな……)

更なる心配をかけるだけだと思うと、たびたび見覚えのない青年の幻影を目にしていることは、鷹司にはとても言えなかった。

気持ちが沈んでいるのはさきほどの話のせいだと思ってもらえたようで、追及はされずにホッとした。

「あ、そうだ。立川をまだ捜してることだけは、母さんたちに言わないでもらえるかな？　心配かけるから」

買い物を終えた帰り際、そう頼まれてティーノは頷いた。

薫子が『ここ数年、隆一郎は沈んでいた』と言っていたのは、おそらく立川の件があったからなのだろう。余計な心配をかけたくないという気持ちはよくわかる。

(……僕に、なにかできることはないかな……)

これまでは、言葉を覚えることと、少しでも鷹司の役に立つことだけでいっぱいだった。

なんとかして、消えた立川の消息を見つけることはできないだろうか——鷹司のためにも、そ

してどこかにいるはずの立川自身のためにも。

まだ言葉さえも不確かな自分が、役に立てる方法は思い浮かばない。

しかも、鷹司は警察にいる太一郎という強力なツテを使い、すでに調べられるものは調べ尽くしているのだから。

だが、もし五年もの間捜し続けた立川の行方がわかったなら、鷹司はどれだけ救われるだろう。

そう思うと、最初から無理だと諦めることはできない。

——立川を見つけたい。

そんな無謀な決意が、ティーノの中にむくむくと湧いていた。

＊

年末が近づくにつれ、朝晩が冷え込むようになり、鷹司の仕事はいっそう忙しくなってきた。平日は日付が変わってから帰ってくることもあるほどだ。

休日出勤の頻度も増えてきて、人捜しをしている余裕はとてもなさそうだ。ひとりの時間には大人しく、買ってもらった冒険小説を読み進めて過ごす。そうしながら、ティーノは悩んでいた。

「――立川の調査結果？　それを読んでみたいのか？」

面食らった顔の鷹司に、真剣な顔でティーノはこくりと頷く。

考え抜いた末に、ある日、ティーノは思い立ち、彼が独自に纏めた立川失踪時の調査結果を読ませてもらえないかと頼んでみた。

彼が誰かにその資料を見せるのは初めてらしい。中には個人情報も含まれているので悩んだようだが、決して誰にも口外しないと約束した上で、資料の詰まった箱を渡してくれた。

「違う視点から見たら、なにか新たな発見があるかもしれないしな」と言って、鷹司は小さく笑った。だがそこに、もしかしたらという期待が見えた気がして、ティーノは俄然張り切った。

分厚いファイルには、当日の出来事とその流れ、関係する人々についての詳細な調査記録がわかりやすく纏められていた。数日かけて、隅から隅までじっくりと読み込む。

彼のところで世話になり始めてから二か月以上が過ぎた。日々ひたすら勉強し続けたおかげで、一般的な読み書きには問題がないところまでティーノの日本語は上達している。時折専門用語が出てくると電子辞書の世話になったが、それ以外はほぼスムーズに事件についての記録を読むことができた。

気になるところには付箋を貼り、前後関係を確認しつつ読み進めていく。

（そんな……）

すべてを読み終えて、ティーノは愕然とした。

辿り着いたのは、やはり、立川は事故現場から一瞬でいなくなっている、ということだ。どう考えても、彼は『消えた』としか考えられない。

それは、警察、そして捜し続けている鷹司自身が出した答えとまったく同じものだった。

そのことを伝えられず、重い気持ちのまま、日々は過ぎていく。

沈んでいたある日、鷹司が出勤前に、「ティーノ、これ」と言って突然紙袋を渡してきた。中には箱がふたつ入っている。綺麗にラッピングされていて、どうやらプレゼントのようだ。

開けてみて、と言われてどきどきしながら開けると、中には使いやすそうな洒落た腕時計と、子供用ではないスマートフォンが入っていた。

「ちょっと早いけど、クリスマスプレゼントだよ」

新年の少し前にくる『クリスマス』というイベントについては知っている。近所のスーパーもそれ用に飾りつけられ、テレビCMもやたらときらきらしくてにぎやかだ。

「最近はひとりで買い物に出ることも多くなってきたし、そろそろスマホが必要かなと思って。外に出るとき、腕時計もあったほうが便利だろ？」

そう言われて、あまりに素敵な贈り物に、ティーノは感激で言葉が出なくなった。

スマホも嬉しかったが、特に腕時計に驚いた。流行りの少し大きめな文字盤は見やすく、茶色の革ベルトが上品だ。彼はティーノに必要なものすべてを惜しみなく買ってくれるが、その中でも一番素敵なプレゼントだと思った。

「ありがと、リューイチロ……」

嬉しさで頬が熱い。彼を見上げて礼を言うと、鷹司がなぜかホッとしたような顔で微笑んだ。

「喜んでくれてよかった。ここのところ、ティーノが沈んでいるように見えて、ちょっと気になってたんだ」と言われて、自分が彼に心配させるほど落ち込んでしまっていたことに気づく。

「落ち込んでるのは、俺が立川の行方不明に関する調査結果を渡したせいだな」

大きな手がティーノの頭をそっと撫でる。

「あれは、警察も俺も、皆が穴の開くほど調べたあとの資料だ。今更新しい発見なんて、あるはずがないんだよ。でも……ずっとひとりで捜してきたから、ティーノが一緒に捜してくれようとしたことが、ただ嬉しかった」

それだけで、もうじゅうぶんだから、と言われたが、役に立てなかったことが心苦しかった。落ち込んだのはそれだけではなく、親には捨てられ、その後引き取られた養母をも亡くした立川のあまりに不運な生い立ちに悲しみを感じたからでもあった。

鷹司がうつむいた顔を覗き込んでくる。どこか痛むような、真剣な目で見つめられて、心臓の鼓動が跳ね上がった。

「そんな顔しないで。安易に資料を見せて、悲しい思いをさせてごめんな。ティーノはこれまでみたいに笑っててくれるほうがいい」

そう言われて、ティーノは無理にでもにっこりと笑う。

「ぼ、僕、どっちも、一生大事に使う」

大切なプレゼントの箱を胸に抱き、感謝の気持ちでぺこりと頭を下げる。鷹司が笑顔になった。

「うーん、一生はちょっと無理かな。どっちも、また壊れる前に新しいの買うからさ、気にせずたくさん使って」という彼の言葉に、どきっとした。

この時計とスマホが壊れるくらい長く彼といられたら、どんなに幸せだろう。

使うのがもったいなくて、ティーノはしばらく箱に収めたままプレゼントを飾り、眺めては幸せに浸った。

クリスマスにはプレゼントをあげ合う習慣があるというのはテレビからの知識で知っていたが、こんなに素敵な贈り物をもらえるとは思いもしなかった。

（なにか、お返しをしなきゃ……）

そう思い立ったけれど、鷹司からもらった小遣いで、彼へのプレゼントを買うというのもちょっと違う気がする。

ティーノは薫子に相談し、レシピサイトも研究して、鷹司に喜んでもらえそうなご馳走のメニューを考えた。

そうして、クリスマスイブの当日、メインはローストチキンを焼くと決めた。それに、サーモンのマリネサラダ、手作りのバジルソースのパスタという鷹司の好物を揃えたメニューを作ることにする。

出がけの彼に「素敵なプレゼントのお礼に、美味しいご馳走を作って待ってるね」と伝えて、張り切って準備を進める。

その日、いつも帰りの遅い鷹司は、思いの外早く帰宅してきた。

「今日はちょっと用があるって言ったら、同僚たちに早く帰れって追い出されたんだ」と彼は照れくさそうに笑う。鷹司が定時退社をするのは、ティーノが居候してから初めてのことだ。

「ご、ごめんなさい、ごはんまだできてないよ」

いつも遅くなる鷹司の帰宅時間に合わせるため、下準備を済ませ、中に具を仕込んだチキンはまだ焼き始めたところだ。出来上がりまであと一時間はかかる。せっせとパスタソースを作っていたティーノがしょんぼりして計画を打ち明けると、鷹司は「せっかく早く帰れたんだ、ちょうどいいから俺も手伝うよ」と腕捲りをした。

彼は有能なアシスタントで、手際良くパスタを茹で、サラダまで作ってくれる。

ふたりで作業をするのは楽しくて、あっという間に料理ができた。テーブルセッティングをして、皿を並べたりグラスの準備をしている間に、ちょうどチキンも焼き上がった。

香ばしい匂いがするチキンを切り分け、皿に載せる。予定の料理はすべて完成だ。ダイニングテーブルにつくと、鷹司がリビングルームに置かれたワインセラーから一本の瓶を出してきた。

「今夜は一緒に飲めるものをと思って、今日買ってきたんだ。これはノンアルコールワインだから、ティーノも飲んで大丈夫だよ」

彼が器用に栓を抜き、ワインをふたつのグラスに注ぐ。やや透き通ったそのワインには炭酸が入っているようだ。乾杯とグラスを持ち上げてから一口飲むと、ふわっと蜂蜜の香りを感じ、続けて果実の爽やかな甘さが舌の上で蕩ける。

「美味しい」とティーノは目を輝かせた。

それを見て、鷹司がよかった、と満足げに笑う。

「一緒に飲めるのすごく嬉しい。これ買ってきてくれてありがとう、リューイチロ」

満面に笑みを浮かべ、ちびちびと大切に初めてのワインを飲む。腕に嵌めたプレゼントの腕時計が目に入るたびに、幸せな気持ちになる。

今日はなんて素晴らしい日なんだろう、とティーノは思った。

調べたところ、クリスマスというのは宗教的祝事の日であり、現代では家族や友人、恋人とともに祝うものらしい。

皆が大切な人と過ごす日を、彼は自分と一緒に過ごしてくれた。

行方不明の立川、失ったままの自分の記憶。たくさんの気がかりがあるけれど、せめて今日だけはなにもかも忘れて過ごしたい。

甘酸っぱさのあるノンアルコールワインを飲みながら、ティーノはささやかな幸福を噛み締めた。

「チキンもずいぶんうまく焼けたね。パスタのソースは、もしかして手作り？」

ナイフとフォークを器用に動かしてチキンを食べながら、鷹司が訊ねる。

「うん。パン屋さんのサービスでもらった種を、窓際に置いた鉢植えで育てたバジルだよ。それを今日収穫して作ってみたんだ」

少し胸を張ってティーノは答えた。

「へえ、すごいね。とても美味いよ。店が開けそうだ」と言って鷹司は味わって食べてくれる。

ティーノは嬉しさで頬が熱くなった。

買ってもらった冒険小説を読み終わったので、感想を話すと、彼は興味深く聞いてくれる。

「なにを買っても本当に喜んでくれるから、ティーノにはなんでも買ってやりたくなるな」と彼が嬉しげに笑う。これ以上はなにもいらないよと言う前に、「遠慮しないで受け取ってくれればありがたいんだけどね」と言いながら、鷹司が手を伸ばしてティーノの髪をそっと撫でる。

鷹司は本当に褒め上手だ。自分が少しもくじけずに言葉の勉強を頑張れたのも、彼が毎日ささやかな上達を目敏く見つけて、褒め続けてくれたおかげだろう。

見た目も完璧な上に、優しくて、性格までいい
（そういえば……なんでリューイチロには、恋人がいないんだろう……）

鷹司は素晴らしい人だ。彼のような男に寄り添う相手がいないなんてと不思議に思う。

最初に立川の話を聞いたとき、鷹司は彼を好きだったのかと思った。だが、その後聞いた話の感じでも、調査結果に目を通してみても、どうもふたりは本当に同僚の域を出ない間柄だったようだ。

ここまで心配するくらいなのだから、おそらく無自覚の好意はあったのだろう。

だが――その立川は消えてしまった。

（でも、もしリューイチロに恋人がいたら、僕はこの部屋に置いてもらえなかったよね……）

実は、自分の知らないところで会っているだけ、という説も一瞬思い浮かんだが、すぐにその可能性は消えた。鷹司は予定をほぼ全部教えてくれるし、そこにティーノの知らない恋人との逢瀬が入り込む余地はないと思う。

ノンアルコールだから酔うはずなどないのに、考えれば考えるほど、彼に恋人がいない理由が気になって頭の中がぐるぐるしてくる。

ワインを飲んでいた鷹司が、思いついたように訊ねてきた。

「ああ、そうだ。ティーノの新しいスマホにも追跡用のアプリを入れて、これまで通り居場所を見つけられるようにしてもいいかな」

外でなにかあったときのために、という彼の提案に、ティーノは思わず頬を膨らませる。

「いいけど……近所の道ならもうだいたい覚えたから、もうそんなに心配しなくても大丈夫だよ？」

彼はかすかにハッとしたように見えた。

「そっか、そうだよな……」

ごめん、と謝られて、慌てて首を横に振る。アプリを入れるのは構わないし、心配してくれるのも嬉しいという気持ちを伝える。だが、いつまでも保護すべき幼い子供みたいに扱われるのは、嫌だった。

すぐには無理だとは思うが、少しずつでもいいから、彼に対等な存在として見てもらえるようになりたい。どうしたら、鷹司の視線を変えられるのだろうとティーノは真剣に考えた。

「……リューイチロ、恋人はいないの？」

思わず訊いたとたん、ぐっと彼の喉が鳴る。なにか詰まらせたような様子にティーノは慌てて立ち上がり、彼の背後に行ってとんとんと背中を叩く。

なんとか呑み込めたようで、鷹司は急いで水を飲んでいる。

「びっくりした……いきなり、どうしたんだ？」

彼がこちらを振り向く。かなりの身長差があるので、椅子に座った彼と、その後ろに立っている自分とは少ししか目線が違わない。間近にある美しい容貌に今更ながら緊張する。

「え、えっと、うちで僕とごはんを食べてくれて嬉しいけど、今日はクリスマスだから、リューイチロには他に会う人がいたりしなかったのかなあって……」

じっと見られながら、しどろもどろに説明すると、鷹司が苦笑した。

「一緒に住んでるんだから、俺にいま付き合ってる相手がいないことくらいわかるだろ？　時間があれば立川のことも捜したいし、仕事も忙しいしね」

そう言う彼は、いまは色恋沙汰に気持ちを向ける気はないようだ。

「そっか」と言い、無意識にしょんぼりしてティーノはうつむく。そっと手を握られて顔を上げると、優しく見つめる澄んだ色の目と視線がぶつかる。

「……誰とも付き合わないよ……いまは、ティーノだけで俺の手はいっぱいだから」

安心させるみたいに言われて、大きな手でそれぞれの手を包み込まれる。

まるで家族にするような親密な仕草だった。現金なことに、ティーノはしょげかけていた気持ちが一気に高揚するのを感じた。

細かいニュアンスもほぼ理解できるようになったおかげか、なんとなく、鷹司の気持ちが以前より近くなったような気がする。

できることならば、なにか少しでも彼の力になれますようにとティーノは願った。

＊

大晦日はふたりだけで過ごし、年が明けてから、鷹司の実家に挨拶に行った。

太一郎は仕事があるらしく留守だったが、綺麗な着物姿の薫子が豪華な正月料理を用意して待っていてくれた。薫子か「ちょっといいかしら」と言って奥の和室に連れていかれ、なんとティーノも紋付き袴を着せてもらうことになった。

着付けが済んだと知らされて、鷹司が覗きに来た。「お、よく似合うね」と笑ったあと、彼が「母さん、これ、俺が小学生卒業のときに作ったやつ？」と言うのに衝撃を受けた。

「この子、小学生の頃から背が高くて、いつもクラスで一番後ろだったのよ」と薫子は慰めるように言ってくれたけれど、年齢のわからない自分が、実は小学生だったりする可能性まで浮上してきてしまう。

だが、落ち込んでいる暇もなく、可愛いわいい感じだわーと薫子に褒めちぎられて写真を撮られる。鷹司まで「俺も一枚いいかな」と言って、自分のスマホを取り出して撮ってくれて、ショックが薄くなる。

記念にと鷹司と一緒の写真と、それから三脚を立てて薫子と三人でも撮影をした。いまだけ家族の一員になれたみたいな気がして、とても嬉しかった。

そんなふうに、年明けまでは楽しく過ごせたものの、ティーノは予想外の出来事に悩まされていた。

——ここのところ、なぜなのか、やたらとおかしな夢ばかりを見るのだ。

たびたび見る夢には、いつも同じ青年が出てくる。

何度か外出中の窓ガラスに映った、あの眼鏡にマント姿の青年だ。

端正な顔立ちをした青年がいるところは、どこかのテーマパークの城みたいにクラシックな造りの部屋だ。彼は焦っているようで、赤い目でティーノを見つめ、怖い顔でなにかを必死に訴えている。

しかし、声は聞こえず、なにを伝えようとしているのかがさっぱりわからない。

気になるけれど、夢の彼と話すことはできず、ティーノは悶々と悩むしかなかった。

毎夜のように見るその夢のせいで、夜中に何度も目が覚めてしまう。眠るとまた同じ夢を見るのではないかと思うと気が重くて、なかなか寝つけない。

年末年始で鷹司が休みの間は良かったが、よりによって彼が仕事初めとなる日に、ティーノはうっかり寝坊してしまった。

一度は大急ぎで簡単な朝食を作れたが、二度目は出勤する直前になって、支度を済ませた心配そうな彼に起こされる始末だ。

「もう少し寝ていて構わないんだよ?」と気遣われたけれど、ティーノは彼よりも先に起きていたいのだ。

せいいっぱいの食事を作って食べてもらうことくらいしか、居候の自分にはできることはないのに——。

夢に翻弄され、ティーノは深い自己嫌悪に陥った。


「ふあ……」

また今日も同じ夢に魘され、寝不足のまま無理やり躰を起こす。

鷹司と朝食をとっている間にも眠気を感じて、ついうとうとしそうになった。

「今日もまたあの夢?」とテーブルの向かい側に座る鷹司が心配そうに訊ねてくる。

窓ガラスに映るだけのときは伝えずにいたが、さすがに毎夜のように同じ青年の夢を見始めてからは、同じベッドで眠っている彼には隠し切れず、その内容を打ち明けていた。

ティーノが頷くと、朝食を食べる手を止め、彼が考える様子を見せる。

「そんなに同じ夢を見るってことなら、黒髪の青年は、もしかしたらティーノの知り合いなのかもしれないよな」

「でも、なにを言っているのか声は聞こえないし……考えてみても、なにも思い出せなくて」

悄然として漏らすと、鷹司が言った。

「焦る必要はないよ。俺も今週末は休めそうだし、気になるようならまた孝一郎叔父さんのところに行って相談してみるかい？」

ティーノは慌てて「も、もう、いいよ、じゅうぶん」と言って首を横に振った。

鷹司に拾われた夜に診てもらった彼の叔父の孝一郎の専門は、内科と外科、心療内科だ。中でも、彼は催眠療法分野の見識が深いという。

言葉が通じるようになってから、改めて説得され、記憶喪失の原因が頭部にないかを確認するため、改めて孝一郎の病院に行ってＭＲＩの検査を受けた。

結果はどこにも異状なしだ。更に、いっこうに記憶が戻らないことを鷹司はとても気にしていて、記憶を取り戻すための催眠療法も受けさせられた。しかし、医院に本能的な恐怖感があって完全にリラックスすることができないせいか、ティーノにはさっぱり効果がなかった。

『全生活史健忘だけど外傷性ではないようだし、この子の場合は、うーん、心因性でもない気がするなあ』と、脳波とカルテを交互に見ながら孝一郎は難しい顔でぼやいていた。

「――ティーノ」

考え込んでいると、名を呼ばれて顔を上げる。

どれだけぼうっとしていたのだろう。自分の皿はまだほとんど手つかずなのに、すでに彼の前の皿は空になり、コーヒーも飲み終えている。

手を伸ばしてきた彼が、そっとティーノの頭を撫でた。

「大丈夫だよ、嫌なら無理に病院に連れていったりしないから」

優しい笑みに、ホッとして頷く。ゆっくり食べてて、と言い置き、自分のぶんの食器を纏めて鷹司が立ち上がる。

「ああ……ただ、もしティーノがまだ学生なら、ちゃんと学校に行かせて卒業させてやりたいよな」

キッチンで食器洗い乾燥機をセットしながら、彼が言った。

「どうしようもないんだけど、いちおう保護者として、そのあたりのことが気になっててさ」

せめて年齢だけでもわかればなあ、と彼は漏らして部屋を出ていく。

学校の話をされたとき、なぜか「卒業」という言葉が頭に浮かんでティーノは戸惑った。

（僕……もしかして、学校を卒業しているのかな……）

考え込んでいる間に、身支度をした鷹司がリビングルームに顔を出す。

急いで立ち上がると「今日は見送りに来なくていいよ」と言われてショックを受けた。

「まだぼうっとしてるから、駅からひとりで帰らせるのが不安だ。少し寝直してから、ちゃんと食事をとって」と言われてしまう。

「でも」とティーノが言いかけた。眠るとまた同じ夢を見そうな気がした。

鷹司が少し屈んでティーノの目を覗き込み、安心させるように笑う。

「大丈夫。今度はきっと夢を見ずに眠れるよ」

その言葉に勇気づけられる。我ながら単純だとは思うけれど、気休めであっても彼がそう言ってくれたことにホッとした。

夢に魘されて目覚めるたびに、鷹司は布団の中でティーノを抱き寄せて『大丈夫だよ』と囁き、もう一度寝つくまでずっと背中を撫でていてくれる。彼の腕の中に入れてもらうと、なぜか夢を見ずに済むからだ。忙しい彼の眠りを妨げることになり、心苦しいけれど、鷹司は『そんなこと気にしなくていいんだよ』と笑ってくれる。ティーノは彼の優しさに救われるばかりだ。

出勤していく彼を、今日は玄関で寂しく見送る。リビングルームに戻ると、残った朝食の皿にラップをかけてから、寝室に戻った。

確かに、寝不足で頭がぼんやりしている。ベッドに潜り込んで目を閉じると、さきほどした学校の会話が蘇った。

(……もし、もう学校を卒業している年なら、働くべきだよね……)

そうだとしたら、たまたま自分を拾ってくれた彼の優しさに甘えて、このままいつまでも世話になり続けるわけにはいかないだろう。

だが、身元不明で年齢もわからない自分に働かせてもらえるところなど見つかるだろうか。

行方不明の立川のこと、記憶喪失の自分、そして謎の夢——。

考え込んでいるうち、寝不足過ぎたのか、いつの間にか眠りに落ちていたようだ。

ベッドサイドの時計を見ると、昼過ぎになっていて驚く。

（久し振りによく眠れた……！）

また魘されたらと怯えていたが、夢は見ずに済んだようでホッとした。

ほぼ手つかずだった朝食を食べてから、ティーノは気分転換も兼ねて掃除を始めた。

バスルームから始めて、次は洗面所に取りかかる。

鷹司は綺麗好きなようで、元から部屋は片付いていたが、ティーノ自身も掃除は好きなたちらしい。

普段はざっと拭くだけのあちこちを丁寧に磨き上げていくと、気持ちも少しずつ上向きになってくる。

（リューイチロは、お昼を食べ終わって午後の仕事をしている頃かな……）

無意識に考えながら、洗面台の大きな鏡を拭いていたときだ。

「え……？」

ぼや、と鏡の中心が歪んだ。

みるみるうちに波紋のような揺らぎが広がっていく。呆然と見守っている間に、円状の渦の中にぼんやりとした人影が映し出される。

にわかに鮮明になった人物に、ティーノは息を呑んだ。

（これは、いったい……）

鏡に映し出されていたのは、朝見送ったばかりの鷹司の姿だったのだ。

スーツ姿の彼は、タブレットを手に誰かと話し込んでいる。

真面目な表情は家にいるときとは少し違う。年上の男である彼の仕事中の顔に、一瞬どきっとする。

見入っているうちに、気づけば鏡は元の状態に戻っていた。

衝撃に目を瞠っている鏡の中の自分と目が合う。

——なにが起きたのかわからない。

だが、驚きの中でも、今朝彼が締めていったネクタイと、鏡に映った彼が身につけていたものが同じだということにティーノは気づいた。

(……まさか、いまこの瞬間のリューイチロが見えたってこと……?)

なぜ鷹司の様子が映し出されたのかはわからない。

彼のことを考えながら鏡を磨いていたくらいしか、理由は思い浮かばない。

動揺していたが、この力は、もしかしたら鷹司を救う光明になるのではないかと気づく。

(もしかしたら……思い浮かべながら鏡を磨いたら、いまの立川を映し出せる、とか……?)

そう思ったが、すぐにティーノはその希望を諦めることになった。

写真で見た立川を一生懸命に思い浮かべながらせっせと磨いてみたけれど、いつまで経っても、鏡にはなにも映し出されることはなく、がっかりする。

――さきほどの出来事が奇跡だったのか、それとも。

悩んでいると、ふいに鏡に自分以外の人影が映って、ティーノは目を輝かせる。

だがそれは、いつも夢に出てくるあの眼鏡の青年だった。夢やガラスだけでなく、鏡にまで映る怒ったような顔に怯え、慌ててティーノは鏡から離れる。

しばらくしておそるおそる洗面所を覗くと、もうあの青年の姿は鏡から消えていた。

改めてよく確認してみても、鏡はただの鏡だ。

鷹司を思い浮かべながら磨くと映し出され、立川はどんなに考えても映し出すことはできない。

そして、眼鏡の青年は考えていなくても現れた――その差は、いったいなんなのか。

(どうにかしてここに、鷹司や眼鏡の青年じゃなく、現在の立川の姿を映し出すことができないだろうか……)

もし、この方法で彼を捜し出すことができたなら、鷹司がどれだけ喜ぶか。

ティーノは立川の捜索に、わずかな希望を見いだした気がした。

＊

「じゃあティーノ、夜に迎えに来るからね。母さん、頼んだよ」

気遣うようにティーノの肩に触れてから、スーツ姿の鷹司が車の運転席に乗り込む。

「はーい、ティーノちゃんのことは任せて！」

ご機嫌で言う薫子の隣に並んで、ティーノはしょんぼりと出かけていく彼の車を見送った。

年が明けて二度目の週末。休日出勤になった鷹司は、有無を言わせずティーノを実家に連れていった。

理由は、夢に魘されてばかりいる不安定なティーノを、日中にひとりにしておくのが不安だからだという。彼には伝えていないが、ティーノは留守番中、毎日鏡と格闘していた。だが、立川を映し出すという計画は一度も成功せず、その代わりに、望んでいないのに昼間もたびたびあの眼鏡の青年が鏡に出てきてしまう。おかげで精神的に追い詰められるばかりだ。

渋々と同意した実家行きだったものの、薫子と一緒に夕飯のおかずを仕込んだり、おやつ用の簡単なパイの作り方を教わるのは楽しかった。

栄養満点の昼食を食べたあとは、「パイが焼き上がったら起こしてあげるから」と言われ、客間に用意された布団で、甘くて香ばしい香りに誘われて目覚めるまでよく眠った。

なにもかも用意してもらうのには気が引けたが、「ちょっとぐらい甘えてちょうだい」と言われて、躊躇いながらものんびりさせてもらう。

夜になり、鷹司より先に太一郎が帰宅した。太一郎と話しているうちに鷹司も帰ってきて、四人で夕食のテーブルを囲む。

ダイニングテーブルには家庭的で彩りのいいおかずがいくつも並べられていて豪華だ。メインは『すき焼き』という、ティーノは初めて食べるメニューだった。

「――おいしい！」

甘みのある軟らかな肉に思わず目を輝かせる。太一郎が笑い、「よかったなー、ティーノ、ほら、もっとたくさん食ってもうちょっと丸くなれ」とどんどん肉を皿に入れてくる。「入れすぎだよ、まって！」と慌てるティーノを見て、鷹司と薫子も笑顔になった。

「やっぱり、今日は母さんのところに連れてきてよかった。一日で顔色がずいぶん良くなってるよ」

食べ終えて、皆で後片付けをしながら鷹司が安心したように言う。食後には旬のフルーツを切ってくれて、もう入らないというくらいお腹いっぱいだ。

「ティーノちゃん、なんだかちょっと痩せたものね」と言って、薫子は明日のための惣菜を詰めてくれる。そのうちのいくつかは鷹司の好物で、母としての思い遣りを感じた。

「――なあ、ティーノ。やっぱりこっちの家で暮らしたほうがいいんじゃないか？」

帰り支度を済ませた頃、太一郎が唐突に切り出した。

上着を着かけていた鷹司がこちらに顔を向ける。

太一郎は珍しく、からかいを含まない真面目な顔で続けた。

「こっちの家で母さんといれば、昼間もあちこち観劇や買い物なんかに連れてってもらえるぞ。ティーノだって、昼間はひとりで、朝は早く出て夜は遅くまで帰ってこない隆一郎を待ってるのはつまらないだろう？」

ティーノはぶるぶると首を横に振る。

「僕、リューイチロと一緒がいい」

「でもなあ」

なぜか太一郎は納得してくれない。ティーノは両手を握り締めた。

「つまらなくないよ、僕、リューイチロと暮らせて、毎日すっごく幸せだから……」

必死の訴えに太一郎が目を丸くする。

それから「ははっ、そっか、幸せか……」と言って彼は笑った。

ホッとしかけたが、薫子と鷹司が、なぜか困ったような顔をしていることに気づく。

どうしてだろうと不思議に思っていると、苦笑いを浮かべた太一郎が身を屈め、つんとティーノのほっぺたをつつく。

「だがな、ティーノ。今年、隆一郎は海外赴任することになるだろ？」

「え……」

「なんだ、まだ聞いてなかったのか?」

——聞いていない。驚いてティーノは鷹司のほうを見る。彼は咎めるような目で兄を見ている。

「そうなると、さすがにティーノを海外まで連れていくわけにはいかないからさ、やっぱ、できるだけ早めにうちに引っ越して、こっちの暮らしに慣れといたほうがいいんじゃないかな」

鷹司は眉を顰めて太一郎を睨む。

「DCの日本大使館、第二書記官だろ? 大出世じゃないか」と口の端を上げる太一郎に「それはまだ確定じゃない。まったく、兄さんはなんでそんなに情報通なんだよ」と鷹司は小さくため息を吐く。

だが、彼は太一郎の言葉を否定しない——つまり、それは事実だということだ。

「ま、うちは母さんも俺も大歓迎だから」と言って、ぽんとティーノの頭を撫でると、太一郎はダイニングルームを出ていく。

そのあと、どうやって薫子に礼を言い、家を出てきたのかよく覚えていなかった。

「——ティーノ、ついたよ」

ハッとして見ると、マンションの地下駐車場だった。運転席から心配そうに彼がこちらを覗き込んでいる。

どうしたらいいのかわからなくなって、ティーノは訊ねた。

「リューイチロ……赴任、決まったの?」

「ああ……いきなり兄さんの口から知らせることになっちゃって、ごめんな」

すまなそうに謝ったあとで、彼は事情を説明してくれた。

「赴任の話は、以前一度断ってしまってるから、まだ打診の段階で、確定というわけじゃないんだ。本決まりになったらティーノにもちゃんと話すつもりでいたんだよ」

鷹司がティーノの髪をそっと撫でる。

「でも大丈夫、なにも心配はいらないよ。俺が赴任したとしてもティーノが困ることのないように、ちゃんと考えてるから」

優しく言われて、彼がもう自分を置いていくと決めているのだと気づき、ティーノは愕然とした。愚かなことに、鷹司とこのままずっと一緒に暮らしていけるような気になっていたのだ。

そうか、と気づく。彼には時間的な制限があったのだ。赴任すれば、五年も続けてきた捜索も諦めざるを得なくなる。その前に、なんとかケリをつけたくて、もがいていたのだろう。

「ぼ、僕……一緒についてっちゃ、だめ……？」

思わず訊ねると、鷹司は困った表情を見せた。

仕事なのだから無理なのだろうというのは自分でもわかっていた。それでも、訊かずにはいられなかった。

どうしようもない寂しさが込み上げてきて、じわじわと視界が潤む。

「ティーノ、ああ、泣かないでくれ」

鷹司がティーノの背中に腕を回して引き寄せる。されるがままのティーノを腕に抱き締め、宥めるみたいに頭を撫でながら、苦しそうな声で言った。

「……俺だって、できることならそうしたいけど、赴任に帯同できるのは……妻と子だけっていう決まりなんだ」

——妻と子。

ティーノは、彼にとってそのどちらでもない、無関係の他人だ。勝手についていくにもパスポートも金もない。どうにもならないことを、改めて突きつけられる。

彼が、追いかけていけないほど遠くに行ってしまう。

なにか、大切なものを失うような辛さに、堪えていた涙がボロボロと溢れた。

困り果てたのか、鷹司が手を伸ばして助手席のシートベルトを外した。こっちにおいでと言って抱き上げられ、彼の膝の上に乗る体勢になる。

「そんなに泣かないで」と言われて、指先で優しく目元を拭われる。

濡れた目で見つめると、鷹司が動揺したみたいに動きを止めた。

鷹司はこれまで望んだ通りに自分を部屋に置いて、なに不自由のない暮らしをさせてくれた。それだけでも感謝し切れないほど助けられた。

これ以上わがままを言ってはいけない。これまでありがとう、と言って笑顔で見送るべきだ。

理性ではそう思っているのに、置いていかれる悲しみと焦りで、ティーノの胸の中は苦しいくらいにぐちゃぐちゃだった。

「お願い、リューイチロ……置いていかないで……」

必死の思いで懇願すると、しっかりと背中を抱いてくれる彼が、そっと額にキスをしてくれた。

まるで、望みを叶えられないことを「ごめん」と謝られたような気がして、余計に涙が溢れた。


泣き疲れた頃、鷹司はティーノを抱いたまま運転席からゆっくりと降りた。

掠れた声で「僕、自分で歩くよ」と言ったけれど、無言の彼はティーノを腕から下ろさなかった。

軽々と抱かれたままエレベーターに乗って、彼の部屋に帰る。そっと寝室のベッドに下ろされ、離れようとした彼の上着の裾をティーノはとっさに掴んだ。

鷹司が苦笑して、その手に触れる。

「大丈夫だよ。俺はここにいるから」

スーツの上着を脱ぐと、彼はベッドの隣に横になり、ティーノの躰に毛布をかけてくれる。背中を撫でられ、子供のように寝かしつけられた。

(僕……リューイチロのこと、困らせてる……)

自分に嫌悪感が湧く。世話になっている身なのに、休日出勤をして疲れているはずの彼を癒すどころか、余計に負担になってしまった。

「ごめんなさい……」

ティーノが囁くと、「謝ることなんかないよ」と小さく笑う気配がして、背中を引き寄せられる。大きな躰に包み込まれ、ベッドの中で躰が密着する。ティーノは無意識に甘えるようにして彼の胸元に顔を押しつけた。

こうしていると、なにもいらないくらいに安心できる。

なぜ、自分が彼をこんなに求めているのかわからない。ただ、ティーノは鷹司のそばにいたい。なんでもするから、連れていってほしかった。

しばらくの間、ティーノを柔らかく抱き締め、背中を撫でていた鷹司が、ぽつりと言った。

「……俺はティーノのことを、とても大切に思ってるよ」

額に温かいものが触れ、そこに口付けられたのだとわかった。

「でも、いまはまだ……」

ごめんな、という優しい声に、目の前が真っ暗になった気がした。

泣き過ぎて疲れたせいか、彼の匂いと体温を感じているうちに、いつしかティーノは眠りに落ちていた。

いつもの青年は夢に出てこなかったが、旅立つ鷹司を涙を堪えて見送る夢を見た。離れていく彼を追いかけたいのに追いかけられなくて、たまらなく寂しい気持ちになった。

結局、翌日の日曜も鷹司は呼び出されて出勤となり、ティーノは二日続けて実家に預けられることになった。

彼も太一郎も遅くなるそうなので、今夜は薫子とふたりで先に夕食をとった。

昼食も夕食も昨日とは違って喉を通らないティーノを心配し、薫子はあれこれと気遣ってくれる。

「大丈夫だよ。ごめんね、カオルコさん」と言って、無理にも笑顔を作ったが、気持ちが沈んでいて、いまはどうしても食欲が出なかった。

夕食の片付けを済ませたあと「どうしたらティーノちゃんの元気が出るかしらねえ」と言いながら、ふと思い出したように薫子が奥の部屋へ行く。何冊かのアルバムを持って戻ってきた。

「次に来たときに見せようと思って、出しておいたのよ」

そう言いながら開いたアルバムには、たくさんの写真が整理されて貼られていた。

「これ……もしかして、小さい頃のリューイチロ？　あっ、タイチロさんも……！」

幼い鷹司と少年の太一郎が手を繋いでいる。ふたりともほんのかすかに面影がある。

興味を示したティーノに喜び、薫子が写真の説明をしてくれる。

「これは小学校の入学式でね、こっちは初めて動物園に行ったときのよ。隆一郎が迷子になっちやって、このときは大変だったわ」とページを捲りながら、思い出を話す。

若いときの薫子はモデルのような美しさで、数枚写っていた夫も長身のハンサムだ。

美貌の両親と利発そうな息子ふたり、絵に描いたような素敵な家族にティーノは感嘆した。

見ているうち、太一郎は明らかに母似だが、鷹司は両親のどちらとも似ていないことに気づく。

髪の色と目の色は母と兄と同じなので、家族写真にも違和感はない。だが、顔立ちの系統が彼だけ違うように思えた。

(気のせいかな……)

高校の卒業式で制服を着た鷹司のあまりの格好良さに、一瞬湧いた疑問も忘れて、ティーノの目は写真に釘づけになる。

「……ねえ、ティーノちゃん」

声をかけられてアルバムから顔を上げると、薫子はなぜか、ちらりと他の部屋を気にする様子を見せた。

兄弟はまだ帰宅しておらず、いまは薫子とふたりだけのはずだ。

「おかしなことを言って、ごめんなさいね……もしかしたら、ティーノちゃんは隆一郎と同じところから来たのじゃないかしら……？」

「え？」

質問の意味がよくわからない。聞き間違いかと、ティーノは首を傾げた。

「最初に見つけたときにあなたが着ていた服、特徴があって民族衣装みたいな感じだっていうから、気になって、隆一郎に写真を撮ってメールしてもらったの。……その服の留め具が、赤ん坊の隆一郎を見つけたとき、あの子が包まれていた布の留め具にとってもよく似ているのよ」

(——赤ちゃんのリューイチロを、見つけた……?)

「カオルコさん、それって……」

怪訝に思って訊ねかけたティーノの手を強く握り、真剣な顔で彼女は言う。

「ティーノちゃんはこれまでのこと、なにも思い出せないのでしょう？　だったら、もしもなにか思い出したとしても、どうか、隆一郎に元いた場所のことは言わないでほしいの……隆一郎がそこに帰りたいと言い出したらと思うと、心配で、心臓が押し潰されそうなのよ」

予想もしない話に、ティーノは驚愕した。もしかして薫子は、自分を宇宙かどこかからやってきた異星人のように思っているのではないか。

「あ、あの、僕、まだなにも思い出せないし、リューイチロになにか言うつもりもないよ」

必死で言うが、薫子は真剣な表情のままだ。

彼女の話には、それ以外にも非常に気になる点があった。いまの話では、鷹司は彼女の実の子ではないとしか考えられなくなってしまう。

ティーノが混乱していると、ドアのほうでかすかな音がした。

いつの間に帰ってきたのか、開いたドアのところに鷹司が立っている。

「……母さん、ティーノ」

彼が近づいてきて、薫子が青褪める。

「違うのよ、隆一郎。いまのは――」

なんとか誤魔化そうとしたようだが、彼は意外なことを言い出した。

「俺が母さんと父さんの実子じゃないことなら、もう知ってるよ」

鷹司は落ち着いた様子で、母を見つめながら言った。


帰りの道は空いていた。車窓から見た月はほんのわずか満月には足りない。おそらく、明日あたりは綺麗な満月が見られるだろう。

薫子から手作りの惣菜をたくさん持たされて、ティーノは鷹司とマンションに戻った。

「ごめん、先にシャワー使わせてもらうよ」とだけ言うと、鷹司は洗面所に入っていく。

落ち着いて見えるが、ティーノは彼の気持ちが気にかかってしょうがなかった。

さきほど、彼の実家で薫子が打ち明けたことは、驚くべき事実だった。

薫子の話では、隆一郎は、鷹司家所有の別荘の庭に置き去りにされていた赤子だった。

当時、長男の太一郎が八歳になり、第二子を切望していた鷹司夫妻はなかなか次の子に恵まれず、不妊治療もうまくいかずに薫子は沈んでいた。そんなとき、気分転換のために訪れた別荘の裏庭で、布に包まれた赤子を見つけた。生まれたばかりのその子は、奇遇にも薫子たちの家系によく似た金髪に蒼い目という風貌をしていた。

医師の孝一郎に診てもらうと、赤子は健康で怪我もなく、入院の必要もないと言われた。捨て子として届け出るか散々悩んだ末に、子の将来に傷がつくことを思い、夫婦で相談して実子として出生証明書を出すことを決めた。切望していた次男の代わりとしてではないという決意のもと、『隆一郎』という一般的には長男に与える名をつけて、太一郎と一緒に分け隔てなく大切に育てることを決めたのだそうだ。

その後、実母が現れることもなく、家族として過ごしてきたが——ある日、隆一郎が『マンションの敷地内で記憶のない不思議な男の子を拾った』と連絡をしてきて、薫子は酷く気になったそうだ。

そして、赤子だった隆一郎が包まれていた布の留め具と、拾われたティーノが身につけていた衣服の留め具の類似性に気づき、強い不安を覚えたらしい。

『ふたりを見つけたときの経緯は、場所は違うけれど、とても似ているし……ティーノちゃんは最初から隆一郎にすごく懐いているようだったから、まさかと思うけど、不安になって』

と、薫子は困惑したように事情を打ち明けた。

隆一郎は、中学の生物の授業のときに、自分と両親の血液型が親子ではあり得ないものだと気づき、疑問を抱いたそうだ。両親や兄に訊くことはできず、悩んだ末に戸籍を確認すると、そこには実子であるという証拠があり、安堵した彼は血液型のほうが間違っているのだと結論づけた。

しかし就職して一年経ったとき、薫子が小さな手術をして、改めて両親と自分の血液型の不可解さを確信した。叔父で医師の孝一郎に密かに訊きに行くと、決して両親を責めないという約束で、こっそりと事実を教えてくれたらしい。

——何年も前から、鷹司は自分が彼らと血の繋がった家族ではないことを知っていた。

息子に知られていないと思っていた薫子は、強いショックを受けていたようだ。

その後、太一郎が帰ってきて話はそこで終わりになった。鷹司はもう遅いからと言って、ティーノを伴ってマンションに帰ってきた。薫子の様子も心配だが、太一郎がいるからきっと大丈夫だろう。

飲み物を出す用意をしたあと、落ち着かなくて、ティーノは廊下をうろうろする。少しでも鷹司のためになにかしたくて必死だった。

しばらくして、いつもより少し長風呂の彼が、洗面所のドアを開けて、目を丸くする。

「あれっ、どうしたんだ？」

「あ、あの……お茶かお酒、飲む……？」

迷いながら言うと、首にタオルをかけた寝間着姿の彼がくすりと笑った。

「……なんで、ティーノが泣きそうなんだ？」

鷹司の笑みを見ただけで、勝手に涙が滲んでくる。

「心配してくれてたんだよな……ありがとう。でも、俺は大丈夫だから」と囁き、彼がティーノの髪を撫でてくれる。

一緒にリビングルームに戻り、紅茶がいいという彼のために、キッチンに行ってお茶の支度をした。

「ちょっと電話するから」とソファに座った彼が声をかけてくる。

席を外さなくていいのだろうかと考えながらお茶を淹れていると「――ああ、母さん？」という声が聞こえて、ティーノはびくっとした。

「さっきはどんな顔していいのかわからなくて、すぐ帰っちゃってごめん」

明るい口調で鷹司は切り出す。

「本当のことを知るまで、家族じゃないかもしれないと疑ったことは一度もなかったんだよ。自分がどれだけ愛されて育ったかなんて、考えるまでもないし。……これまで大事に育ててくれて、本当に感謝してるんだ」

電話の向こうで薫子が泣いているらしいのが、ティーノにもかすかに聞こえた。

（よかった……）

これからもよろしく、と少し照れくさそうに言って、鷹司は電話を切った。

立ち上がった彼が、お茶を載せたトレーを受け取りに来てくれる。

トレーを手に、半泣きになっていたティーノに気づき「ティーノも心配させてごめんな」と言ってそっと肩を抱き寄せた。

翌日は、休日出勤の代休で鷹司は休みだった。

彼が疲れているように思えたので、昨日薫子から聞いた話も、行方不明の立川のことも、今日は口には出さないようにした。一緒に食材の買い物と散歩に出ただけで、ただゆったりと穏やかな休日を過ごした。

夕食を済ませ、夜も更けた頃に、ずっと考えていたのか鷹司が言った。

「……両親の実の子じゃないとわかったとき、あまりショックを受けずにいられたのは、立川のおかげかもしれない」

テレビから彼のほうへ目を向けて、ティーノは首を傾げる。

「立川は児童養護施設の出だっただろ？　彼を捜すために、俺は施設にも足を運ぶようになったけど……施設には親のいない子供たちがたくさん暮らしてて、行くたびに、自分が恵まれてきたことを実感していた。本来なら、俺もああいった施設で育つはずだったんだ。同じように捨て子だったはずなのに、同じところに就職するまで、俺は苦労知らずできた。その間、立川がどれくらい努力したのかは想像し切れないくらいだ」

彼は静かに言う。

鷹司が同僚だった立川に必要以上に思い入れる理由のひとつが、わかった気がした。

考えているうち、ふと、引っかかる。

（赤ん坊のリューイチロを捨てた両親は、いま、どこにいるんだろう……）

二十八年も前のこととなると、親を捜すのはおそらく至難の業だ。

「そういえば……この間ティーノに渡した立川の調査結果に、ひとつだけ入っていなかったものがあったな」

見る？と訊かれてティーノは頷く。

立ち上がった鷹司がビジネスバッグからタブレットを取り出す。

「以前養護施設に行ったときに、立川が映ってる動画があるからってデータをくれたんだ」

彼はソファに腰を下ろしてタブレットを操作する。ティーノは彼の隣に座った。

これだよ、と、言われてタブレットを渡され、真剣に画面を覗き込む。

ざわめく施設の一室では、何人かの子供の誕生日会を纏めて行っているところらしい。ろうそくを立てた大きめのホールケーキが運ばれてくる。

そんな中、壁際に立つエプロン姿の施設の職員の中に、手伝いに来たのか、私服を着た黒髪で細身の青年が映る。資料の中にいくつか写真があったので、これが彼が捜している同僚の立川なのだとティーノにもすぐにわかった。

トレーナーにジーンズといったカジュアルな服装の彼は、纏わりつく子供に穏やかな笑みを浮かべて応じている。少し女顔で、綺麗な顔立ちをした青年だ。

『いい子だね、ケーキはもうちょっと待ってね』

かすかに彼の声が聞こえたときだ。

(あれ……?)

微笑ましい動画を眺めているうち、奇妙な既視感がティーノの全身を駆け抜けた。

(僕……この人を、どこかで見たことがある……)

「あ、あとこれが、昨日母さんに渡された、俺を見つけたときに包まれていたっていう布なんだけど」

動揺しているティーノの様子には気づかないらしく、鷹司が紙袋から綺麗に畳まれた布を取り出す。それから、リビングルームのサイドボードを開け、そちらからもべつの紙袋を持ってくる。

「こっちはティーノを拾ったときに着ていた服だよ」と言って、彼はその中から破れた服を出す。

薫子から借りてきた布の留め具と比較するみたいに並べた。

「……確かにこの留め具、最初に見つけたときにティーノが着ていた服についていたのと、似てると言えば似てるんだよな……」

赤ん坊の鷹司が包まれていたというベージュの織物は高級な品らしく、かすかな光沢がある。

それに対して、ティーノが着ていた服は綿のようで、色も素材も異なっている。

けれど、どちらにも太めの組み紐のようなものでできた留め具がついている。並べると、それらは同じ場所で作られたもののように見えた。

（いったい、どこの国のものなんだろう……）

もしも、赤ん坊の鷹司と自分が、同じところから来たんだとしたら。

ティーノは手を伸ばし、じっくり見ようと自分が着ていた服を手に取る。すると、挟まっていたのか、布の間からぽろりと煌めくものが落ちた。

屈んで拾い上げると、それは一枚の金貨だった。このマンションの敷地内で目覚めたとき、自分のそばに落ちていたものだ。

「母さんは、ティーノが着てたこの服を見て、赤ん坊の俺とティーノは同じところから来たんじゃないかと思い込んでたみたいだけど、あり得ないよな。俺が捨てられていた別荘は長野県で、俺がティーノを見つけたのはこのマンションの敷地だし……」

鷹司が腕組みをし、困ったように呟く。

その声を聞きながら、ティーノは半ば呆然としていた。

さきほど、トーリの動く姿を初めて見た。

そのあとでいま、改めて見ると、いったいどこの国のものなのかわからなかった金貨に見覚えがあると気づく。

金貨には、竜の紋章が刻印されている。

（これは……王家の象徴の竜……ロザーリア王国の金貨だ……ダンテが持たせてくれた……）

――ロザーリア王国。

王妃トーリ。依頼された遠見の術。無謀な時空移動の計画に、手助けを頼んだエミリオたち。

そして――ダンテ。

まるで、固く閉ざされていた扉が、唐突に大きく開けられたかのようだった。

怒涛のように、祖国であるロザーリア王国での記憶が蘇る。

孤児院で生まれ育った、魔術学校を卒業したての新米魔術師、ティーノ。

自分が何者なのかが、いまははっきりとわかる。

(ああ、ダンテ――!!)

その名が思い浮かんだとき、全身にぶるりと震えが走った。

なぜ、忘れてしまっていたのか。たびたび夢や鏡に出てきた眼鏡の青年こそが、望み通り、ティーノをこの異世界に送り込んでくれた先輩魔術師のダンテだったことに気づく。

他者の夢や鏡に現れるのは強い魔力を必要とする高度な魔術で、異世界にいるティーノにあれほどたびたび接触を試みるのは、相当な苦労を要しただろう。

彼は焦った様子で、何度も必死になにかを訴えていた。

今日は何日だった？　もしや、自分がこちらについた日から数えて、もう三か月が経っているのではないか。

「――ティーノ？　どうかした？」

鷹司が、愕然としているティーノの顔を心配そうに覗き込んでくる。彼の顔立ちは、ロザーリア国王エルネストにそっくりだ。

なにもかも思い出した——自分が何者で、いったいなんのために、無理を押し切ってまでこの世界にやってきたのかを。

それなのに、まさか、こちらの世界に到着すると同時に、背負ってきた大切な使命はおろか、これまでの記憶すべてをなくしてしまっていたなんて。

焦燥感に包まれながら、ティーノはすっかり覚えたこちらの世界の言葉で、急いで彼に伝える。

「リューイチロ……僕、思い出したんだ」

「えっ？」

驚いた顔になった鷹司のシャツ越しの腕をひっしと掴む。

「落ち着いて、聞いてほしい。リューイチロが捜している同僚の立川橙莉——トーリ様は、無事だよ」

彼の蒼い目が見開かれた。

「トーリ様は無事で、怪我もない。突然消えたのは彼の意思ではなかったけど、べつの場所で暮らすことを決めたのは、彼自身の選択なんだ。結婚もして……もう子供もいる。安全な場所で家族と幸福に暮らしているから、心配はいらないよ。だからもう、リューイチロは、トーリ様を捜さなくていいんだ」

「ちょ、ちょっと待って、ティーノ。それは、事実なのか？　そもそも、いったいなぜ、君がそんなことを知ってる？」

問い詰められて、ティーノは答えに窮した。

トーリが無事であるという事実を彼に告げるためだけに、無理にダンテの協力を取りつけ、ほとんど命がけでティーノはやってきた。

べつの時空に存在する、竜人の王が統べるロザーリア王国から――。

だが、それを証明するすべはない。なんとか説明してわかってもらおうとして、ハッとする。

ティーノは慌ててタブレットを操作し、カレンダーアプリを開いた。自分がこの世界について鷹司に拾われた日から辿ると、やはりもう、ここについてから三か月が過ぎている。

夢の中にも出てきたダンテがなにか言いたげで、酷く焦っていたのもそのはずだ。昨日は、ティーノがこの世界に送られてから、三か月後の満月の前夜だった。

――つまり、満月となる今夜が、ダンテが僕をロザーリアに呼び戻してくれる当日なのだ。

そう気づいて、ティーノの躰から血の気が引いた。

自分が本当はどこから来たのか、いまトーリはどこにいるのかという事実を鷹司に説明し、納得してもらうには、もう時間がない。

ダンテは三か月後の満月の夜、と言った。何時かはわからないが、これから自分が戻るための爆発に近い大きな出来事があるはずだ。

このまま彼のそばにいると、ダンテが起こす時空移動の術に鷹司を巻き込んでしまう可能性がある。悠長にしている時間は一刻もない。説明しているうちに、そのときがきてしまうかもしれないのだから。

ティーノは切羽詰まった気持ちで鷹司を見た。

まさか、彼が海外赴任してしまうより前に、こんなふうに唐突に別れの日がくるなんて。

だが、どれだけ離れがたくても、鷹司を自分の勝手でロザーリアに連れて戻るわけにはいかない。血は繋がっていなくとも、この世界には彼を大切に思う家族がいる。

彼を巻き込むことだけはぜったいに避けなければと、ティーノは急いで立ち上がった。

「ごめん、リューイチロ……僕、もう行かなきゃ」

「いったいどこに行くんだ？　わけがわからないよ。ティーノ、ちゃんと説明してくれ」

鷹司は困り切っている。混乱して焦っているせいか、ティーノはこちらの言葉で簡潔に事情を説明することができない。

簡単に理解してもらえるとは思えない話だ。しかも、何時何分に時空移動の魔術が行われるのかはさっぱりわからない。

考えるほどに、鷹司と距離を取らなければと、ティーノの焦りは強くなった。

「と、ともかく、いま僕のそばにいたら大変なことになっちゃうんだ。お願いだから、僕から離れていて……！」

必死で頼みながら、ティーノは彼から距離を取ろうとする。しかし、部屋から出ようとするのを鷹司に阻まれて、逆にリビングルームの窓際に追い詰められてしまう。どうしようもなくて、なんとかして彼に触れられないよう、窓を開けてベランダに出た。

「ティーノ!? ここを何階だと思ってるんだ、危ないからよせ！」

血相を変えた鷹司が慌てて追ってくる。

一瞬見上げた空には、綺麗に円を描く月が浮かんでいる。

——やはり今日が、期限の日なのだ。

下を見ると、一階下の部屋のベランダは、外側に向けてやや張り出すかたちになっている。

(あそこに下りられれば……！)

もうやるしかないと、覚悟を決めて、ティーノはベランダの手すりに足をかけた。

「ティーノ、待てってて!!」

ベランダにまで追ってきた彼にぐっと手を掴まれ、引き戻されそうになる。

「いま僕に触っちゃ、だめなんだって……!!」

じたばたと必死でもがき、ティーノは鷹司から逃れようとする。まさか、これほど暴れると思っていなかったのか、捕まえるために鷹司も身を乗り出してくる。

「頼むから、なんでもするから、こんなことはやめてくれ！」

鷹司がなにかを必死で訴えている。ティーノは無我夢中で彼の手を振り払う。同時に、渾身の力を込めてベランダの縁を蹴り、下の階のベランダに飛び降りようとしたが——その瞬間、ふたたび鷹司がティーノの腕を捉えて、強く掴んだ。

「あっ!?」

そのとき、まったく予想外のことが起きた。飛び降りようとしたティーノもろとも、その腕を掴んだ鷹司がバランスを崩したのだ。

(え……?)

ティーノの手を掴んだまま、もういっぽうの手でベランダの縁に掴まりかけた彼の手が、ずるりと滑る。

「うわあああああっ!!」

後悔しても、もう遅かった。

鷹司がとっさにティーノの躰を抱え込み、ふたりは真っ逆さまに落ちていく。

激しく回転する中で、なにか大きなものに包まれるのを感じながら、ティーノは恐怖で意識を失った。

＊

幼い頃の夢を見ていた。

物心つくかつかないかの、孤児院での出来事だ。

子供の頃、自分にはどうして家族がいないのかわからず、ずっと寂しさを感じていた。

孤児院の先生たちは優しかったし、同じ院で暮らす子供たちは皆仲間だとわかっていた。だが、子供たちはずっと一緒に暮らすわけではなく、器量がいい子から里親宅にもらわれていく。

当時はその理由がまだ理解できない頃だった。衣食住はじゅうぶんに足りた暮らしを送れたが、それでも親がいない、仲良くしていた子は次第にそばからいなくなっていくという状況に、拭い切れない孤独を感じていた。

――自分だけを愛してくれる誰かが欲しい。

幼い頃から、ティーノはずっとそう願っていた。

孤児院には、富豪の貴族たちやその使いの者が、定期的に大量のプレゼントや寄付を持って慰問にやってきた。その中に、誰に連れてこられたのか、ティーノより少し年上の綺麗な顔をした優しい少年がいた。彼はいつもわざわざティーノのところにやってきて、帰るまでの間ずっと構ってくれた。

ティーノは彼が大好きで、訪れを楽しみにしていたことを覚えている。

（……あのお兄ちゃん……いつから、来なくなっちゃったんだろう……）

夢の中で、楽しかった思い出が蘇る。いつしか少年が顔を見せなくなってからも、小さなティーノは、彼がいつかまた来てくれるのをずっと待っていた。

「……ノ、ティーノ!!」

名を呼ばれて、ティーノはハッとした。

なにか、柔らかなものに背中を預けている感覚がある。

ぼんやりと目を開けると、歪んだ視界に眼鏡をかけた苦しげな顔の青年が映った。

「……ダンテ……」

ホッとしたように彼が表情を緩める。どこで水に浸ったのか、ティーノの躰は全身びしょ濡れだった。異世界から戻ったとき、躰が濡れていたという話は以前王妃から聞いていた。どういう仕組みなのか、本当に頭のてっぺんから足の先までずぶ濡れだ。

「無事だったか……まったく、心配させやがって」

ダンテは悪態を吐きながら懐から布を取り出し、ティーノの濡れた顔をごしごしと拭う。

背中に手を当てられて、ティーノはゆっくりと身を起こす。

「……ごめんなさい、ダンテ……ありがとうございます」

まだ状況が呑み込めないまま、礼を言う。ダンテの指示で、待機していたらしい医師が進み出て、ティーノの脈を取り、痛むところなどを訊ねてくる。どこにも問題はなさそうだとわかると、ダンテは深く息を吐いた。

時空移動の衝撃のせいか、まだ頭の中がぼんやりしている。

あたりには数々の燭台に火が灯り、足元には赤で描かれた魔法陣がある。

ティーノがいるのは、異世界に旅立ったあの塔の中だった。

——無事に帰ってきたのだ、ロザーリア王国へ。

安堵と同時に、鷹司の顔が頭を過った。

(リューイチロはどうなったんだろう……)

時空移動の直前、ティーノはマンションのベランダから鷹司と一緒に落ちたはずだ。自分は無事のようだが、元の世界にいる彼に怪我はないだろうかと酷く心配になる。

彼には二度と会えない。そう思うと、切なさで胸が詰まるような思いがした。

視線を巡らせると、ダンテの背後にいる人たちが見えて、ティーノは目を瞠った。

そこには、怖い顔をしたオリヴェル校長に、見たことのある王室付きの魔術師たちがずらりと並んでいる。

更にティーノを驚かせたのは、人々の中に、顔を顰めた国王エルネストと、心配そうな王妃トーリの姿までもがあったからだ。

どうしてなのか、国の重鎮が皆この場に勢揃いしている。

ダンテたちによって向こうの世界に送ってもらったことは秘密だった。だから、こっそり呼び戻してもらうはずだったのに。

「ダ、ダンテ……いったい、なにが起きたんですか……？」

まだ回らない頭で怖々《こわごわ》と訊ねると、彼は忌々しげに舌打ちをした。

「それはこっちの台詞だよ。いろいろあって、隠し切れなくなったんだ。……それよりも、ティーノ。お前、自分がいったいなにを連れて戻ってきたのかわかってるのか？」

彼がティーノの背後を指さす。

「え……？」

疲労し切った躰を動かして、示されたほうにぎくしゃくと顔を向ける。

そこにいた予想外の生き物に、ティーノは跳び上がりそうになった。

意識を失っていた間、自分がもたれていたのは、小山ほどもありそうな大きな白銀の竜――ローザーリア王族の象徴とされる生き物だったからだ。

翼を閉じた巨大な竜の鱗も、ティーノと同様にびしょびしょだ。死んでいるわけではなく、長い睫毛を閉じて、深く呼吸を繰り返している。どうやら、気を失っているようだ。

「お前を向こうの世界から呼び戻したら、成功したはいいが、なんでか一緒にこの竜が現れた。いったい、どういうことだ」

「ど、ど、どういうと言われても……」

焦れたように問い詰めてくるダンテに、ティーノは言葉に詰まる。

ロザーリア王国は竜人が治める国だ。白銀の竜は、王と王の子供たちが変化した聖なる姿だと国民は誰もが知っている。

国王は人の姿でここにいるから違う。

そうなると、この竜は王の弟たちか、王の子供たちのうちの誰かということになるけれど、九歳と四歳の幼竜にしてはあまりに大き過ぎる。いま成体の竜になれる竜人は——。

「——ティーノ」

声をかけ、人々の中から歩み出てきたのは、国王エルネストだ。

彼こそが、いまこの国で成体の竜になれるただひとりの竜人のはずだ。

疑問でいっぱいのまま、慌てて立ち上がろうとしたが「そのままでいい」と言って、恐れ多くも国王のほうがティーノの前に跪いてくれる。

「ダンテから事情は聞いた。王妃の向こうの世界での心残りを解消するために、危険を冒して行動に出てくれたそうだな。その気持ちはありがたいが……なんという無茶をするんだ」

「も、申し訳ありません……」

「エルネスト、怒らないでくれ。ティーノが行ってくれたのは、俺のためだったんだから」

平服して身を縮めていると、トーリが横からそっと口を挟む。

「ティーノ、危険なことをさせてごめん。本当に、無事でよかった」

国王の隣に膝を突いた王妃は、目を潤ませている。

「鷹司に、トーリ様の無事を伝えてきました」と小声でそっと報告すると、彼は驚いたような顔になった。

もう一度、ありがとう、と感慨深く言われ、手を強く握られる。彼の表情を見て、無謀過ぎる三か月間の冒険のすべてが報われた思いがした。

ふたりの様子を見て、国王が小さく頷く。

「まあ、まずは無事の帰還を労ろう。よく帰ってきた……ただ、問題は、この竜が何者なのか、ということだな」

ちらりと竜に目を向け「それについては、ティーノに訊くしかないが」と国王が眉を顰める。鷹司にそっくりの怜悧な美貌で見下ろされ、ティーノは身を縮めた。

「すみません……でも、僕にも、なにがなんだか……」

「事情を訊くにしたって、ティーノはびしょ濡れだ。まずはなにより湯浴みと着替えをさせて、休ませてやってくれないか」とトーリが頼んでくれる。

国王も「そうだな、話はそれからだ」と鷹揚に言って立ち上がる。

そのとき、ずっとぐったりしていた白銀の竜が、かすかに唸った。空気を震わせるような振動に、その場にいる全員に緊張が走る。

だが、竜は目を覚まさないまま、巨大なその姿がみるみるうちに小さくなっていく。

気づけばそこには、エルネストにそっくりな男——ニットとジーンズ姿の鷹司が横たわっていた。

「りゅ、リューイチロ!?」

驚いてティーノは急いで近づき、彼の顔を覗き込む。びしょ濡れで気を失ったままだけれど、呼吸は安定しているようでホッとした。

一緒に時空を移動するとしたら、状況から考えれば確かに、ティーノを助けようとして触れていた彼しかいない。

とはいえ、あまりにも信じがたい事態だ。

――なぜ彼が、この国の象徴である白銀の竜の姿に変身していたのか。

薫子が言っていたティーノの服と、赤子の鷹司が包まれていた布の留め具の類似性が頭を過る。

彼は、『ニホン』で生まれた普通の人間ではなかったのだろうか。

「鷹司……」

呆然とした様子でトーリが呟く。

王妃の肩を抱いた国王エルネストも、驚いた顔で竜から人に変化した彼を見下ろしている。

「医師どの」とダンテが呼びかける。それを制し、「彼は私が診よう」と国王が申し出た。

国王エルネストには魔術の才能があり、かつ医術の心得もあることは知られている。

国王は意識がない鷹司のそばに跪き、首筋と手首に触れて脈を診ている。

それは、非常に奇妙な光景だった。

――鈍い金色の髪をした、ふたりの美貌の男。

鷹司とは知り合いである王妃と、ティーノからそれぞれ話を聞き、鷹司を間接的に知っているはずの国王とダンテですら、目の前の変身劇には驚きを隠せないようだ。

更に、鷹司の存在自体を知らない人々にとっては、突然竜の姿で現れて、いきなり人の姿に変身した男が、なぜか国王エルネストに瓜ふたつという驚愕の事態なのだから。

そして、白銀の竜に変化できるのは、ロザーリア王家の直系だけだ。

いったい、どういうことなのだろう。国王はもしや双子だったのだろうかと思いかけたけれど、鷹司と彼とでは年が五歳も離れているはずだ。

戻ったばかりで頭が混乱しているせいか、考えが纏まらない。ティーノはまだ夢の中にいるような気持ちで、ふたりの男を見つめた。


国王が確認したところ、鷹司の脈は安定していて、どうも気を失っているだけらしいということがわかった。

「ティーノと、それから同行の客人を城に連れていく」と王が宣言し、取り急ぎ、ティーノと鷹司は塔から移動させられることになった。

馬車が城につくと、ティーノは豪華な客間に案内され、使用人が用意した風呂を使わせてもらう。清潔な服に着替えて一息吐くと、滋養のある食事が運ばれてきた。

持ってきてくれた使用人に鷹司の様子を訊ねると、改めて王室付きの医師が呼ばれたが、まだ彼が目が覚めたという知らせはないそうだ。

もしなにか変化があったらすぐに教えてほしいと頼む。使用人が下がり、ひとりになると、深く息を吐いた。

(もう、なにがなんだか……)

無事に戻れたことはよかったものの、ティーノは頭が混乱していた。だが、腕には鷹司からクリスマスプレゼントにもらった時計が嵌まっている。

まるで、まだ夢の中にいるかのようだが、これは現実なのだ。

まさか、こちらの世界に鷹司を連れてきてしまうなんて――。

(しかも、あの竜の姿は……)

竜の姿と人の姿の鷹司が頭の中で交差し、あれこれと考えが飛んで落ち着かない。

食事を食べ終えた頃、扉が小さくノックされ、どうぞと促すと扉が開く。

おそるおそる顔を出したのは、予想外の来客――王弟の六つ子だった。

「ティー!!」

ベッドに腰掛けたティーノを見つけると、パッと顔を輝かせて、いっせいに六つ子が部屋に駆け込んでくる。

「無事でよかったあ！」「心配したんだよ!!」「なんで黙って行ったの！」「僕も行きたかったのに！」「怪我してないよね？」「異世界のこと聞かせて！」

口々に言う子供たちを抱き留め、ティーノは思わず泣きそうになった。

「大丈夫だよ、心配させてごめんね……」

六つ子によると、ティーノが消えた当初は、ダンテの館に世話になり、魔術の特訓をしているという話を信じて、特訓が終わればまた城に来てくれるはずだと大人しく待っていたそうだ。

だが、二か月以上が経ってもいっこうに特訓は終わらず、焦れた六つ子はダンテにティーノを連れてくるよう頼んだ。ダンテは『いまティーノは体調不良で寝込んでいるため、元気になったらすぐ城に行かせます』と伝えたが、不安になった六つ子は、王室付きの医師を連れてダンテの館に向かったのだという。

有能な使用人は主人に言いつけを守り『ティーノ様は離れで静養されています、お通しすることはできません』と丁寧に断ったが、やんちゃな六つ子は納得しなかった。

医師を馬車の中で待たせたまま、自分たちは小さな竜の姿に変身し、警備をかい潜って敷地内に侵入した。手分けをして、離れにも館にもティーノの姿がないことを確認してから、ダンテを国王の前に呼び出し、全員で詰め寄ったのだ。

『ティーをどこに隠したの!?』——と。

まさか、館に忍び込んでまで確認する者がいるとは思わなかったのだろう。姿がないという証拠を国王の前で突きつけられては、さすがのダンテも誤魔化し切れない。

止む無く一連の事情を打ち明けるしかなかった、というわけだったらしい。

（ああ、バレたのは、この子たちからだったのか……！）

ティーノはまさかの事実にがっくりと肩を落とす。

卒業生のあまりにも無謀な計画を知ったオリヴェル校長は激怒したが、きっかけとなったトーリに宥められ、なにを置いてもまずはティーノを無事に呼び戻そうということになった。万全を期すため、時空移動には国内最高の魔術師たちを揃えて。

そうして、向こうの世界に送ってもらったときとは異なり、記憶を失うという事故もなく、ティーノは無事に元の世界に戻ることができた——竜の姿の鷹司という、とんでもない道連れ付きだったけれど。

「ね、竜を連れて帰ってきたってほんと？」

ジェナルがわくわくした目で訊ねてくる。

「う、うん……まだ、僕にもなにがなんだか、よくわからないんだけど……」

ふいにアナンが小さな手でティーノの手を握り、澄んだ目でそっと懇願してきた。

「……ティー、もうどこにも行かないでね」

計画を引っかき回されはしたけれど、結果として、国内で最高の魔術師軍団に呼び戻してもらえることになった。ひとりと巨大な一匹が運良く無事にロザーリアに帰れたのは、ある意味ではこの子たちのおかげなのだ。

「兄上にお願いするから、また、僕たちの遊び相手に戻ってきて？」と頼まれて答えに詰まる。

「ありがとう、アナン……でもね、僕はもうお城では働かせてもらえないと思う」

ええーっと不満げな声が上がる。扉がノックされて、皆がそちらを見る。

入ってきた使用人が緊張した面持ちで告げた。

『客人がお目覚めになりました』――と。


僕たちも行きたいという六つ子をなんとか帰らせ、使用人についてティーノは通路を進む。

奥まった部屋には警護の兵士がふたり立っていて、物々しい雰囲気だ。

緊張した面持ちで、案内された部屋に入る。

広々とした部屋の立派な寝台には、戸惑った顔の鷹司が上半身を起こしている。

「リューイチロ！」

「――ティーノ」

一瞬ホッとした顔になった彼に、大丈夫だというようにティーノは笑みを返す。

目覚めたら言葉も通じない見知らぬ国にいて、きっと不安でいっぱいだろう。

一刻も早くそばに行って鷹司と話がしたかったが、室内にいる人々を見て、思わず足を止めた。

無意識にごくりと唾を呑み込む。

寝台のそばの椅子には王室付きの医師がいる。応接ソファのほうには国王エルネストと王妃トーリ、それから憂い顔の皇太后のエリーザが座っている。

平民の自分が入るのは、完全に場違いな状況だ。

警護のためか、部屋の隅にはオリヴェル校長とダンテも立っている。

ティーノが入ってきたのを見て「揃ったな」と言うと、国王エルネストが説明を始める。

「ティーノとともに時空移動してきたこちらの客人は、王妃が育った世界で仕事仲間だった『タカツカサ・リューイチロ』という者だそうだ。まずは医師から、客人の状態について伝えてもらいたい」

国王に促され、白い髭を蓄えた医師は、咳払いをしてから口を開く。

「このお方には、どこにもお怪我はございません。羨ましいほど見事な健康体でいらっしゃいます」

それを聞いてティーノは安堵した。鷹司に怪我がなくて本当によかった。トーリと、それからエリーザもなぜかホッとしたように見えた。

「そして、本題ですが……」

一瞬、躊躇うみたいに言葉を切ってから、医師は続けた。

「白銀の竜の身に変身できることは、我が国の王族直系の証しです。遺伝的な容貌の特徴からも、国王陛下と近い血をお持ちであるとわかります」

医師の言葉に、室内の人々には動揺が走った。そうかもしれないと思ってはいても、古くから王家に仕える医師に断言されるとまた驚きが深い。

（鷹司が……ロザーリア王国の王族……）

「――つまり？」

胸の前で腕を組んだ国王が訊ねると、医師は迷うように言った。

「つまり、このお方は、我がロザーリア王国の竜人であると同時に、王族の一員であることは間違いないでしょう。ただ、『タカツカサ』どのは我々の言葉がわからないようでして、明確な年齢をお訊きすることができないのですが……」

ハッとしてティーノが口を開く前に王妃が言った。

「彼はいま二十八歳だと思う」

鷹司の目が発言したトーリに向けられる。

ふたりが一瞬目を合わせた気がして、なぜだかティーノの胸は小さく疼いた。

「二十八歳となると……つまり……現在二十三歳であられる国王陛下の五歳年上ということになり……」

言いかけた医師が、なぜか口籠もる。

「――ならば彼は、私と前王の最初の王子だわ……」

ぽつりと涙声で言ったのは、皇太后エリーザだった。集まった皆が息を呑む。

こちらの言葉がわからない鷹司は、まさか目の前の女性が実の母だとも知らず、困惑した顔で周囲を警戒するように見つめていた。


身内だけで話したいというエリーザの希望で、オリヴェルとダンテ、医師が部屋から退出する。彼を連れてくることになったティーノは、今回の件の関係者ということで、例外的に残るように言われた。

ダンテが心配そうにちらりとこちらを見る。大丈夫だというようにティーノは慌てて頷いてみせた。

残ったのは皇太后エリーザに国王エルネスト、王妃トーリ、そして鷹司と、ティーノの五人だ。

エリーザは鷹司のいる寝台のそばの椅子にそっと移った。ティーノも座るように言われ、邪魔にならないよう壁際のソファに腰を下ろす。

「……二十八年前、私が前王に嫁いで間もない頃のことよ」

まだ若く見えるエリーザは、言葉の通じない息子をじっと見る。彼女が語ったのは、これまで国では伝えられることのなかった悲しみの話だった。

前王とエリーザは、現国王であるエルネストの誕生前に、実はもうひとりの子に恵まれているはずだった。

竜人である王の子を授かると、約一か月後、竜神が王夫妻の元に子を連れてくる。直接産むわけではなくとも、母と子には密接な繋がりがある。子に恵まれた瞬間に母はそのことを悟り、子が運ばれてくる日も自然と察知できるものだという。

だが、エリーザが初めての子と会えると確信した日に、何人たりとも入ってはならない竜神の巣を荒らした者がいた。巣は天空にあり、人間には到底入れない場所だ。おそらくは悪戯好きで怖いもの知らずな妖鳥のしわざだろうが、悪戯では済まされない。なぜなら、そこには前王とエリーザの子供が宿った大切な卵があったはずだった。

巣を荒らされて激怒した竜神は、巨大な嵐を起こした。そして運命の日、本来なら王の子を連れてくるはずの竜神が城を訪れることはなく、数頭の飛竜たちが困惑気味に運んできた籠の中身は、なぜか空っぽだった。

まだ若かったエリーザは、生まれるはずだった子をどうしても諦められず、長い間床に伏した。傷心の王妃のために、失われた卵の話は王家でも固く禁じられた。

王妃が次の子を望めるまでの元気を取り戻したのは、その後四年も経ってからだった。

――つまり、生まれるはずだった子供は、エルネストの五歳年上の兄――容貌からも年齢からも、鷹司その人に間違いはない。

竜神の巣に入れる妖鳥は、時空を行き来する習性を持つ。その妖鳥に人間界に運ばれたのだろう、エリーザが待ち続けた大切な卵は、鷹司家の別荘の庭に置き捨てられた。

運良く無事に卵は孵り、生まれた子供は鷹司夫妻によって拾われた。大切に育てられた子供は成長し、なにも知らないまま、同じ国の生まれであるトーリと職場で巡り会った——。


エリーザが話し終えると、トーリが立ち上がった。「彼にも説明するよ」と国王に言い置いてから寝台のそばまで行き、いまのエリーザの話を日本語に翻訳して鷹司に伝える。

エリーザの話を聞いて、部外者であるティーノも思わず呆然としていた。

すべてが驚きだが、本来ロザーリアの生まれだったトーリと鷹司のふたりが『ニホン』で育ち、偶然出会ったというのは、あまりにも数奇な巡り合わせだった。

おそらく、いま自らの生まれについて伝えられている鷹司の頭の中は、ティーノ以上にパンクしかけていることだろう。

マンションのベランダから飛び降りようとした居候のティーノを助けようとして、一緒に落下し、目覚めたら見知らぬ世界についていた。しかも、そこは、実は自分の生まれ故郷で、初めて出会う母と自分とそっくりな弟がいる。さらにその下には、六つ子の弟たちも。

そして、捜し続けた同僚の『立川』は弟の妻になっていて、男の彼が子を産み、ふたりの間にはすでに五つ子まで誕生しているというのだから——。

自分が竜の姿に変身してここに来たことに気づいているのかは不明だが、たとえその事実を除いたとしても、驚くことが多過ぎる。

（……今日だけで、すんなり呑み込めるほうが異常だよな……）

トーリは話を整理して、わかりやすく説明したが、長い話だ。一通り話し終わるまでには少しの時間を要した。

すべてを聞き終えても、鷹司はまだ半信半疑のようだった。

『……王族とか、竜に変身とか……正直、まださっぱり現実味はないけど……でも、立川がこうしてここにいるんだから、きっといまの説明は、すべて本当のことなんだろうな……』

困惑気味に漏らす鷹司に手を伸ばし、エリーザがそっと彼の手を握る。

「リューイチロ、というのね……」

エリーザはしみじみと言う。戸惑っている鷹司の前で、エリーザは王妃に向こうの世界の言葉を訊ねる。

『……いきていてくれて、ありがとう』

たどたどしく、彼の世界の言葉で伝えた皇太后に、鷹司がハッとした。

二十八年越しに初めて出会えた長男を前にして、エリーザの目は涙で潤んでいる。

まだ受け入れ切れない様子の鷹司は、困惑しつつもエリーザの手をしっかりと握り返して頷く。

涙を流して喜ぶエリーザを眺めているうち、ティーノまで目頭が熱くなってくる。

国王エルネストは、やや複雑そうな顔をして母と兄の対面を見守っていた。

国王は「まずは民に、国王の兄の帰還についての知らせを出す」と言い出した。続いて貴族たちに招待状を出し、盛大な晩餐会を開いて鷹司の帰還を祝うつもりのようだ。

（……リューイチロ、きっとびっくりしてるよね……）

トーリが翻訳して伝えたが、様子を窺うと、やはり鷹司は、自分を置いてどんどん進んでいく話に戸惑っているようだ。予想外にもこちらの世界に連れてくることになって、鷹司には本当に申し訳ないことをしたし、ティーノ自身もまだ困惑していた。

ふたりが突然消えた向こうの世界は、いまどうなっているのだろう。

不幸中の幸いは、唯一、鷹司がトーリと再会できたことだ。

ティーノがどれだけ時間をかけて説明したところで、あちらの世界にいる彼に、トーリの無事を信じてもらうことは難しかっただろうから。

（これで、ひとつは、リューイチロの肩の荷が下りたはず……）

驚きの出来事の連続だが、ロザーリアに来たことで、トーリの捜索にケリがついた。

記憶がないときに、どうか『立川』が見つかってほしいとティーノも願っていた。

複雑な状況ではあるが、ずっとトーリの身を案じていた鷹司の気持ちを思うと、それだけはよかったと思う。

「リューイチロどのには今後、この部屋を使ってもらいたい。使用人を何人かつけるので、必要なものがあればなんでも言ってくれ」

やや他人行儀な口調でエルネストが言う。その言葉をトーリが通訳すると、鷹司は国王に礼を言うように小さく頭を下げた。

言葉が通じないのでは不自由だろうから、鷹司の言葉がわかるティーノも、トーリが手伝えないときは通訳として協力してもらいたいと国王に頼まれて、慌てて了承する。

急いでそれを鷹司に伝えると、彼は明らかにホッとした顔を見せた。

当然のことだろう、突然放り込まれたこちらの世界で、彼にとって知り合いはトーリとティーノだけなのだ。

エルネストは、突然現れた兄をどこか困惑した目で見ている。それに気づいたのか、鷹司も彼をまっすぐに見返した。

国王と鷹司は双子のようにそっくりだが、こうして近い距離にいると、かすかな違いがわかる。弟であるエルネストのほうがやや武骨な雰囲気で、兄の鷹司のほうが醸し出す空気が柔らかい。

長い年月を経て再会した兄弟は、しばしの間、どこか互いを確かめるような目で見つめ合っていた。

翌日、ティーノはオリヴェル校長に改めて呼び出された。「無鉄砲な君の行動は、本来なら魔術学校卒業資格をはく奪した上で、懲罰ものだ」と散々怒られたが、国王夫妻の強いとりなしのもとで、なんとか大きなお咎めを受けずに済んだ。

エルネストと兄弟だとわかった鷹司は、城の者たちからも歓迎を受け、国王の弟の六つ子たちからは「リュー兄上」と呼ばれて興味津々に纏わりつかれる日々を送っている。国王夫妻のまだ小さな子供たちからは、異世界から来たヒーロー扱いだ。

城に押しかけてくる貴族たちからも注目の的になっていて、強い要望を受けて、国王の謁見にも同席することになった。その際はトーリが通訳をしてくれるから、ティーノの役割は主に日常生活で必要なときの通訳だ。

彼が国王や貴族たちから国王の兄として認められ、歓迎されていることはとても嬉しい。だが――。

（ちょっと、寂しいな……）

こちらについてから、ティーノはまだ彼と落ち着いて話せていない。どういった経緯でティーノが『ニホン』に行くことになったのかは、最初に王妃が説明してくれたが、自分の口からは伝えられていない。通訳をするため、ともに過ごす時間は向こうの世界にいたときより長いほどなのに、いつも使用人や六つ子たちなどがそばにいて、ふたりきりになる時間が取れないのだ。

仕方のないことだとよくわかっている。それでも、ほんの少しでもいいから、鷹司とゆっくり話せる時間が欲しかった。

同居していたとき、彼はいつもティーノだけを構ってくれていた。突然王族だと判明した彼が、どこか遠くに行ってしまったみたいな寂しさを感じていた。

＊

一週間ほどして周囲がやや落ち着いてくると、鷹司はロザーリア語を学び始めた。

「なにはともあれ、最低限、まずはこの国の言葉を話せるようにならないと、どうにもならなそうだからな。少し前までのティーノと逆だな」

とどこか吹っ切れたみたいに笑った彼に、ティーノも協力を頼まれる。

王妃がこちらの世界に来てすぐに言葉を話せたのは、『ニホン』に連れていかれたのが物心つくかつかないかの頃で、幼少時にはロザーリア語を話していたかららしい。育つうちに国の記憶はなくしたが、言葉の記憶は残っていたのだろう。

鷹司は不幸にも卵のときに流されたため、こちらの言葉を一から学ぶ必要があるようだ。

子供たちの世話もあり、トーリはいつも鷹司の通訳をすることはできない。国王からも正式な依頼を受けて、ティーノはしばらくの間、鷹司の語学教師として城に部屋を与えられ、滞在することが決まった。孤児院の部屋もそろそろ返さねばならない頃なので、ティーノにとっては渡りに船のありがたい依頼だった。

彼の先生役が、これまでは彼に日本語を教えてもらっていた自分だなんて不思議だ。

だが、さすがに、外務省勤務で五か国語に堪能だった彼は、語学の習得方法をよく知っている。

彼が言うにはロザーリアの言葉は向こうの世界のイタリア語と似ているらしい。コツが掴めたと言って、本気で勉強し始めると、驚くほどあっという間に話せるようになっていった。

鷹司が少しこちらの言葉を話せるようになった頃、ティーノは国王と鷹司に願い出て、一日だけ休暇をもらうことにした。外出することを伝えると鷹司も行きたいようだったが、今国一番の注目の的である彼は、謁見の時間、殺到する人々に国王とともに応じているため難しいだろう。また今度と伝えて渋々納得してもらった。

まずはまっさきに、心配しているであろう孤児院に顔を出す。

「ティーノ!!? まあまあ、よく無事で……みんな、どれだけ心配したことか」

来訪の知らせを聞き、慌てて出てきた院長先生は、ティーノの顔を見るなり安堵で泣き出してしまった。

「心配かけてごめんなさい、院長先生」

はちゃめちゃな行動に出た六つ子のおかげで、ティーノの異世界行きはほとんどの知り合いに知れ渡っている。

だが、竜の姿になった鷹司と一緒に帰ってきたことで、どこかで話が大きく膨らみ、なぜか『異世界から王兄を連れ帰ってきた英雄』のように称賛されることがあり、そのたびになんとも居た堪れない気持ちになった。

院長先生にはお説教され、お詫びに孤児院の皆に訊かれるがまま異世界の話をした。そうこうしているうちに日が暮れてきて、夕食後に間借りしている部屋に戻る。三か月以上も留守にしたというのに、部屋と荷物はそのままだ。掃除もしてくれていたようで、清潔なシーツと毛布をセットされた寝台にありがたく寝転ぶ。

ひとりになってやっと一息吐くと、ふいに今後のことが頭に浮かんだ。

（そういえば……これから、どうしよう……）

『タカツカサ』を救う、という唯一最大の目的は果たしたものの、それ以降については、なんとか就職しなくてはということ以外、さっぱり考えていなかった。

城ではあまり自分の時間が取れないため、この間に異世界行きに手を貸してくれた五人に感謝の手紙を書く。

（ダンテのところにも、お礼をしに行かなくちゃ……）

なにを持っていったらいいかと考えていたとき、孤児院の院長先生の計らいで、来週、ささやかなお帰りパーティを開いてくれることになったことを思い出す。せっかくなので、エミリオたち五人とそれからダンテにも招待状を出すことにした。戻ってきたあと、同じ城で働いているにもかかわらず、彼はティーノと接触を持とうとしない。どこか、避けられている感じすらあって、悲しかった。おそらく、愚かにも向こうで記憶を失い、散々心配させた自分のことを怒っているのだろう。来てくれない可能性も高いけれど、もし会えたら、その場で改めて直接礼を言いたかった。

一週間後に休みをもらい、ふたたび孤児院を訪れる。手作りの料理がテーブルいっぱいに並ぶ頃には、驚くほどぞくぞくと客が集まってきた。孤児院の子供と先生だけのこぢんまりとした集まりだろうと思っていたティーノは目を丸くする。

招待を受けたが、遠方の田舎町住まいで簡単には来られないエミリオたち双子からは、祝いの酒が樽で届けられた。意外なことに、ルーベンとマヌエル、リナルドも訪れて、それぞれが作った自作の品を祝いとして持ってきてくれた。

更にはダンテまでもが顔を出し、迎え出たティーノは驚いた。

「ダンテ、いろいろと、本当にありがとうございました。何度も鏡や夢に出てきて教えてくれようとしていたのに……僕、記憶を失くしてしまって、ダンテが誰なのかわからなくなってしまっていて……」

深々と頭を下げて謝る。彼がなにも言わないので、おそるおそる顔を上げると、むすっとしていたダンテは、手を伸ばしてティーノの頬に触れた。

確かめるように撫でて、すぐに離す。

「……お前が無事に帰ってきたから、もうそれだけでいい」

静かに言われて、ティーノは胸を打たれた。

異世界についたティーノが記憶をなくしていることに気づいた彼は、店のガラスや鏡に現れて、なんとか思い出させようとした。期限までに目的を果たせなければ、こちらの世界に連れ戻しても、ティーノは絶望するだろう。止む無く自分も異世界に行くしかないと考えた頃、六つ子の侵入事件があった。皆にバレて、オリヴェル校長は激怒したが、彼の力を借りることで、ダンテは異世界にいるティーノの夢の中に現れることができたそうだ。

苦労の話を知ると、ティーノは身の置き所がなくなった。必死で思い出させようとしてくれていた彼の夢に魘されるばかりで、霊がついているのかもなどと不安になっていた自分が申し訳なく思える。

「校長先生に罰を与えられたりしなかったですか？」と怯えながら訊くと、状況を知った王妃の口添えで、ダンテはなんの罰もなく済んだそうでホッとした。

「まだ仕事が残ってるから」と言う彼は、祝いの酒すらも飲まない。切り分けられた先生たち手作りのケーキを少し食べただけで、そろそろ戻ると言い出すので、せめてもとティーノも一緒に見送りに出る。孤児院の入り口で、厩番から愛馬を引き取りながら、ダンテは思い出したように言った。

「ああ、そうだ。国王陛下が、お前を正式に王室付きの魔術師兼リューイチロ様の通訳係として雇いたいとおっしゃっていたぞ」

「ええっ!?」

罰を与えられなかったのが幸いとしか思っていなかったティーノには驚きだった。

「なにを驚いているんだよ。またとないいい話だ。断ることはないだろう」

ダンテは怪訝そうだ。

「そうなったら、院長先生たちは安心すると思いますけど、でも……」

そのときふと、鷹司はいつまでこちらにいるのだろうという不安がティーノの心を過った。

国王や皇太后は、彼がずっとこちらの世界にいることを前提に考えているのかもしれない。けれど、向こうの世界で育ち、偶然こちらに戻ることになった鷹司自身がどう考えているのかわからない。彼には血は繋がらないとはいえ、元の世界に酷く心配しているはずの家族がいるのだから。

王室付きになることを喜ばないティーノを見て、ダンテは不思議そうな顔をしている。

ダンテが帰ったあと、孤児院の子供たちと遊んだり、先生たちの雑用を手伝ううちに日が暮れてきた。

そろそろ自分も城に戻らなくてはと考え始めた頃、驚いたことに、鷹司が孤児院を訊ねてきた。

おそらく王につけられたのだろう従者ふたりを従え、馬に乗ってきたようだ。

「リューイチロ、どうしたの!?」

「なかなか帰ってこないから、心配になったんだ。今日はお帰りパーティだったんだって？　教えてくれたら俺も行ったのに」

彼は珍しく不服そうな顔をしている。

「ご、ごめん……リューイチロを招待してもいいのか、わからなくて」

孤児院に行くことは伝えたけれど、パーティのことは伝えられずにいた。彼を招待してもいいのか悩んだからだ。

なぜ？と訊かれて「だって」と黙り込む。言って、と促され「……リューイチロは、王兄様だから」とティーノは小声で答えた。

王妃と一緒のときは、ティーノが通訳をする必要もない。国や王家のことを教えてもらうため、エルネストと行動をともにすることも多く、皆に傅かれるところを見ると戸惑いを隠せない。

日本で居候していたときとは違う。このロザーリアで、彼は直系王族だ。いまのふたりには、歴然とした身分の差があった。

鷹司は呆れたみたいな声で「そんなこと、気にする必要ないだろう。教えてくれたら参加したに決まってる」と言った。おずおずと視線を上げると、彼は困った顔で笑っている。

「今日なんか、さっきまで六つ子に叱られっぱなしだったよ」

「あ……変身の練習してたの？」と訊くと、ああ、と彼は頷く。

『ニホン』はロザーリアほど気脈が強くないせいか、彼はここ、ロザーリアに戻るときに初めて竜の姿に変身することになった。本来、王の子供は幼い頃から何度も竜と人の姿を行き来して変身能力を身につけるものだ。だから、自分の意思とはべつのところで唐突に変身したりしないよう、感覚を掴む練習のため、六つ子は鷹司の教師役を買って出たのだ。

彼は六つ子の弟たちにすっかり懐かれているはずなのにと不思議に思う。

「あいつら、自分たちが自由自在に変身できるからって、めちゃくちゃ手厳しいんだ。しかも、

『リュー兄上は、僕らのティーを三か月も独り占めした！』ってだいぶ恨まれてるみたいで、それについてもたびたび文句を言われてる」

はちゃめちゃな六つ子に扱かれている鷹司を想像し、ティーノは思わず笑顔になる。

それを見て、ホッとしたように彼はティーノの頭を撫でた。

「なにも変わらない。俺は俺だよ」と言われて、少し悩んでから、複雑な気持ちでこくりと頷く。

「そろそろお城に戻るつもりだったんだ」とティーノが言うと、彼はそうかと安心したみたいに頷いた。

「――ここが、ティーノが育った場所なんだな」

そう言って、鷹司は感慨深く建物を見上げる。記憶が戻ってから、ほとんど個人的な会話はできていないから、鷹司にはこちらの世界の自分のことは話せていない。おそらく、王妃から聞いたのだろう。

「そう。トーリ様も、リューイチロにも本当のご両親がいたけど……僕だけは、正真正銘の捨て子だから」

冗談ぽく言ったつもりだったのに、鷹司が悲しそうな顔になってしまって慌てた。

孤児院の先生たちはとても優しかったし、ロザーリアは非常に福祉が充実した豊かな国で、決して辛い育ちをしたわけではないことを急いでつけ加える。

帰る前に、院長先生に挨拶をして、ティーノが借りている部屋を見せてもらえないかと言われたので、孤児院の中を案内することになった。

院長室を訪れ、「院長先生、いま少しお時間いただけますか？」と声をかける。国中の話題になっている国王の兄を連れてきたとわかると「まあまあ、王兄様を連れて帰ってくるなんて……！」と言って、院長は腰を抜かさんばかりに驚いた。

「突然魔術学校から入学許可証が届いたときもそうね、ティーノはいつも私たちを驚かせてばかりで……。でもね、ここを家だと言ってくれて、お城で子守の仕事をして受け取ってきた金貨はほとんどうちの院に入れてくれて……本当にいい子なんですよ」

院長先生は、しみじみとした様子で彼に話す。

照れくさかったが、鷹司が「わかります」と言ってくれて、顔が熱くなった。

院長室をあとにして、階段を上がり、いま間借りしている部屋に案内する。

なにもない狭い部屋をぐるりと見回して「綺麗にしてるんだね」と彼は感心した様子だ。

言葉の勉強はいつも鷹司の部屋でしているが、城ではいつ誰が入ってくるかわからない。久し振りに完全に彼とふたりきりだと思うと、にわかに緊張を感じた。

（……なにを話そう……）

あんなに話したいことがたくさんあったはずなのに、どうしてなのか、言葉が出てこなくなった。

他に座るところがないので、「こ、ここ、どうぞ」と寝台に腰掛けるように促す。

礼を言って彼が腰を下ろす。ティーノもその隣に座った。

「……実は、オリヴェルに帰れる日を探してもらっているんだけど、まだ見つからないらしくて」と鷹司は困った顔で言った。

「やっぱり、リューイチロは、あっちの世界に戻るの……？」

訊ねると、彼が「ああ、帰らなきゃ。オリヴェルには訊いたけど、すぐには難しいらしい。帰れる日が見つかり次第といっても、いつ帰れることになるか」と苦笑いをした。

それを聞いて、ティーノは不謹慎にもホッとした。

彼とまだすぐには別れずに済むとわかったからだ。

だが、おそらくは向こうの世界でこつ然と姿が見えなくなった鷹司とティーノは、トーリが消えたときと同じように皆に心配されていることだろう。トーリを捜し続けた経験のある彼が、そのことを気に病まないはずはない。

それに、彼は職場でも将来を嘱望され、海外赴任だって決まりかけていた身なのだ。

（帰りたいに決まってるよね……）

エルネストやエリーザはきっと強く引き留めるだろう。彼らにとって鷹司は、血の繋がった家族なのだから。だが、育ての親である薫子や兄の太一郎がどれだけ心配しているかと思うと、鷹司の揺れる心中は察するに余りある。

ふと思い立って「ね、リューイチロ、トーリ様とは話せたの？」と訊ねた。

「ああ、少しだけね」と言って、鷹司はなぜかおかしそうに笑った。

「立川と話そうとすると、ものすごい圧の視線でエルネストがこっちを見るんだ。怒ってるわけでもないようだけど、弟ながらかなり独占欲が強い奴だ……きっと立川のことを、本気で愛しているんだろうな」

しみじみと言われて、どきっとした。

国王の情熱的な愛妻家振りは、国中の者が知るところだ。

だが、五年もの間トーリを捜し続けていた鷹司にとっては、彼がここで弟と幸福な暮らしを送っていた事実を知ると、複雑な心境になるのではないのだろうか。

「いろいろ驚いたけど……この国で立川が幸せに暮らしてるってわかって……本当によかったよ」

まるで自分に言い聞かせるように言った鷹司に、ティーノは驚く。

ふいに、たまらないほどの切なさが込み上げてきて、彼に抱きつきたいような気持ちになった。

（……そうだ、彼はこういう人なんだ……）

五年もの間捜し続けた鷹司は、やはり、トーリに友情以上の想いを感じていたはずだ。

自分の恋が破れたとしても、心から相手の幸福を願える――。それが、この鷹司という男なのだろう。

行き倒れていたティーノを拾い、部屋に置いて、親身になって世話をしてくれた。

なんの見返りもなくとも動ける、優しくて、そして、強い人だ。

深い尊敬の思いが湧いてきて、ティーノは彼を見つめた。

鷹司が、ゆっくりとこちらに目を向ける。

間近で目が合っただけで、躰に軽い電流が走ったような気がした。

「……皆の話を聞いて、新米魔術師のティーノが、どのくらいとんでもない無謀な危険を冒して
〝異世界〟の俺のところまで、立川の無事を知らせに来てくれたのかがわかった。先輩魔術師の
助けがあったからよかったものの、もし、最初に時空移動をするとき、彼が面子にいなかったら、
二度と戻れずに時空を彷徨う可能性すらあったって」

おそらくオリヴェル校長あたりが伝えたのだろう。あまりにもなにも考えずに飛び出した自分
の無鉄砲さを伝えられてしまい、恥ずかしさで顔が真っ赤になるのを感じる。

ただ、国を救ってくれた王妃を助けたかった。

そして、遠見の術で見た、苦しそうな『タカツカサ』の姿が忘れられなかった。

旅立つ瞬間まで、自分には、その思いだけしかなかった。

「……ありがとうな、ティーノ」

感謝を告げる彼に、そっと手を握られて、心臓の鼓動が跳ねた。

慌ててこくり、と頷く。うつむいた目に、突然涙が滲んでくる。

『王兄様だから』と言って距離を取ろうとしたのは自分のほうだったのに、彼から他人行儀な礼

を言われると、身勝手にも寂しい気持ちが湧いた。

褒めるなら、向こうの世界でいつもしてくれていたみたいに、頭をくしゃくしゃと撫でてほしい。不安な気持ちを大きな躰で包み込み、抱き締めて消し去ってほしかった。

目的を果たせたのだという感慨深い思いと、王兄だとわかった彼への戸惑いで、ティーノの胸は苦しくなった。

計画を決意したときから、向こうの世界での暮らし、そして、こちらの世界に戻るまでの様々な出来事が頭の中を過る。

みんなに心配をかけた。ダンテには、心配ととんでもない迷惑までも。彼にはこれから、改めて詫びと礼をしなくてはならない。

それでも、行ってよかったと心から思った。

——自分のやるべきことは、これで終わったのだ。

驚異的な記憶力を発揮し、こちらに来て一か月が経つ頃には、鷹司は周囲との意思の疎通にはほぼ問題がないほどロザーリア語を話せるようになっていた。

時間があるときにはたびたびエルネストやエリーザと話し、家族としての交流を深めている。

言葉の壁がなくなってくると、彼の持ち前の朗らかさが発揮され始めた。

使用人や、城の警護をする兵士たち、エルネストの側近たちともいつしかすっかり親しくなったようだ。

国王にそっくりな容貌は輝くばかりで、貴族の娘から使用人たちまで、皆が彼に興味津々だ。異世界から帰還した王兄は皆の注目の的で、話しかけられれば誰もが嬉々として応じる。

ときには軍人たちの鍛錬に交ざり、エルネストと剣の打ち合いをして汗を流したりもして、あっという間に鷹司はこちらの暮らしに溶け込んでいった。

客人扱いだった彼がみるみるうちに人々に受け入れられたことに驚く。だんだんと自分がそばにつく必要も少なくなってきた。

＊

そんなある日の午後、昼食を終えて国王夫妻と鷹司、そしてティーノがお茶を飲んでいたときだった。忙しなく扉がノックされ、使者が飛び込んできた。

「いったい、なにごとだ?」

眉を顰めて訊ねた国王に、使者が膝を突いて報告する。

「恐れながら、国王陛下にお知らせいたします。アウレリアとの国境付近で争いが起き、侵入したヴェヌシュの民がいるという知らせが届きました!」

エルネストは「ヴェヌシュか……懲りないな」と言って、小さく舌打ちをする。

怪訝そうに見る鷹司に、エルネストが説明する。

このロザーリア王国と、隣国アウレリア王国との国境地域一帯は険しい山岳地帯で、そこは、古くからどちらの国にも属さない〝ヴェヌシュの民〟と呼ばれる土着の民族が暮らしてきた土地だ。

ヴェヌシュの前の首領は話のわかる人物で、その山でヴェヌシュの民にしか採れない極めて貴重な薬草や香木などの取引をすることで、周辺国とうまく均衡を保ちつつ、民族を纏めてきた。

老いてきたその首領には跡継ぎの息子がいる。

どうやらその息子が、今回、ロザーリア側の国境を破った——ということらしい。

一度目の小競り合いは昨年起こり、そのとき捕らえた捕虜の解放と引き換えに、跡継ぎにも両国間の国境を認めさせたはずだった。

「二度目となるとさすがに見逃すわけにはいくまいな。国境兵に、侵入した民を逃がさずに全員捕らえるように通達しろ。これから私も出向く」

エルネストが命じると、一礼した使者が急いで部屋を出ていく。

「なにも君が出ていかなくても……」

と、トーリは心配顔だ。

ロザーリア王国とヴェヌシュの民とでは、国土の広さも兵士の数にも歴然とした差がある。更に、いざとなればエルネストは竜の姿に変身し、やろうと思えば空からヴェヌシュの民が住む土地を焼き払うことだってできる。侵略はあまりに愚かだ。

周辺国は取引される品々のため、ヴェヌシュの民の自治を許容している。

「釘を刺しておくためだ」と言うエルネストも正面切って戦う気はないのだろうが、国境を破られては、対面上、さすがに好き勝手にさせるわけにはいかないようだ。

弟から事情を説明された鷹司も、眉を顰めている。

ロザーリアは比較的平和な国だが、『ニホン』ほどではない。これでは鷹司が余計に向こうの世界に帰りたくなってしまうかもしれない。ティーノがそんなことを思って内心で狼狽えていると、鷹司がふいに口を開く。「エルネスト」と弟に声をかけた。

「なんだ?」

「これから国境に行くんだな?」

「そうだ。だが、兄上は心配しないで大丈夫だ。皆と城にいてくれ」

エルネストがそう言うと、鷹司はなぜか難しい顔になった。

「――俺も行く」

「「ええっ!?」」

ティーノは驚いて声を上げた。トーリもかなり驚いたようで、声が被る。

『鷹司、この世界での移動は車じゃなくて馬だから、長くかかるんだ。まだこちらに来て間もない君まで行く必要はないよ』

トーリが鷹司を宥めるみたいに日本語で言った。

少し早口だったため、すべてを理解できなかったのだろう、国王は眉を顰めてトーリになんと言ったのかを訊ねている。トーリが説明する横で、ティーノは国王が鷹司を止めてくれることを祈った。

「王妃の言う通りだ」とエルネストが言って、トーリと一緒にティーノは安堵の息を吐く。

しかし鷹司は納得せず、覚えたてのロザーリアの言葉で訴えた。

「いや、俺も行く。だって、彼は俺の家族だ。弟なんだ」

まだやや拙いながらも、こちらの言葉で言い切った鷹司に、国王がかすかに目を瞠る。

鷹司はまっすぐに国王を見て言った。

「弟だけを危険な場所に行かせるわけにはいかない。俺は、学生時代、ずっと剣道をやってきた。馬にも乗れる。足手まといにはならない」

「リューイチロ、待って」

ティーノは慌てて彼を止めようとした。

「エルネスト、止めてくれ。彼にはまだこちらの世界のについてわからないことがほとんどだ。他民族との争いの場についていくなんて、あまりにも無謀すぎるよ」

トーリは国王に必死な様子で頼み込んでいる。

だが、鷹司と目を合わせた国王は、真剣な兄の表情を見て考えを変えたらしい。

「大丈夫だ、トーリ」と安心させるように言って、国王は王妃の肩を抱く。

それから、信じたいことに「国境へ向かう王立軍には、リューイチロを同行させる」と宣言し、軍にも通達を出させてしまう。

国王の決定の真意がわからない。まさか鷹司が国境争いの場に行くことになるなんてと、ティーノの胸は不安でいっぱいになった。

＊

「いやはや、痛快な一件落着でしたなあ!!」

何度目かの乾杯をして、貴族たちがまたガハハと大笑いをする。エルネストと鷹司を囲んだ貴族たちは、何度も彼らを褒め称えている。

国王エルネストが従える王立軍は、今朝がた国境から無事に戻った。

軽傷者はいるものの、全員がほぼ無傷だ。しかも、平和的にヴェヌシュの民を排除した上、詫びの品まで受け取ってきたというから驚く。

城で開かれた祝勝の宴と、鷹司を迎えての晩餐会を兼ねた祝いの席は盛大で、国王兄弟を囲んで大いに盛り上がった。

「――いや、国王陛下のご判断もさることながら、王兄どのの慧眼は素晴らしい！」

兄を褒められて、国王エルネストは隣に立つ鷹司の肩を叩いて誇らしげだ。

「ああ、さすがは我が兄だ。おかげで、普段なら宝石と交換している貴重な薬草を、一年ぶんほども持ち帰ることができた」

ロザーリアの正装を纏った鷹司も、嬉しげな弟を見て笑顔になる。

――本人が強く望んだ通り、鷹司は国王率いる軍の国境討伐に同行することになった。

意思の疎通に問題はなくとも、言葉が完璧ではない鷹司を心配し、通訳ができる王妃が同行するという申し出は、当然ながら国王が反対した。せめて自分がとティーノが手を上げれば、『危険だからだめだ』という鷹司自身に強く拒絶されてしまった。

後方支援として三人の王室付き魔術師が同行し、オリヴェル校長やダンテは他の魔術師たちとともに城と王族の警護のため残ることになった。不在時に王妃と幼い王弟に子供たち、そして皇太后を守るため、城の警護を厚くしていったのだろう。

そうして知らせが届いた翌日の早朝、軍を率いて王と鷹司は出発していった。城で王妃たちのそばについているようにと命じられたティーノは、はらはらしながら彼らを見送るしかなかった。

自分の巻き添えで連れてきてしまった鷹司が、国境討伐の王立軍の一員に加わることになるなんて信じられない。彼がもし怪我をしたらと思うと、薫子に申し訳が立たず、ただ心配でたまらなかった。

王都からアウレリアとの国境までは、早馬で四日ほど、行軍では一週間程度かかるという話だった。彼らが国境についただろう頃、トーリが思いついたように言った。

『ねえ、ティーノ。君のあの遠見の魔術で、彼らの様子を見られたりしないかな……？』

いま自分の能力を使うことなど思いつきもせず、ティーノは驚いた。これまで、誰かに頼まれて使うことがほとんどで、自分の望みのために術を使ったことはほとんどなかったからだ。だが、確かに遠見の魔術なら、城にいながらにして遠方の状況をも見ることができるはずだ。

王城の一室にある一番大きな鏡を使い、一心に鷹司のことを思い浮かべながら鏡面に触れる。

ほどなくして、兄弟が率いる一行の様子を鮮明に映し出すことができた。

『やった！』

トーリと手を合わせて喜ぶ。子供たちを呼ぶことも考えたが、万が一敵か味方かの血が流れたときを懸念し、皇太后とオリヴェル校長だけに伝える。やってきた彼らとともに、息を呑んで鏡の中に見入った。

鏡には、すでに国境についたロザーリア軍が、いままさにヴェヌシュの一軍と対峙しているところが映し出されている。

馬上にいるロザーリアの兵士は全員が剣を携え、濃紺に赤と金のラインの入った軍服を纏っている。

ヴェヌシュの民は馬に乗っているのは数人だけで、他の者は半裸に革衣を纏い、斧や槍、弓矢などといったバラバラの武器を手にしている。おそらく、馬上で目立つ色の布を頭に巻いている男が、問題の若き跡継ぎなのだろう。

味方を捕らえられたせいか、ヴェヌシュの民の怒りは激しく、いまにもロザーリア軍に飛びかかってきそうな勢いだ。

エルネストがなにか声をかけたようだが、ヴェヌシュの跡継ぎは忌々しげに首を横に振る。じりじりと両軍が近づき、剣と槍を交えるべく、開戦の合図を待っていたときだ。

エルネストのそばに控えている側近が停戦の旗を振り、進軍を止めた。

それと同時に、どうもヴェヌシュのほうでも笛を吹いて戦いを止めようとした者がいたようだ。

すると、ロザーリア軍の中ほどから、軍服を身に纏った鷹司が馬を操って国王のそばまで進み出る。彼がエルネストに急いでなにかを訴えているのが見える。この術では、姿は明確なのに声が聞こえないのがもどかしい。

息を詰めてティーノたちが鏡を見つめていると、ヴェヌシュの民の頭にも、背後に控えた者が耳打ちをする。

しばしの間のあと、エルネストとのヴェヌシュの跡継ぎの両方が、自軍を止める合図をして、双方の全員が武器を下げて後退する。なぜか突然両軍は戦う様子がなくなった。

いったい、なにが起きたのかわからず、ティーノは呆然とする。どうやら争いは終結したらしいという事実だけがわかり、驚きと安堵で皆が息を吐いた。


——その後、無事に帰還したエルネストたちが、ことの顛末を説明してくれた。

話によると、実は国境を破ったのはヴェヌシュの首領の子の中でも、跡継ぎではなく、末の息子とその仲間たちだったらしい。

国境を破り、容易く捕らえられた者たちは、確認してみると全員が子供と言えるほどの年で、首領の息子から無理に誘われての遊びだったと泣き始めた。しかも、当の息子だけはヴェヌシュ

に逃げ帰っている。ロザーリアの国境兵士たちは子供たちをどうしたものかと困り果てていた。

エルネスト率いる国軍が到着したとき、同時にヴェヌシュの跡継ぎの一派が、怒り狂って彼らを取り戻しに来た。『侵入者は子供だった』という知らせは城に送ったが、あいにく軍と行き違ったらしく、国境兵士たちが国王に事情を説明する前に戦が始まりかけたのだ。

一触即発となったとき、鷹司があることに気づいて自軍を止めさせた。

部外者だった彼の目には、彼らが捕虜から取り上げたというヴェヌシュの侵入者が持っていた剣が引っかかったのだという。

それは、なぜかヴェヌシュの大人が持つ槍や斧ではなく――特別な装飾を施したロザーリアの剣だったからだ。

兄の訴えでエルネストは軍を止めた。同時にヴェヌシュの跡継ぎに呼びかけ、話し合いを持ちかけようとしたが、血気盛んそうな若き跡継ぎは憤っていて手勢を止める気がない。

鷹司は、跡継ぎのそばに控える参謀らしき者の存在に気づき、まずは彼と話をするようエルネストに伝えた。

戦う前に、互いの状況を確認したいと求めると、ヴェヌシュの参謀もロザーリア軍との戦いは不利だとわかっていたのか、うまく跡継ぎを説得して話し合いに応じた。

すると、ヴェヌシュの跡継ぎは、国境を破って軍の武器を盗み出し、『ロザーリアの国境兵士に怪我をさせられた！』と嘘をついた幼い末の弟に唆されて、怒りの勢いで手勢を動かしただけだったことが判明した。

国境兵士は子供たちに怪我をさせておらず、その傷は怒られないために、末の息子が自らにつけさせたものであることも、他の子供が白状した。

鷹司が違和感に気づいていったん軍を止めさせ、エルネストがすべてを冷静に判断したことで、激しい争いには発展せずに両軍を引かせることになった。

幼い弟の嘘と、騙されて手勢を動かした自らを深く恥じた跡継ぎからは、詫びとして、ヴェヌシュ産の有用な薬草が山と差し出された。

エルネストは鷹揚に詫びを受け入れ、弟君がロザーリアに強い興味があるのなら、今後は更に平和的な交流を持って彼らを招こうという話で、穏便にケリをつけたのだった。

子供に翻弄された茶番ではあったけれど、行き違いで戦が起こることはままある。だが今回は、無駄な血は一滴も流さずに済んだ。

更に、ヴェヌシュの跡継ぎは、まだ幼いがやんちゃな弟の手綱をこれまでになく引き締めるはずで、将来を見据える上でもそう悪くはない結末でもあった。

「兄上も戻られて、これからロザーリアもますます発展しますな！」

「リューイチロ様は、今後も城にお住まいになるのですか？」

「晩餐会に出られなかった我が娘たちが、ぜひお目にかかりたいと熱望しているのですが」

祝いの場に集まった貴族たちは、口々にエルネストと鷹司を褒め称える。

国境までを往復する旅の間に、これまではどこか距離のあったエルネストと鷹司はすっかり打ち解け、互いを兄弟として認めるようになっていた。

「素晴らしい兄がいてくれて私も誇らしい。弟たちや我が子はまだ幼く、有能な兄の存在は国にとっても実に頼もしい話だ」とエルネストが笑みを浮かべて鷹司の肩を抱く。鷹司は「すべてエルネストの功績だよ」と謙遜しているが、弟に認められて嬉しくないわけはないだろう。

トーリは子供たちを寝かしつけていて不在だ。ティーノはいつも鷹司が見える位置にそっと控えているが、彼はすでに流暢なロザーリア語を操っている。もう自分が通訳をする必要はなさそうだ。

深い青の服に金色の留め具のついたロザーリアの服を身につけた彼は、我先にと話したがる貴族たちにひとりひとり応じている。

この国で他民族との折衝役として能力を発揮するのも当然のことだ。元の世界で、彼は、他国との外交の仕事が本業だったのだから。

エルネストが国境から帰還したとき、よほど心配だったのだろう、トーリは密かに泣いていた。ティーノも鷹司の元気な顔を見たとき、涙が出そうになった。

(無事に帰ってきてくれて、本当によかった……)

皆に褒め称えられる鷹司が、ティーノは誇らしかった。

帰れる日が見つかれば、元の世界に戻った鷹司とは、おそらく二度と会えないだろう。

だが、彼が向こうの世界で幸せにしていてくれたら、それだけでいい。

彼の姿をこの目に焼きつけておこうと、宴が終わるまでの間、ティーノは皆に囲まれる鷹司の姿をずっと見つめ続けていた。

＊

国境から戻って数日が経った、王族が全員揃った夕食の席だった。

皆が食べ終え、六つ子たちが部屋に戻った頃を見計らい、鷹司が静かに切り出した。

「すでにオリヴェルから伝わっているかもしれないが……やはり、俺は育った世界に帰ろうと思う」

同席していたティーノは、とうとうその日がきたのかと絶望的な気持ちになった。

「そうか……可能であれば、ここで暮らしてほしいと思っていたが……帰ってしまうのか」

兄の気持ちに気づいていたのか、残念そうではあるものの、国王に驚きはないようだ。隣の席のトーリも落ち着いて見える。エリーザはなにも言わず、寂しそうに目を伏せる。

彼とティーノがこちらに戻って、もう二か月ほどが経っている。

鷹司は王族として周囲から持て囃される暮らしではなく、薫子たちの待つ元いた世界に戻ることを選んだ。覚悟してはいたものの、とうとう彼と別れる日がくるのだと思うとたまらないほど辛くなった。

「以前からオリヴェルに頼んではいるんだが、なかなか向こうの世界に戻れる日は見つからないらしい。あちらの家族も、きっとすごく心配していると思う。なんとかして、時空移動できる日を見つけ出してもらうことはできないか」

「わかった。私からもよく伝えておこう」

鷹司の頼みに、エルネストが頷く。

しかし——それからも、鷹司が戻れる日はなかなか見つからないようだった。

「日々、力を尽くして探してはいるのですが……」申し訳ありません、と報告しに来たオリヴェル校長は国王と鷹司に謝罪する。

時空移動の術は、時空に大きな歪みができる日に合わせ、やっと発動できる類いの大きな術だ。

つまり——もし、その歪みが見つからなければ、鷹司は帰ることができない。

時空の歪み自体は珍しくはないものだけれど、人を移動させられるほどの歪みは、年に数回あるかないかだといわれている。国一番の力を持つオリヴェル校長が探しても見つからないなら、国中の誰にも見つけることはできないだろう。

(リューイチロが一日でも長くここにいてくれるのは、嬉しいけど……)

帰りたがっている彼自身の気持ちや、向こうの世界の薫子や太一郎たちのことを思うと、喜んでいるわけにもいかない。

　通訳の必要がなくなったあとも、ティーノは鷹司自身の希望で、彼の側仕えのようなかたちで働いている。名目上は王室付き魔術師なので、報酬もいいし、孤児院の先生たちには大喜びされたが、魔術師としてはさっぱり役に立っていないので本人としては複雑だ。

魔術師として未熟な自分に、オリヴェル校長に探せないものが見つけられるはずもない。それでも、なにか彼のためにできることはないだろうか。

晩餐の間を出たあと、ティーノは彼について一緒に部屋に戻る。椅子に座り、考え込んでいる様子の鷹司にそっと声をかけた。

「リューイチロ、もし僕にできることがあれば、なんでもするから」

「……ありがとう、ティーノ」

彼が笑顔を見せる。

「まあ、こうなったら、苛々してもしょうがないよな」

オリヴェルの報告を受けて、彼は半ば腹を括ったようだ。こういうところも好きだな、と無意識に思い、ティーノは自らのその考えに狼狽えた。

彼はティーノの動揺には気づかず、「実は、さっそくだけど、ティーノに頼みたいことがあるんだ」と真剣な顔で切り出した。

鏡から映像が消えていく。椅子の背に身を預けた鷹司が、夢から覚めたような顔で深い息を吐いた。

「……ありがとう、ティーノ」

礼を言われて、慌ててぶるぶると首を横に振る。

鷹司から、『もしできるのであれば、母さんと兄さん、あと、職場がどうなっているのか気になるから、見せてもらえないか』と頼まれた。おそらく、ティーノの得意な魔術について、王妃あたりから聞いたのだろう。ティーノはふたつ返事で応じ、彼に向こうの世界にいる薫子たちの様子を見せた。

人を映し出すときには、ティーノがその人自身を見たことがないとうまく映せない。そのため、職場を映すことはできなかったけれど、薫子と、それから太一郎を見せることには成功した。

映し出された鏡の中の薫子は驚いたことにベッドの上にいた。彼女は酷く憔悴しているようだった。帰国したのか、夫がそばについている。周囲の様子から、彼女は入院しているらしいとわかった。

太一郎は仕事中のようだったが、表情は暗く、行方不明の弟を気にしていることがよくわかった。

「……一刻も早く、帰らなきゃな……」

ぽつりと漏らされた声に、ティーノの胸は痛んだ。

彼がこちらに来る羽目に陥ったのは、自分が戻る時空移動に巻き込んでしまったからだ。

記憶を失っていなければ回避できたのにと悔やむけれど、今更どうしようもない。薫子たちの心痛を思うと、早急にどうにかしなくてはと切羽詰まった気持ちになる。

ティーノが考え込んでいると、ふいに鷹司が言った。

「実は……帰ると決めたあと、エルネストから、『もし残ってくれるなら、王位を譲ってもいい』と言われたんだ」

「ええっ!?　――あ、リューイチロのほうが、長男だから……？」

そう、と鷹司は頷く。

国王エルネストは、鷹司に『本来なら兄上が継ぐべき王位だった』と言ったそうだ。そして、鷹司がこちらの国に残ると決め、何年か住んだあとで彼が望むのであれば、いつでも王位は渡す、と申し出たらしい。

（リューイチロが……ロザーリアの王に……？）

想像もしなかった話に、呆然としてしまう。

「でも、もちろん断ったよ」

彼はあっさりと言って笑った。

「エルネストはずっとこの国で育ち、ロザーリアのことを熟知している。少し滞在した俺にでも、彼が国民の幸せを考えた統治をしている誠実な王だと伝わってくる。そこへ、いきなり現れた、血筋だけは王族で頭の中はよそ者の俺が、今更王になんてなれるものじゃない」

鷹司は迷いもなく言う。彼は王位にいっさいの興味はないようだ。

「元々はこの国の人間であったとしても、俺はやはり向こうの世界に戻るよ。そのほうが……なにもかも、うまく纏まると思うから」

きっぱりと言う彼に、ティーノはそっか、と頷く。

わずかの間に、彼はすっかりロザーリアに馴染んだ。鷹司はきっとどちらの世界にいてもうまくやっていける人だと思う。

だが彼を実子として引き取り、大切に育てた薫子が、いまどれだけ彼を心配しているか。そう思うと、ティーノも彼を早く向こうの世界に帰さねばという気持ちになった。

「……オリヴェルには、訊くたびにまだ帰れる日が見つからないことを謝られるんだが、『時空の歪み』って、そんなに希少なものなんだろうか」

鷹司に訊かれて、ティーノも考え込む。

「一年に数度しかない、といわれているものだからね。僕がリューイチロのところに行くために探したときは、三か月後にひとつだけ見つけられたんだけど……」

「えっ、君にも探せるの？」

驚いたような顔の彼に、ティーノは「もちろんできるよ！　僕だって魔術師の端くれなんだから！」と頬を膨らませる。

いったいどれほど無能だと思われていたのだろう。確かに学校では落ちこぼれだったし、いまも胸を張って魔術師ですと言えるかは微妙なところだが、いちおう六年間王立魔術師学校で学んだ身だ。

「でも、オリヴェル校長に見つけられないなら、僕にも無理だと思うんだけど……」

そう言ったが、念のために探してみてもらえないかと頼まれて、ティーノは頷いた。


「――一週間後？　本当に？」

ティーノは昨夜、自分の部屋に戻ってから、道具を使って手順通りに時空の歪みを探した。歪みには、小さくて安全な移動に値しないものも多くある。

時間をかけて振り分けていくと、ひとつ、移動に使えそうな大きな歪みが見つかった。

半信半疑ながら夜が明けてから鷹司にそれを伝えに行くと、彼も驚いた様子だった。

驚かれると精度が不安になるが、ティーノが向こうの世界に行ったのは、自分自身で時空の歪みを見つけた日だ。だが、もしいま見つけた日が正しいとなると、なぜオリヴェル校長が見つからないと言い張っているのかがわからない。ティーノに見つけられるものが、彼に見つけられないはずはないのに。

念のため、誰か他の魔術師に確認してもらおうと思い立つが、城内でティーノが頼める相手といえば、ダンテしかいない。

（だけど……最近のダンテは、なんだかすごくそっけないんだよね……）

何度か訪ねたが、詫びと礼はなにもいらないとあっさり断られてしまった。

しかも、他の皆は誰もが向こうの世界での話を聞きたがるのに、ダンテだけはなにも聞こうとはしない。本当に呆れられてしまったのかもと思うと悲しくなり、最近では会いに行く足も遠退いてしまっていた。

城と通路で繋がった塔にある、王室付き魔術師のための部屋に足を運ぶ。いま王室付きの魔術師はティーノを含めると八人のはずだ。そのうち、ダンテの部屋をノックする。応答があって扉を開けると、彼はなにか書き物をしているところのようだった。

「すみません、ダンテ。いま忙しいでしょうか？」

「なんだ？　用件を言え」

躊躇いながら声をかけたが、彼は憮然とした様子で顔も上げない。

「お願いしたいことがあるんです。実はいま王兄様も一緒で……」

そう言うと、やっと顔を上げる。さすがにわざわざやってきた鷹司を無下に扱うことはできないのだろう、怪訝そうな顔で入るように言われる。

応接用の椅子を促され、鷹司と並んで座る。

向かい側に腰掛けたダンテに時空の歪みの一件について説明すると、彼は眉を顰めた。

「――それはつまり、オリヴェル様が嘘をついているということか？」

「そ、そういうわけじゃないんです。ただ、なぜ僕が見つけた日が有能な校長先生の目に留まらなかったのかが気になって……できれば信用が置ける第三者の魔術師に事実を確認してもらいたくて、ダンテのところに来ました」

胸の前で腕を組んだ彼は、口元に手を当て、考え込んでいるようだ。

眼鏡の奥の赤い目が、ちらりとティーノの隣に向けられる。

「……すまないが、俺は、一刻も早く向こうの世界に戻りたい。頼めるとありがたいんだが」

ダンテはしばらくの間、無言で鷹司を見つめていたが、「……王兄どののご依頼を断るわけにはいきませんから」と言って立ち上がった。

彼は棚から一抱えもある巻き紙を持ってきて、応接テーブルの上に広げる。それから机の引き出しから箱を取り、中からチェーンのついた円錐形の赤い宝石を取り出した。

それぞれの能力にもっとも合う宝石で作られたこのペンデュラムを使い、魔術師たちは知りたいその日を見つけ出すのだ。

未熟なティーノは集中が必要なため、ひとりのときでないとできないけれど、能力の高い彼は誰がそばにいても問題はないようだ。

眼鏡を外したダンテは、ティーノたちが見守る前で呼吸を整える。それから、金の紙の上で、手から垂らしたペンデュラムを静かに回し始めた。

ふたりで固唾を呑んで見守っていると、宝石が光を帯びた。

二度強く輝き、ゆっくりと回転が止まる。金でできた特殊な巻き紙には、一年間の日付が円状に刻まれている。宝石はある日付の上で光を放ち、引き寄せられるみたいにして止まった。

「――お前が言う通りのようだ。一週間後、確かに大きな時空の歪みがある」

ペンデュラムを箱に戻し、眼鏡をかけ直しながら、ダンテが言う。

彼が見つけたのは、ティーノが見つけたのと同じ一週間後。それから、四か月後にもひとつ移動できそうな歪みがあるようだと言う。

「この日に魔術師を集めれば、王兄どのは帰れるだろう。次はもう少し先になるから、急ぐなら早く準備すべきだな」

（……それじゃ、オリヴェル校長が、やっぱり嘘をついていたってこと……）

混乱するティーノの横で、鷹司はなぜか納得した様子だった。

「ありがとう。とても助かった。礼がしたいんだが、なにがいいかな」

「……なにも。もし可能であれば、いろいろと面倒なので、俺が確認したことはオリヴェル様に伝えないでもらえるとありがたいですが」

オリヴェル校長の言い分を真っ向から覆すことになるからだろう。もちろんそのつもりだと鷹司は請け合う。

ティーノも礼を言い、ふたりが部屋から出ようとしたときだ。

「王兄どの」とダンテが鷹司に声をかける。

振り返った彼に「こいつを、あなたの世界に連れて帰らないでくれませんか」とダンテが言い放つ。驚いてティーノは目を瞠った。

「ダ、ダンテ、なんでそんなこと……！」

ダンテは鷹司を睨むような目で見据えている。

おろおろしているティーノの横で、一瞬、面食らった様子の鷹司は「それは、ティーノが決めることだと思うよ」と静かに答えた。


「さっきは、ダンテが変なこと言ってごめん……」

塔から戻る通路の途中で、ティーノは鷹司に謝った。気にしていない、というように、くしゃくしゃと頭を撫でられる。

「ダンテは君をとても大切に思っているんだね」

彼が兄のような存在で、魔術学校の頃からずっと世話になったことは彼にも話してあった。

「うん、ずっと助けてもらってて……でも最近、ちょっと様子が変で気になってるんだ」

考えると、ティーノの表情が曇る。

なぜダンテがあんなことを言い出したのか不思議だった。

たとえ頼んだとしても、鷹司が元の世界にティーノを連れ帰ってくれることなどない。釘を刺す必要もないことだ。

（あとで、ダンテともよく話さなきゃ……）

だが、なによりもまずは、なぜ嘘をついていたのか、オリヴェル校長に説明してもらう必要があった。

『──ああ、オリヴェルに命じたのは、私だ』

鷹司の話では、あっさりと白状したのは、驚いたことに、国王エルネストその人だったそうだ。

ダンテの部屋に行ったあと、鷹司は時空の歪みについて話すため、ひとりでエルネストの部屋を訪れた。彼はいま皇太后エリーザが来ているというので待とうとしたが、構わないと部屋に招かれた。エリーザは兄弟が揃ったことに顔をほころばせ、エルネストも笑みを浮かべて用を訊ねた。

躊躇ったが、鷹司は駆け引きをせず、率直に問い質したそうだ。

『なんらかの事情があって、オリヴェルは、見つけた時空の歪みを隠しているのではないか』

──と。

エリーザは知らなかったのか驚いた様子だった。自らが命じたことを告げたエルネストに、なぜそんなことをしたのかと訊くと、彼は淡々と説明したらしい。

『兄上は元々我が国で育つべき者だった。私も王妃も、弟たちも皆、兄上がこちらに残って皆で暮らしていくことを強く望んでいる。特に母上は……やっと会えた兄上がまた異世界に戻ってしまったら、その心痛はあまりに大きなものになるだろう。だからオリヴェルに、戻れる日は決して伝えないようにと命じたんだ』

他の魔術師に、鷹司に頼まれても時空の歪みを探さないように命じておかなかったのは、権力を持つオリヴェルの言い分に疑問を呈する者はいないからだと言われた。

エリーザは困惑顔でエルネストを窘めた。

『私のことを思ってくれたのね。でも、リューイチロが帰りたいなら、無理に引き留めてはいけないわ。もちろん、とても寂しいけれど……』

『しばらくこちらに引き留めていれば、兄上がその間にロザーリアで暮らす気持ちになってくれるだろうと思ったんだ』とエルネストはぼやいていたそうだ。

「あまりに堂々と答えられて、怒るに怒れなかったよ」と鷹司は苦笑した。

一週間後のその日に帰らせてもらいたい、と鷹司が頼むと、それ以上無理に引き留められることはなく、オリヴェルたちに命じて帰してもらえることになった。

義理堅い鷹司は、ダンテへの礼の品をこっそりと彼の元に届けるよう使用人に頼んでいる。

薫子の体調は心配だが、彼が戻りさえすれば、きっと元気を取り戻すだろう。だが——。

(あと一週間……)

とうとう、彼が帰る日が決まった。

いつかはと覚悟していたが、残りの日にちはわずかしかない。

事情があったとはいえ、ティーノは一度、禁忌を破って許可も得ずに時空移動をした。王夫妻のとりなしで運良く罰されることはなかったが、二度目はないだろう。

つまり、鷹司が向こうの世界に戻れば、追っていくことはできない。もう二度と、彼とは会えなくなる――。

ティーノは目の前が真っ暗になるような気がした。

＊

鷹司が元いた世界に戻る日が決まると、準備が急速に進み始めた。

彼は毎日時間を取っては母エリーザに会いに行き、残り少ない時間の中で、親子の時間を作っているようだ。

更に、鷹司を送別するための晩餐会が開かれ、多くの貴族が城の大広間を訪れて、王の兄との最後の時間を惜しんだ。この三か月の間に鷹司に憧れを抱いたのか、彼の前で涙を見せている娘も見かけて、参加していたティーノは動揺した。

泣いているのは、美しい衣装を纏った若くて綺麗な娘だ。

もし、鷹司がこちらの世界に残ったとしても、トーリはすでに弟の伴侶だ。先々は、誰か良家の者が結婚相手として宛がわれることになっただろう――たとえば、いま鷹司の前にいる娘のような。

彼には心から幸せになってほしいと思っている。

けれど、彼が誰か自分以外の誰かを愛する光景を見るのはとても辛いことだ。

それがどうしてなのかは、もうよくわかっている。

初めて胸に湧いた気持ちだった。しかも、嫉妬に戸惑うまでもなく、相手はもうじき遠くに行ってしまう人だ。

どうしていいかわからず、ティーノは自分の想いを持て余していた。

「——ティーノ、ちょっといいかな」

帰る四日前の夜。城に宛がわれた自分の部屋に戻ったところへ鷹司が訪ねてきた。

「どうかした？」とティーノは目を丸くして訊ねる。

彼とは今日の昼間もずっと一緒にいて、荷物の整理や手紙の返事を書く手伝いをし、夕食もともにとって、さきほど別れたばかりだからだ。

なにか、困ったことでも起きたのだろうか。心配していると、部屋に入ってきた彼は小さく笑った。

「そういうわけじゃないよ。ただ、もしよかったら、一緒に散歩に行かないかと思って」

意外な誘いが嬉しくて、「行く！」と喜々として頷いた。

風邪をひかないようにと、持ってきたストールを首に巻かれる。世話を焼かれると、まるで向こうの世界で一緒に暮らしていたときみたいで、思わず微笑んだ。彼が自分と一緒の時間を過ごそうと考え、わざわざこうして誘いに来てくれたと思うと、心が浮き立つような喜びを感じた。

鷹司に連れられて長い通路を進み、兵士の立つ城の通用口を出る。城の周りをぐるりと歩いて裏庭に出た。

上を見て、と言われ、不思議に思いながら空を見上げる。
「あっ……!?」
そこには、夜空を舞う大きな白銀の竜の姿があった。
王家の人間の中でも、これほどの大きさの竜に変身できる大人の竜人は、いまロザーリアには
ふたりしかいない。そして、そのうちのひとりである鷹司はここにいる。
つまり、あれは竜に変身した国王エルネストというわけだ。
白銀に輝く身を翻し、闇色の空をゆっくりと大きく旋回する竜は、まるでなにかを待っている
かのように見える。
「エルネストの背には立川が乗っているはずだよ。いいところへ案内するから、二組で空を散歩
しようって言われたんだ」
ダブルデートってことかな?と彼は小さく笑う。
(デート……!)
初めての行為に、ティーノは目を輝かせた。
「リューイチロ、変身、制御できるできるようになったの?」
「いちおうね。万が一にも向こうで突然変身しちゃったら大問題になるし。六つ子だけじゃなく
て、エルネストからもいろいろと変身と制御のコツを教えてもらった。竜になるのはわりとスム
ーズなんだ。戻るのがちょっと難しいときもあるんだけど、そのぶん、飛んでいる途中に突然人

間に戻ったりすることはないから安心して」

そう説明してから、彼はティーノの目をじっと見た。

「エルネストに、自分はトーリを乗せるけど、兄上は誰か乗せたい者はいるか、と訊かれたとき、思ったんだ。背中に乗ってもらうなら、ティーノがいいなって」

「リューイチロ……」

彼の言葉にティーノは胸が震えるような思いがした。鷹司はダンスに誘うときのように、片方の腕を背に当て、もういっぽうの手をティーノに差し出して伺いを立てる。

「ティーノ。よかったら、俺の背中に乗ってくれるかな？」

恭しい誘いに目眩がした。

元々が王家に連なる人間だったトーリと違い、ティーノは正真正銘の孤児だ。身分で言えば、生粋の王族である彼の聖なる背に乗せてもらえるなんて、僥倖に近い。

「嬉しいです……ぼ、僕でいいなら、喜んで……」

躊躇いながら言って、おずおずと彼の手に自分の手を重ねる。鷹司は照れたように「よかった」と笑った。

少し離れているように言われて、大人しく従う。

どきどきしながら待つティーノの前で、広い庭に立つ彼の姿がふいに揺らぐ。

みるみるうちに鷹司の躰が大きくなっていく。

息を詰めて見守っている間に、彼は、その場で立派な翼を広げた白銀の竜に変化していった。

長い首をもたげた竜は、人の姿のときの鷹司と同じ、澄んだ蒼い目でこちらを見る。彼は器用に翼を閉じて、ゆっくりとその場に伏せてくれる。

どうぞ、というように長い尻尾で招かれて、ティーノはハッとする。おそるおそる近づいて、尻尾を足掛かりに大きな背によじ登る。

『しっかり掴まってて』

頭の中に彼の声が響く。ティーノは竜の肩と背中の間ぐらいのところに腰を下ろす。なめらかな感触の白銀の鱗はところどころ隆起している。そこをしっかりと握ってから「掴んだよ」と答える。

一拍置いて、竜はバサリと大きな翼を広げる。数度羽ばたき、ゆっくりと城の裏庭から空に向けて飛び上がった。


飛んできた兄を空中で旋回しながら待っていたエルネストは、遅いぞ?というようにこちらを一瞥し、大きく翼を羽ばたかせて少し先を飛んでいく。

その背にはトーリが乗っていて、笑顔でティーノたちに手を振っている。なにか首から布を下げて、包みを腕に抱いているように見る。すると、驚いたことに、彼の腕の中から二匹の小さな竜がちょこんと顔を出した。

おそらく、五つ子たちのうち、眠っていない子供たちがついていくと駄々をこねたのだろう。幼い竜たちは母であるトーリにしっかりと抱きつきながら、目をきらきらさせて夜空を見上げ、ご機嫌のようだ。

満月に少しだけ足りない月明かりの下、二頭の竜は光の灯る街の上を飛んでいく。

いくつもの山脈を越えて、二頭の兄弟竜は広大なロザーリア王国を一周する。上空から見下ろすと、夜の光の中で、澄んだ水を湛えた川や湖が輝いている。自然溢れる美しい国だ。

背に大切な伴侶と子を乗せているためだろう、先を行くエルネストは彼らを気遣うように緩やかな速度で飛んでいる。

エルネストの背の上のトーリが、時折子供たちをあやしながら微笑んでいるのが目に入った。

月明かりに照らされた彼はとても綺麗で、そして幸せそうだ。

夜の空中散歩を楽しんでいる姿を見ると、王夫妻が深く愛し合っていることがティーノにも伝わってくる。

(……鷹司にも、見えてるよね……)

睦まじい弟夫妻の様子を、彼はどんな気持ちで見ているのだろうと思うと、ティーノの胸は痛んだ。

こちらでの三か月の間、鷹司がトーリと話す機会はたびたびあった。向こうの世界での話をしているのか、ふたりは長い間話し込んでいることもあった。

トーリが元の世界から消えて五年だ。元同僚のふたりには積もる話もあっただろう。鷹司の中の気がかりが解消されたことを思うと、嬉しいことのはずなのに、胸の奥がちくちくと痛む。

たとえトーリに想いを寄せていても、鷹司は大人だ。幸福な夫婦の間を裂こうなどということは決してしないだろう。

どうか帰らないでほしいと願っていたが、鷹司の気持ちを思うと切なさだけが込み上げる。

彼を引き留めることだけはしてはいけないのだと、ティーノは自分に強く言い聞かせた。

目が潤んで、美しい夜空がぼやけて見える。

会えなくなったあとも、彼が背に乗せてくれたこの夜のことは決して忘れることはないだろう。

（……元の世界に戻ったあと、優しい鷹司が、誰よりも幸せになれますように……）

ティーノは涙を堪え、輝く月と星に心から祈った。

戻る日までわずかとなり、鷹司は荷物の整理を始めた。

エルネストや貴族から贈られた高価なものは丁重に返し、仕立てのいい衣服や剣などは周囲の者に惜しみなく分けてしまう。もうこちらに戻ってくるつもりはないからか、なにひとつ手元に残すつもりはないようだ。

（あと、三日か……）

残りの時間を指折り数えながら、ティーノは彼の部屋の扉をノックする。

どうぞ、と応じた鷹司に、「お茶を持ってきました」と言って部屋に入る。ティーノがお茶と焼き菓子を載せたトレーを厨房から運んでくると、彼は笑顔になって本を纏めていた手を止めた。

「ありがとう、ちょうど飲みたいと思ってたんだ」

テーブルの上には、当初、彼が言葉の勉強のために読んでいた子供向けの本が積まれている。孤児院に贈ってくれるというので、子供たちも喜ぶだろうと、お茶を持ってきたティーノも笑顔になった。

言葉の勉強をしている間は、ロザーリア語で話してほしいと言われていたが、ここ数日、ティーノとふたりのときには、彼は向こうの世界の言葉で話しかけてくるようになった。

おそらく、戻ったときのため、今度はあちらの言葉を忘れないようにということだろう。

鷹司の心は、もう元の世界に向いているのだと思うと、少しだけ切ない気持ちになる。

荷物がほとんど片付いた彼の部屋は、来たときと同じように整然としている。

彼が帰るための準備が進むが、ティーノの気持ちだけが状況に追いついていない。

焼きたてのお菓子を食べながらふと思い出し、「あの、今日の午後、僕少し外出してきてもいいかな？」とティーノは彼に訊ねる。

魔術学校の友人だった双子が久々に街に出てくるという手紙をもらったから、とつけ加えると、お茶を飲んでいた鷹司は「それは会っておかなきゃ」と鷹揚に頷いた。

「俺は、城に貴族会の人たちが集まるって話だから、挨拶してくるよ」

元の世界に戻ると決めてから、彼の元へは続々と来客が押し寄せている。竜の姿に変化できる王家の人間は、この国では王族という以上に尊敬の対象だ。しかも、ただ旅に出るというわけではなく、二度と戻ってこないつもりの彼に、最後にもう一度挨拶をしておきたいという人々の気持ちも理解できる気がした。

城を出たティーノは、街で目印と決めた銅像の前でエミリオたち双子と待ち合わせて、久々の再会を祝う。

「ティーノ!! よく帰ってきたなー」

「お帰り、大変だったね」

卒業して半年ほどが経つが、明るい双子は元気いっぱいで、変わりない様子にホッとする。

街の食堂で軽く食事をとりながら互いの近況を話す。

実家の農場に戻ったふたりは、毎朝夜明けから日暮れまで忙しく働いているようだ。魔術学校ではティーノと同じくらいの落ちこぼれだったものの、農場では基本的な魔術でも大変に重宝され、毎日褒められるばかりだというから羨ましい。

双子はわくわくした顔で、向こうの世界の話を聞きたがった。

「――ティーノ、もしかして、ちょっと元気ない？」

あれこれと話しているうちに、ひょこっと顔を覗き込み、目敏くロメオが指摘してくる。

「そんなことはないけど……」

「そういえば沈んでるよね。なにかあったのか？」

エミリオにも訊かれて、思わず口籠もる。

（……ふたりは、城の人間じゃないし……）

彼らになら話しても誰かに伝わることはないだろう。好きな人ができたが、相手はこれから容易には会えないほど遠いところへ行ってしまうという話を、そっと打ち明ける。

「……それってさ、ティーノが連れて帰ってきたっていう王兄様のことじゃないの？」

ロメオがきょとんとした顔で訊く。

「あっ、そっか、向こうの世界にいる間に好きになっちゃったんだ！　わあ！」

エミリオに大声を出されて慌てて彼の口を塞ぐ。

異世界から突然戻った王にそっくりな兄の存在は、田舎にまで知れ渡っているようだ。

一瞬慌てたけれど、ふたりがからかう様子もないので、ぼそぼそとティーノは続けて話す。

「そ、そう、その人なんだけど……でも、彼には、向こうに育ててくれた家族と責任のある仕事があって……引き留められないから……」

「だったら、ティーノがついていっちゃえばいいんじゃないの？」

ロメオが不思議そうな顔で言った。

（ついていく……リューイチロに……？）

考えもしなかった提案に、ティーノは目を丸くした。

海外赴任の話のときは連れていってほしくてたまらなかったけれど、今回は時空の違う世界間での移動だ。帰りたくなったとしても簡単に戻ることはできないだろうし、そもそも、鷹司はティーノがついていくことなど望んでいないかもしれない。

「でも……迷惑かもしれないし」

「そんなの、言ってみなけりゃわからないよ！」

ロメオが両手を握り締めて言う。

「国王陛下とソックリってことはすごいハンサムなんだろ？　ひとりで戻らせたら、きっとすぐに誰かに取られちゃうよ。そうなってから後悔しても遅いんだぞー？」

エミリオが真面目な顔をして言う。

いま、エミリオは付き合い始めた地元の彼女と婚約を交わしたばかりで、ロメオも近所に想い人がいるそうだ。前向きで明るい双子には、いま胸の中で燃え盛る恋を諦めることなど考えられもしないのだろう。

「しょうがないな、そんなティーノにはとっておきの土産をやろう」

ニヤリと笑ってエミリオが荷物の中から小さな瓶を取り出す。

「これ、なに？」と受け取ったティーノは首を傾げた。

詳しく説明を聞いて、予想外の中身に驚く。慌てて返そうとしたものの「持ってけって、ぜったいに役に立つことがあるから！」とふたりに押し切られてしまい、仕方なく受け取る羽目に陥った。

他にも、田舎から持ってきたたくさんのお土産を渡され、ふたりがかりで頑張って！とティーノを散々元気づけて、双子は意気揚々と帰っていった。

＊

双子と別れて城に戻ると、鷹司はまだ部屋に戻っていなかった。使用人によると、どうやら広間に集まった貴族会の面々に解放してもらえていないようだ。

戻りは遅くなりそうで、もう今日は自分の仕事はなさそうだとわかり、ティーノは自分の部屋に下がらせてもらうことにした。

疲労感を覚え、早々に休む支度をして寝台に入る。

（これから、どうしよう……）

疲れているはずなのに、眠れずにぼんやりと今後のことを考える。

迷惑がられたらと思うと、無理についていく決意はまだ固まらない。けれど、彼がいなくなってしまったあとの暮らしもまださっぱり思いつかなかった。

（とりあえず……王室付きの魔術師は、辞めるべきだよね……）

鷹司がいなくなったら、魔術師としてちっとも役に立ちそうもない自分は、退職して城を出るべきだろう。

また宿無しの職なしに逆戻りだが、今回は少しだけ違うのは、この三か月間に受け取った王室付き魔術師の給料の残りが懐にあることだ。いつも報酬のほとんどは孤児院に入れているが、驚くほどたくさんの金貨をもらえたので、手元に残ったぶんも多い。

これで、仕事を見つけるまでの間しばらくはなんとかなるだろう。

晩餐会の場や来客時に鷹司のそばに控えていると、驚いたことにティーノに興味を示し『もしよければ専属魔術師として我が家で雇いたい』という申し出をくれる貴族がちらほらと現れるようになった。

自分がなんのために向こうの世界に行ったのかは、ごく一部の王室関係者にしか知られていない。そのため、どうやらティーノを『王の密命により、異世界で暮らしていた王兄を連れて帰ってきた若い魔術師』だと勝手に期待を抱き、褒め称えてくれる者も多くいるようだ。

鷹司を連れて帰ることになったのは偶然の賜物で、褒められたことではないのだが、どんなきっかけでも仕事をもらえるのは正直ありがたい。

どこかの貴族のもとで働かなくてはと、今後のことを考えながら眠りかけた頭の中で、ティーノは鷹司のいない世界を想像した。

夢の中で、元の世界に戻った彼の幸せを祈りながら、寂しく暮らした。少しずつ年を重ねながら、最後に鷹司に想いを伝えられなかったことを、未来のティーノは深く後悔していた。

翌朝、悶々と悩みながら、ティーノは鷹司の部屋を訪れる。彼は珍しくぐったりしていて、昨夜の貴族会のことをぼやいた。

「こちらの貴族たちは、皆とんでもない酒豪ばかりだな。送別の挨拶と言われたけど、酒が運ばれてきて、結局宴席になってしまったよ。エルネストも皆を止めてくれないし」

日付が変わるまで解放してもらえなかったそうで、たくさん飲まされたのか、彼は疲れが取れない様子だ。

「みんな竜の血が入ってるから、ロザーリアの民はお酒好きなんだよね……」

ちょっと待っててと言い、ティーノは城の薬番に頼み、酒の飲み過ぎによく効く薬草をもらってきた。煎じて彼に飲ませると、少しは楽になったようでホッとする。

「そういえば、ティーノは同級生と久し振りに会ってきたんだろう？　楽しかったか？」

「う、うん、ふたりとも元気だったよ」

話を振られると、昨日のエミリオたちとの会話を思い出し、狼狽えてしまう。

まさか、彼のことを相談していたとも言えない。

黙り込んだティーノを見て、鷹司はやや怪訝そうにしていたが、特にそれ以上問い詰められることはなくてホッとした。

彼が向こうの世界に発つまで、もうたった二日しかない。

その日もまた王兄に会いたいという客人が次々と訪れて、遅くまで客が途切れることはなかった。

とっぷりと日が暮れてから、やっとティーノは側仕えの仕事から解放され、自分の部屋に下がる。ひとりになって、湯を使ってさっぱりすると、また考え込む。

(そうだ、エミリオたちにもらったの……)

ふと思い立ち、昨日双子から土産にもらった小さな瓶を取り出して、矯《た》めつ眇《すが》めつしているうち、うっかり蓋が外れる。少し中身が床に零れて慌てた。

急いで拭いているところへ、扉がノックされて、跳び上がりそうになる。

「はいっ!?」

「ティーノ? 俺だけど」

鷹司の声だ。驚いて、慌ててティーノはぞうきんを片付けて扉を開ける。

「ごめん、もう寝るところだった?」

寝間着姿を見て、彼が申し訳なさそうな顔をする。

「大丈夫、まだ寝ないよ」と言って、部屋に招き入れた。

ティーノの部屋には椅子はひとりがけのソファしかないので、寝台に腰掛けてもらう。

彼が部屋に来てくれたことが嬉しいのに、なにを話せばいいのかわからない。

「えっと……どうかした?」

「なんだか、今日はよそよそしかった気がして、気になったんだ……もしかして、友達と会って、なにかあった?」

敏い鷹司に驚き、なんでもないよと言おうとしたときだ。彼が不思議そうにあたりを見回した。

「なんだろう、この部屋、甘い匂いがするな」

「あっ、こ、これは、さっき、惚れ薬を零しちゃったから……!!」

惚れ薬?と怪訝そうに聞き返されて、ティーノは頭を抱えたくなった。あろうことか惚れ薬で酔わせたい本人に、馬鹿正直にそのことを打ち明けてしまったのだ。

どういうことだ?と訊ねられて、どうしようもなく、エミリオたちから街の薬師に調合してもらってきたという効き目抜群の惚れ薬をもらったことを打ち明ける。

ロメオは意中の相手の心をどうにか引き寄せたくて、この薬を調達するためにわざわざ街にやってきたらしい。

『これを使えば、きっと王兄様もティーノに夢中になるよ!』と自信満々に言われたけれど、そのことだけは伏せておく。

事情を聞いた鷹司は、ティーノが差し出した惚れ薬を眉を顰めて眺めた。

「こんなものもらって、誰に使うつもりだったんだ?」とすっかり呆れている様子だ。

好きになってほしい相手なんて、ひとりしかいない。

「返そうとしたんだけど……」と言いながら、身の置き所がなくてしょんぼりする。

かすかに笑う気配がして、ティーノは躊躇いながら顔を上げる。

鷹司はしょげているティーノを見て苦笑していた。

「本当に君はびっくり箱だな。放っておくと、なにをするかわからないよ」

どうやら、怒っているわけではないようだと気づき、ティーノもぎこちなく笑顔になった。

これは没収、と言われて、惚れ薬の瓶は彼がポケットに入れてしまう。バレずに彼に飲ませられる自信もなかったし、どうしたものか扱いかねていたから、逆にホッとした。

落ち着いてみると、目の前に鷹司がいて、いつも自分が使っている寝台に腰掛けている。

ティーノは緊張の面持ちでじっと彼を見つめた。

薄いカーテンを引いた部屋には明るい月の光が差し込んでいる。枕元の小机の上の小さな燭台だけでも、じゅうぶんな明るさがある。

満月が近い――彼が帰ってしまう日は、もうすぐそこまで迫っているのだと思うと、焦りが強くなる。

おいで、と言われて、おずおずと彼の隣に腰を下ろす。

しばらくして、自分の手元に視線を落としたまま、彼がゆっくりと口を開いた。

「……ティーノがあちらの世界にやってきた頃だけど、実は……俺は本当に、いろいろ限界なときだったんだ」

意外な話に、ティーノは彼の横顔を見つめた。

「望んでついた仕事は向いていると思っていたし、出世欲もあった。なにもかもが順風満帆だと思っていた。だけど、あるとき自分が捨て子だったことを知った。そして、その少しあとに、突然消えた立川を捜すことになって……やっと気づいたんだ」

鷹司が自らの手をぎゅっと握り込む。

「こんなにも人生は理不尽で、あちこちに格差があった。どんなに捜しても立川は見つからなくて、世の中にはどうしようもないこともあると痛いほど思い知らされた……生まれて初めて、打ちのめされる思いがしていたんだ」

彼が顔を上げてこちらを見る。美しい蒼色の目と視線がぶつかった。

「そんなときだった。ボロボロの服を着たティーノが、俺の前に現れたのは」

ふっと彼が表情を緩めた。

「素性も言葉もわからなくて、でも、いつもにこにこしていて、ティーノは一生懸命になって知らない世界に馴染もうとしていた。疲れて帰ってくる俺を少しでも癒そうと、料理を覚えたり、掃除や洗濯をして、いつも俺の助けになろうとしてくれた……一緒に過ごすうち、だんだんとティーノの存在は、俺にとってなくてはならないものになっていた」

彼の部屋で暮らした幸福な三か月間の記憶が、鮮やかにティーノの中に蘇った。

あの日々は、ティーノの人生の中で一番幸せだったと思う。彼の部屋に置いてもらい、実家に行けば、薫子や太一郎からもまるで家族のように接してもらえた。記憶は失っていたが、それまで自分が欲しかったものすべてを鷹司は与えてくれた。

「毎朝起こしてくれる笑顔や、一生懸命に工夫して作ってくれる料理や、走って迎えに来てくれる姿、それから、なにも言わずに一緒に立川を捜して、俺の気持ちに寄り添おうとしてくれたことに、絶望の中にいた俺が、どんなに救われたか……言葉では言い表せないほどだ」

感謝している、と言われて、ティーノは首を横に振った。記憶を失うという思いも寄らない出来事のせいで、向こうについてすぐに苦しみを取り除くことはできなかったけれど、自分の存在が少しでも彼の救いになったのならば、それだけでよかった。

自分は、そのために無理を押し切って、彼の世界に飛び込んでいったのだから。

鷹司が手を上げて、ティーノの髪にそっと触れる。

「これから……どうするんだ？　王室付きの魔術師として働くのか？」

「まだ、なにも決めてないんだ。したいことがわからなくて」とティーノは答える。

「……ただ、雇ってくれるっていう方も何人かいるから、やる気さえあれば、どこかでは働かせてもらえるかも……」

そうか、と彼は小さく言う。

「……リューイチロは？」

「俺は……どうだろう。向こうに戻って、もしもまだクビになっていなかったら、海外赴任に行くことになるかもな。ようやく立川も見つかって、もう日本には心残りもないし」

「そう……」

思わずティーノはうつむいた。

すると、髪を撫でていた彼の手が、ふいに耳殻に当たる。硬い指が、ふに、と柔らかなティーノの耳朶を摘み、それから頬に触れてきた。

大きな手で頬を撫でられて、ホッとする。まるで甘えている猫のように、思わずその手にすりすりと顔をすりつけてしまう。親密な仕草で彼に撫でられるのは、とても心地が良かった。

ふっと笑う気配がして、ティーノは目を開けた。

目が合ってみれば、思いの外彼の顔が間近にある。

まっすぐに見上げると、鷹司がふいに笑みを消す。

切実な気持ちで、ティーノは彼を見つめた。

――一緒に連れて帰ってほしい。

見つめ合っているうち、彼の蒼い目に熱が灯ったような気がした。くすぐるように顎の下を撫でた指が、ティーノの下唇に触れる。

「十八歳だって聞いたとき、驚いたよ。ずっと、十五歳くらいだと思って、そのつもりで接してきたから」

「わかってる。こっちでも、いつもそのくらいに見られるんだ」

しょげつつ答えると、そうか、と彼が小さく笑った。

何度も唇を指で擦られて、じわじわと奇妙なくすぐったさが湧き上がる。思わず唇を開けると、硬い指先でぐっと下唇を押し広げるようにされた。

「——ティーノ」

名を呼ばれて、え、と思ったときには彼の顔が近づく。彼の顔が重なってきて、唇に柔らかなものが触れた。

そっと吸われて、躰に電流が走ったような気がした。

驚いていると、彼の大きな手が項に回り、そっと引き寄せられる。幾度も唇を啄まれ、舌で愛おしげに舐められる。

「ん……っ」

うまくキスに応えられなくて、ティーノはただされるがままになった。もういっぽうの手が腰に回されて、小さな躰が鷹司の大きくて硬い躰と密着する。

少しずつ口付けが深くなり、いつしか舌が深く絡め合わされている。ちゅくっと音を立てて舌を吸い上げられ、ティーノの全身に甘い疼きが駆け巡る。

「ん、ぅ……ん」

呼吸も奪われるほどの濃厚な大人の口付けに、ティーノはわけがわからないまま溺れていた。

初めてのキス——しかも、初めて恋をした相手との。

想いを寄せた相手と唇を重ね合わせると、こんなにも躰が熱くなり、心を震わせるだなんて、生まれてからこれまで知らずにいた。

「ティーノ……」

甘く掠れた声で、彼がティーノの名を呼ぶ。

口付けを繰り返しながら、大きな手が、撫でるように項から首筋を撫でてくれるのがたまらなく心地いい。

必死で口付けに応じながら、鷹司の上着を掴み、ティーノは彼の胸元に縋りつく。

ずっと、やめないでほしかった。

肩を掴んでそっとティーノを引き離した彼が、かすかに目を瞠り、口の端を上げる。

「……ティーノも気持ち良くなってくれたんだね」

意味がわからずに彼の視線の先を見下ろす。すると、驚いたことに、ティーノのズボンの前が、わずかに膨らんでしまっていることに気づいた。

(なんで……!?)

恥ずかしくて、慌ててそこを両手で覆い隠す。

自分でできる?と訊かれて、ぶるぶると首を横に振った。

自慰はもとからごくたまにしかしない。首を振ったのは、わざわざなにかをしなくとも、放っておけば、そのうち収まるだろうという意味だった。

「そっか……じゃあ、抜くだけ手伝ってあげるから」

それだけしかしないから、となぜか少し上擦った声で言った彼が、ティーノの脇に手を入れて

ぐいと躰を持ち上げる。彼の胸に背中を預け、その脚の間に座る体勢になった。

「わっ!?」

わけがわからないまま、ズボンの前紐を解かれてボタンが外される。抗う間もなく下着ごとずり下げられて、小さな性器を取り出されてしまう。

「リュ、リューイチロ!? ……あっ」

びっくりして彼の手を止めさせようとすると、半勃ちの性器を優しく握り込まれて、ティーノは息を呑んだ。

輪にした指でやわやわと小さな茎を擦られながら、先端の孔をそっと弄られる。初めて人の手でそこを触れられる快感に、腰を震わせる。

すぐに完全に上を向いたティーノの性器は、気づけば大量の蜜を垂らしていて、彼が手を動かすたびに淫らな音がした。

「リューイチロ……、ぼ、僕、恥ずかしいよ……」

微笑む気配がして背後から頬にキスをされる。

「恥ずかしがらなくて大丈夫……、俺以外、誰も見ていないから」

甘い声で囁かれ、顎を取られたかと思うと彼のほうを向かされる。感じている恥ずかしい顔を見られたくないのに、と思って泣きそうになる。

引き結んだ唇を宥めるみたいに鷹司の唇が押しつけられる。何度もそうされているうち、ふいに緩んでしまった唇の間から、またぬるりと熱い舌が潜り込んできた。

「ん、ん……っ」

性器の先端を擦られながら、舌を絡ませて吸われる。たまらなく気持ちが良くて、びくびくと躰が震える。敏感な場所を両方刺激されて、躰が爆発しそうなくらいに熱くなる。

「ん、ぅ……っ！」

仰のいて濃厚な口付けをされながら、あっという間にティーノは彼の手の中に蜜を放ってしまった。

「たくさん出たね」

そこを搾って最後まで出させてくれながら、やけに嬉しそうな鷹司の声が鼓膜をくすぐる。ぐったりとしたまま胸を喘がせ、また優しくキスをされながら、性器を布で拭かれていたときだ。

突然、甘い時間は終わりを告げた。

唐突に、彼の躰がぎくりと強張ったのだ。

口付けを解くなり、鷹司が「……だめだ」と苦しげに呟く。

まだ頭がぼうっとしていたティーノは、なにがだめなのかわからず、ぽかんとして彼を見つめた。

「ごめん、ティーノ」

と言って、ティーノから手を離し、鷹司が急いで立ち上がる。

彼の行動に驚き、ティーノは急いで服を押さえて立ち上がった。

「リューイチロ、どうしたの」

「わからない……どうして」

鷹司は苦しそうに胸元をかきむしる仕草をする。

苦悶の表情を浮かべた彼のこめかみには、汗が滲んでいる。

――様子が変だ。

医師を呼んでくる、と言おうとしたときだ。

「ああ……、やばい、なんだか、躰が……っ」

絞り出すような声でそう呟いたかと思うと、突然足をよろけさせながら彼が窓に近寄る。そうかと思うと、窓を大きく開けてそこに足をかけ、一気にそこから飛び降りてしまった。

「リューイチロ!!?」

驚いてティーノは慌てて窓に駆け寄る。

視線を巡らせると、翼を広げた大きな白銀の竜が飛んでいくところが見えて、動揺した。

竜の姿になった鷹司は、ずっと遠くにある塔のその先、山脈が連なるほうへと飛んでいってしまう。

(……ともかく、突然彼が竜の姿に変化してしまったことを、国王陛下に伝えなきゃ……)

おろおろしたのは一瞬だった。すぐさま我に返り、ティーノは服を整えながら部屋を飛び出した。

通りがかった使用人に訊ねると、国王夫妻はいま自室にいるらしいとわかり、急いで部屋を訪ねた。医師を呼ぶより、同じ竜になれる躰を持つ国王のほうが、彼の助けになってくれるかもしれないと思ったのだ。

忙しなくノックをすると、応じる声が聞こえ、扉を開ける。

「トーリ様……！」

豪奢な室内には王妃トーリひとりしかいないようだ。彼は大きく開いた窓から外を眺めている。

トーリは訪れたティーノを見て微笑んだ。

「ああ、ティーノ。ちょうどよかった。さっき塔のほうに飛んでいった竜は、鷹司だろう？」

「そ、そうなんです！　突然竜になってしまったみたいで、いったいどうしたらいいか……」

「大丈夫、エルネストがすぐにあとを追っていった。同じ竜人同士、鷹司のことは彼が一番よくわかっている。心配はいらないから任せておいて」

安心させるように言われて、ホッと胸を撫で下ろす。

「ところで、いったいなにがあったの？」と訊かれて、返事に詰まる。

「自分の意思ではなく、突然竜に変身するときは、命の危険があるときと、性的に激しく興奮して、制御できないくらいになったときだって聞いてるけど」

トーリの言葉に、ティーノは顔が真っ赤になるのを感じた。

初めてのキスをされて、昂ってしまった躰を彼が慰めてくれた。その最中に、鷹司が竜に変身するほど興奮していたのかと思うと、羞恥で説明のしようがない。

しかも、王妃にそんなことを伝えていいのかと口籠もると、どうやらトーリはだいたいの状況を察してくれたらしい。

それ以上は訊かず、彼はソファを勧め、手ずからお茶を入れてくれた。テーブルを挟んで、向かい合ったソファに腰を下ろす。

ふいに、鷹司があちらの世界に戻って、万が一突然竜に変身するようなことが起きたらと不安になる。

そのことを訊ねると、トーリは落ち着いた様子で説明してくれた。

「王族の竜人は、竜の本性と人としての部分とのバランスを取れるようになるまでが大変らしいんだ。でも、鷹司は器用だから、きっとすぐに覚えるよ」

心配しなくて大丈夫だと思う、と優しく言われて、ティーノはホッとして頷く。

彼が突然変化したのが向こうの世界ではなく、竜人の国王や事情を理解しているトーリのいるこの世界でよかったと思った。

トーリは気遣うように、二頭の竜が消えていった窓に目を向ける。

「……トーリ様は、リューイチロが帰ってしまってもいいのですか？」

ふと思い立って訊ねると、彼は驚いたみたいに目を瞠る。

「もちろん、こちらで暮らしてくれたら、俺もエルネストも嬉しいけど、彼が決めたことだからね……それに、鷹司には、向こうの世界に育ての両親がいるだろう？　きっと、すごく心配してるはずだ。俺には、そういう身内はいなかったから……」

トーリは向こうの世界を思い出すように言った。

「俺の住むべき世界はここだったけど、彼の世界はあちらなんじゃないかと思う」

引き留める気持ちのないらしいトーリに、ティーノは思わず焦れた。

「リューイチロは、ずっとトーリ様を捜し続けていました。きっと、トーリ様のことが好きだったんじゃないかと思うんです。トーリ様も、そうではないんですか？」

その言葉に、トーリは目を丸くした。それから、ふっと微笑んで「違うよ」と言った。

「彼は誰にでも優しい奴だ。きっと、誰がいなくなっても、同じように捜したと思う」

そんなことないですと言いたかったけれど、トーリはそう信じているようだった。

「向こうの世界で、彼は非の打ちどころがないくらいにいい奴で、俺は確かに淡い憧れを抱いていたよ。でも……こちらに来て、見た目がそっくりなエルネストに出会ってわかったんだ。自分が、本当は誰と結ばれるべきなのか」

ふたつの世界の間で翻弄されて、こちらの世界に残り、エルネストと結婚して王妃になることを選んだトーリは、はっきりと言う。

「エルネストは、俺より五歳も年下だから、まだ若く感じるところもあるけれど、王に相応しい人格の持ち主だと思う。鷹司への気持ちは、ふわふわとした憧れだったけど、エルネストへの想いはすごくリアルなものなんだ」

トーリは少し照れた顔で微笑んだ。ゆっくりと窓に目を向け、二頭の竜が飛んでいった方角を見つめながら言う。

「あいつは、執着心も……それから、その、性欲も強いし、嫉妬や束縛もすごくて……困ることもあるけど、いまではそんなところが可愛いとすら思える。弟たちも子供たちのこともとても大切にしているし、結婚したあとも、毎日俺に変わらない愛を注いでくれる。俺も、日々、エルネストへの気持ちが大きくなっていく気がするんだ」

それから、彼はティーノの目をじっと見た。トーリの紫色の目は、間近で見ると驚くほど綺麗で吸い込まれそうに思えた。

「いまは、断言できるよ。鷹司とエルネストはそっくりだけれど、俺の運命の相手はエルネストのほうだったんだって。もし、こちらに戻ることがなくて、向こうの世界にずっといたとしても、鷹司と俺が付き合うことはなかったと思う。彼も間違いなく、同じ気持ちだよ。いまは友人として、そして義姉としての気持ちだけだ。長い間心配させたぶんも、すごく幸せになってほしいと心の底から思うよ」

ティーノが心配するようなことはなにもないんだよ、と微笑まれて、ティーノは思わずうつむく。

彼の気持ちを探ろうとした自分が恥ずかしい。それと同時に、伴侶に不安のかけらもないほど愛されているトーリが、心の底から羨ましかった。

（……もしもリューイチロに、そんなふうに思ってもらえたら、どれだけ幸せだろう……）

「ティーノ。あのね。実は、ちょっと伝えておきたいことがあるんだけど……」

トーリが顔を近づけてきて耳打ちをされる。

「……鷹司はね、俺と話すとき、元の職場のこと以外では、ティーノのことばかりを話すんだよ」

とてもいい子で、可愛くて、向こうの世界で一緒に暮らすのが楽しかったことや、まさか十八歳だと思わず、ずいぶんと子供扱いしてしまって反省していること。それから、こちらの世界では何歳から結婚できるのかとか、手続きはとか、そんなことばかりを。

ティーノは驚きに目を瞬かせる。ふたりは親密に話しているように思えたが、まさか、その話題が自分のことだったなんて。

「俺が知っている限りのティーノのことと、こちらの世界の手続きを説明しておいたけど……鷹司は、いつも君のことを考えているみたいだ」

ティーノはどぎまぎしながら、少し悪戯っぽく笑う王妃トーリを見つめた。

トーリのところを辞し、ティーノは自分の部屋に戻る。

寝つけずに待っていると、夜が明ける前にそっと使用人がやってきて、エルネストと鷹司が無事に城に戻ってきたことを知らせてくれてホッとした。

散々悩んだ末に、その日はもう眠らず、ティーノは城の自室を片付けた。

使用人に頼み、その日は用があるから休みをもらいたいと鷹司に伝言を託して、朝早くに城を出る。

――鷹司が元の世界に帰ってしまうのは、もう明日だ。

＊

城の前には人だかりができている。

門の前には、最後に一目王兄の姿を見ようという国民たちが、そして城のエントランスには鷹司に関わりのある人々が続々と集まってきていた。

——今日は、鷹司が元の世界に帰ってしまう日だ。

術を行うのは日暮れの時間だが、オリヴェル校長たち王室付きの魔術師たちは、すでに塔で儀式の準備を始めているはずだ。

ロザーリア屈指の魔術師たちが勢揃いしているので、鷹司を元の世界に送る時空移動の魔術は、問題なく成功することだろう。

儀式に立ち会うために塔に入れるのは、王と魔術師たちだけなので、その他の者は皆この場で鷹司と別れることになる。

午後になり、出発予定の時間が近づいてきた。国王エルネストと王妃トーリ、それから皇太后エリーザに王弟たちも姿を現したが、肝心の鷹司の姿が見当たらない。

「リューイチロはどうした？」

国王が使用人に訊ねる声を、柱の陰からティーノは聞いていた。

（あ、院長先生……！）

集まってきた人々の中に、心配そうな孤児院の院長先生と先生たちの姿までもが見える。

そのとき、待っていた人々から歓声が上がった。城の大階段から鷹司が下りてきたのだ。

集まった人々の数に驚いた様子で、一瞬ぎこちない笑みを浮かべた鷹司は、視線を彷徨わせてなにかを捜している様子だ。

「どうした、なにか捜し物か？」

国王が鷹司に訊ねる。皇太后やトーリに挨拶をしてから、彼は困ったように答えた。

「いや、実は、昨日からずっと、ティーノの姿が見当たらなくて、捜していたんだ」

「ああ、それならさっきからあそこにいるよ」

いつから気づいていたのか、笑顔のトーリに手で示されて、隠れていたつもりのティーノは跳び上がりそうになった。

「――ティーノ。なんでそんなところにいるんだ」

ホッとした顔の鷹司が人々たちから離れて、柱の陰にいるティーノのところへとやってくる。

「話したいことがあったから、ずっと捜してたんだぞ。昨日は孤児院にも行ったし、今日は朝から部屋にも捜しに行った。いったい、どこに行ってたんだ？」

「ごめん……ちょっと、大切な用事があって……」

ティーノはうつむいてぼそぼそと答える。

実は、昨夜は孤児院に泊めてもらったのだが、誰が来てもいないと伝えてもらうように頼んでおいた。

向こうの世界に戻ったときに不審に思われないようにだろう、鷹司はあちらから来たときのニットとジーンズを着ている。

鷹司が本当に今日帰ってしまうのだという実感が湧いて、泣きそうな気持ちになった。

「ティーノ、その荷物はなに？」

ティーノが布に包んだ一抱えほどもある荷物を背負っているのに目を留め、彼が不思議そうに訊ねてくる。

「これは……」

うつむいたまま、それ以上なにも言えなくなる。少し屈んだ鷹司が心配そうに顔を覗き込んできた。

「いったいどうしたんだ。どこか、具合でも悪いのか？」

ふるふる、と首を横に振る。

トーリがなにか言ってくれたのか、誰もこちらには近づいてこない。別れの挨拶をしているのだと気を使ってくれているのだろう。

他の皆とは距離がある。だが、大きな声を出せば聞こえる距離だ。

もし、拒まれたらどうしよう。

そんな不安が浮かんだ、次の瞬間。これまでの鷹司と過ごした日々が頭の中を過った。

特別な優しさと、自分だけに見せてくれた弱さ。

竜に変化した背中に初めて乗る権利をくれたこと。

特別なその思い出が、竦みそうになる背中を強く押してくれた。

「リューイチロ、僕……」

おずおずと顔を上げる。彼の目を見つめて、ティーノは震える声を絞り出した。

「僕も、向こうの世界に、行く」

「え」

彼が驚きに目を瞠る。

「リューイチロが来るなって言っても、ついていく。もう決めたんだ。僕は、リューイチロのいる世界で暮らしたい」

「ティーノ、ちょっと待ってくれ」

止められそうになったが、拒まれるのが怖くて、無我夢中で続けた。

「院長先生にも、もう伝えてきた。部屋も片付けたし、皆には手紙を書いた。それから、王室付きの魔術師としてもらった金貨、孤児院に寄付した残りを持ってきたんだ。一昨日、トーリ様にいろいろ聞いて、ロザーリアの金貨は純度が高くて価値があるものだから、向こうの世界で換金したら、当座は暮らせるぐらいのお金にできるだろうって。そのやり方も聞いてきたし、お金がなくなるまでには、ちゃんと自分で仕事を見つけて、働くつもりだし……リューイチロには、なるべく迷惑はかけないように、頑張るから」

必死になり過ぎて、いつの間にか、ティーノは彼の上着の胸元を掴んでいた。縋るようにして鷹司に気持ちを訴える。

「お願いだから、ついてくるなって言わないで。ご近所に部屋を借りるから、そばにいさせてくれるだけでいいんだ。僕は、もう、リューイチロのいない世界じゃ生きていけないから」

しがみついている彼の躰がびくっと震えた。深くため息を吐く。

だめだと拒絶されそうな気配に、泣きたくなった。

「リューイチロ、お願い」

やんわりと肩を掴まれて、躰を離されてしまう。

「ティーノ、ちょっと待ってって言ってるだろう？」

慌てて追い縋ろうとすると、諭すみたいに言われて、ティーノは動きを止める。

一瞬迷う様子を見せたあと、覚悟を決めたような目をして、鷹司がなぜかティーノの前でゆっくりと跪いた。

それが見えたのか、離れたところに集まった人々がざわめいた。

「……散々、悩んだ。これから、どうすべきなのか。自分が元の世界に戻ることに関してはほとんど迷いはなかったけど、問題は……君のことだった」

視線を伏せて、彼は話す。

「好いてくれている気持ちは、伝わってくる。でも、まだ君は十八になったばかりだ。生まれ育った世界と、これからロザーリアで魔術師として活躍できる人生を奪っていいものかと」

言いながら、鷹司は眉根を寄せた。

「二日前の夜、会いに行った俺に、『したいことがわからない』と言ったよね。その翌日に、立川からティーノは俺が行ってしまうことをとても悲しんでる。連れてってと自分からは言えないみたいだけど、もしかしたらあとから勝手に無理な方法で追っていくかも、と言われて、ハッとしたんだ」

熱い手で、そっと手を握られた。

「そんな危険なことは、もう二度とさせられない。ティーノは危なっかしくて、なにをするかわからないから、そばに置いておきたい――いや、違う、そうじゃない」

悩むように言った彼が、視線を上げる。

まっすぐな目がティーノを射貫く。ひとつ息を吸い、はっきりと告げた。

「ティーノ。俺は……君のことが、好きなんだ。冷静になれと自分に言い聞かせてみても、どうしても無理だ。好きで、好きでたまらない。だから、一緒に向こうの世界に連れていきたい」

ティーノは信じがたい彼の言葉に目を瞠った。

「俺のほうから頼むよ。ちゃんと責任は取る。だから、どうか、ついてきてほしい」

決意を秘めた表情の鷹司に告げられて、心臓が止まりそうになった。

なにもかも、一昨日の夜、トーリの言った通りだ。

『鷹司は、君に夢中だよ』と、トーリは微笑んだのだ。

『きっと、本当は向こうの世界に連れていきたいと思っているんじゃないかな』と言われ、半信半疑ではあったが、その言葉に後押しされ、ティーノは鷹司についていく決意を固めたのだ。

それでもまだ、彼が告白してくれたのは、夢かもしれないと疑いたくなる。

足元がふわふわして、とても現実のこととは思えない。

けれど、それならば余計に、覚める前に答えておかねばと、急いでティーノは口を開こうとする。

「リューイチロ、僕」

「――だめだ！」

ティーノが行くと答える前に、人だかりのほうから鋭い声が上がった。

驚いて鷹司とともにそちらに目を向ける。すると、つかつかとこちらに近づいてきたのは、魔術師の正装を身に纏ったダンテだった。

「ダンテ!?」

「行くな、ティーノ」

険しい顔をした彼に腕を掴まれて驚く。

ここのところ、ずっと彼には避けられていた。城のダンテの部屋に何度か行ったが、入れてもらえなかった。昨日は館に戻っていると言われたので、ちゃんと伝えておきたくて、そちらに会いに行ったが、追い返されてしまった。止む無く使用人に手紙を託してきたはずだが――。

「手紙は、読んだ。王兄どのに恋をしてしまったから、彼についていきたいという気持ちはわかったが……到底認められない」

「そ、そんな」

面と向かって反対されて、ティーノは愕然とした。

「王兄どの。こいつは十八歳になったとはいえ、頭の中はまだ子供なんだ。危なっかしいと思うのなら、どうか一時の気の迷いで見知らぬ世界になど連れていかないでやってくれ」

「……君がティーノを心配してくれる気持ちはありがたいけど、気の迷いのつもりはないよ」

鷹司は冷静にダンテに反論する。

小さく舌打ちをして、ダンテはティーノに目を向けた。

「お前は、魔術師としてはこれからの身だ。せっかく苦労して魔術学校を卒業したのに、異世界なんかに行ったら、これまでの努力が水の泡じゃないか。仕事や生活のことなら、なにも心配はいらない。俺がすべて面倒を見てやる。だから――行くな、ティーノ」

必死に思えるほど熱心に説得されて、動揺した。

ダンテにはいままで本当にたくさんの場面で助けてもらってきた。きっと、彼がいなかったら自分は魔術学校を卒業することすらできなかったはずだ。しかも、まだなんの恩返しもできてい

ない。礼をするのはこれからのつもりだったからだ。

これまでなら、きっと大人しく彼の言うことを聞いたと思う。けれど、今回だけは、どうしてもそうすることはできなかった。

「……ごめんなさい、ダンテ」

胸が痛んだが、言わないわけにはいかなかった。

ダンテが腕を掴む力が強くなる。鷹司が前に出ようとするのに気づき、慌ててティーノは首を横に振る。これは、彼と自分との問題だ。

ティーノを睨むように見つめていたダンテが、ふいに腕を掴む力を緩めた。

「……お前がまだ小さかった頃、父親と一緒に何度も慰問で孤児院に行った」

「え……」

意外なことを言われて、ティーノは目を瞬かせた。潜めた声が耳に吹き込まれた。

「お前は……俺の腹違いの弟だ」

(え……っ!?)

衝撃的な話に、ティーノは思わず息を呑んだ。

思わず視線を向けると、鷹司も驚いた顔をしている。離れたところに集まった見送りの人々には聞こえていないようでホッとした。

ダンテは苦い顔で抑えた声を出し、事情を説明してくれた。

「父親が、当時使用人だった若い娘に産ませた子だと聞いた。子供ができたとわかって、小さな家を用意し、乳母をつけて娘と赤ん坊を住まわせたが、あまり躰が強くなかった娘は、お前を産んですぐに亡くなってしまったそうだ」

ダンテの話では、彼の母は気位が高く、生まれたばかりのティーノを引き取ることを頑なに拒んだそうだ。そのため、父親が生きていて、経済的にもなに不自由なく育てられる状況であるにもかかわらず、ティーノは孤児院で育つことになったのだという。

「……俺は、子供の頃から父に連れられてたびたび孤児院を訪れ、子供たちの中にいるお前と会った。会うたびに、幼いお前は事情も知らず、喜んで俺にくっついてきたよ。すぐに懐いてくれて本当に可愛かった。だが数年後に、父からそれまで伏せてきた真実を突然告げられたんだ」

話を聞いているうち、ティーノの中に幼い頃の記憶がじわじわと蘇ってくる。

そういえば、孤児院にたびたび来てくれた優しいお兄ちゃんは、ダンテと同じ赤い目の色をしてはいなかったか。それでは、よく彼を連れて慰問に来ていた紳士が、自分の実の父親だったということになる。

「お前を産ませるときに、父がうちの母とした約束から、お前が十八歳になって、自立するまでの間は援助はしても血の繋がりを明かすことは禁じられていて、従うしかなかった。まだ子供だった俺は、お前に対して罪悪感も湧き、孤児院にも足を踏み入れることができなくなった……だが、小さくて寂しそうだったお前のことは、ずっと心に残っていたんだ」

ダンテは呆然としているティーノの髪をそっと撫でる。

あまりに驚き過ぎて、声も出ない。

(――腹違いの弟……。僕が、ダンテの……？)

彼が自分に最初からとても親切にしてくれたのは、だからだったのか。

「入学試験の手伝いに駆り出されて、お前を見かけたとき、すぐに孤児院で会った俺の弟だとわかった。だから、お前が魔術学校に入学してくると知って、同室になるよう俺が手を回した」

同室になったのも偶然ではないとわかり、ティーノは驚く。

「……お前が十八歳になったら、やっと兄弟だということを伝えられると思っていたのに、誕生日を迎える少し前に、お前は異世界に行きたいと無茶を言い出した。事実を言えない間も、俺はずっと兄としてお前を守ってきたつもりだ。そして、やっとこれから、兄として、俺が幸せにしてやれると思っていたんだ」

ダンテの手がティーノの両肩を掴む。

「もし、ここに残ってくれるなら、お前の一生は俺が責任を取る。なにひとつ不自由はさせない。だから……異世界になんて行くな」

切実な声音で懇願されて、ティーノは動揺した。

彼が兄だと知った喜びと、これからについての迷いとが、頭の中でぐるぐるする。

そばにいる鷹司は、なにも言わずに立っている。ティーノ自身の選択を尊重しようとしてくれているのだろう。

しばらく考え込んだあと、ティーノは肩を掴むダンテの手にそっと触れる。それから、決意を固めて口を開いた。

「……ダンテが義理のお兄さんだと聞いても、不思議なくらい違和感がなくて……本当にびっくりしたけど、僕……すごく嬉しいです」

そう言うと、彼はホッとしたように表情を緩めた。

「……でも、ダンテ。僕、どうしても、リューイチロについていきたいんです」

必死の思いで伝えると、ダンテの顔が苦しげに歪む。

たまらなくなって、ティーノは彼の首に腕を回して強く抱きついた。

ずっとひとりぼっちで生きてきたと思っていたが、思い返せば、出会いのあとから、ダンテは計り知れないほど自分を支え続けてくれた。

もしダンテの助けがなければ、鷹司を救うことはできなかった。

血の繋がりのことなど知らずにいたけれど、心を開ける相手の少ない自分が、なぜかダンテにだけはすんなりと甘えることができた。どこかで本能的に、彼が自分に向ける特別な愛情を感じ取っていたからかもしれない。

ダンテが、自分を守ってくれる兄なのだと――。

抱きついたまま、ティーノは夢中で訴える。

「ダンテのそばで守ってもらえたら、きっと幸せな暮らしが送れます。でも、僕には、リューイチロより好きになる人は、この先一生できないと思うんです。だから……どうしても、彼と一緒に行きたい。どうかお願い、行かせてください、ダンテ……お兄さん」

初めて兄と呼ぶと、ダンテの肩がびくりと揺れる。

しばらくして、彼は「そうか……」と小さく答えた。

彼の腕が背中に回され、痛いくらいに強く抱き締められる。ティーノもまた彼を抱き返す。

ティーノの躰をゆっくりと離した彼は、鷹司をじろりと睨んだ。

「……必ず、この子を幸せにしろ。でないと、いつだって俺がそっちの世界まで連れ戻しに行くからな」

脅すように言われて、鷹司は力強く頷く。

「ああ、必ず。約束する」

それを聞くと、ダンテはティーノの頭をくしゃくしゃと撫でた。

いつものように皮肉な感じの視線を向けてから「ぜったいに幸せになれ」と強く命じる。

慌てて頷くと、少しだけ目を潤ませたダンテは口の端を上げた。

「さあ、塔に行くぞ。ふたりを同時に異世界へ送るのは至難の業だろうが、俺たちが必ず無事に送り届けてやる」

そう言い切った彼が、マントを翻して城の入り口へ向かう。

見送りに集まった者たちには、どうやら兄弟の名乗りなどの細かい会話は聞こえていないようだ。

だが、鷹司がティーノに求愛し、ダンテがティーノを引き留めに来たことだけは伝わったらしい。まるで健闘を称えるみたいに、城を出ていくダンテに拍手を送る者がいる。

見守っていてくれたらしい国王とトーリが、こちらを見て頷く。

皇太后エリーザは、泣きそうなアナンたち六つ子の肩に手を回して微笑んでいる。

「――じゃあ、俺たちも行こうか」

鷹司がティーノの手を力強く握る。

うん、とティーノも頷いて、彼の手を握り返した。

*

鷹司とともに彼の世界に戻ってから、ティーノの時間は慌ただしく過ぎていった。

玄関には鍵がかかったまま、窓が開いた高層マンションの一室からの行方不明事件は、どんな大騒ぎになっているかと心配していた。だが、警視庁勤務の太一郎があらゆるところに根回しをして、ニュースになることは避けられたようだ。

入院していた薫子以外にも、以前、立川が消えたあと、ふたり目の部下が消えたことになる鷹司の上司は、非常なショックを受けたらしい。

彼は、目をかけていた鷹司の無事を信じて、鷹司家とも相談し、職場では家の事情で休職ということにした。鷹司のポストも、そして海外赴任の予定もそのままにしてくれていた。

そうして、消えてから三か月以上も経って、唐突にマンションの敷地内で見つかった鷹司とティーノは、その間のことを警察にも身内にも、『なにも覚えていない』という一言で押し切るしかなかった。

できることなら打ち明けたい。だが、すべてを正直に話せば、おそらく正気を疑われる。

『異世界の王国に連れていかれて、その場で実の母と弟、そして捜していた同僚と再会し、しばらくの間そこで暮らしていました』という突拍子もない事実を伝えるより、覚えていないと言うほうがよほど現実的だったからだ。

戻ってすぐ、憔悴のあまりまた入院していた薫子に会いに行くと、彼女は病院の個室で息子の無事の帰還を泣いて喜んだ。少し痩せた太一郎は涙を見せなかったが、弟の肩を抱いて何度も頷いていた。

ティーノは、妻が心配で帰国したという鷹司の父親と、病院で初めて会うことになった。

「やあ、君が噂のティーノちゃんか」と、笑顔で対応した彼の父親は、六十代ながら渋いハンサムだった。退院した薫子を囲んで鷹司家の男三人が並ぶと、彼らの明るい会話に、血の繋がらない鷹司がまっすぐな優しい性格に育った理由がよくわかる気がして微笑ましくなった。

鷹司家の皆は、次男とともに戻ったティーノを家族同然に受け入れてくれた。だが、鷹司が「実は、ティーノと結婚したいと思う。赴任にも連れていくつもりだ」と言い出すと、さすがに驚かれたようで、一瞬部屋が静まり返った。

「で、でも、それは、ちょっと早いんじゃないかしら？」

記憶は戻らないが、たぶん十八歳は過ぎていると思うと伝えたが、それでも薫子は、ティーノがまだ若過ぎることを気にしているようだった。父親が「まあまあ、無事帰ってきたんだ。もう生きていてくれるだけでいいじゃないか」と味方をして、少し受け入れるのに時間がかかったものの、最終的には薫子も「息子が三人になるのね」と微笑んでくれた。

太一郎に至っては、驚いた様子もなく、「弟がふたりになった。しかも下の弟は超可愛いちびっこだ」と満足げだ。

ほらね、と鷹司は当然のように笑うが、ティーノは驚いていた。判明した自分の身元は明かせない。そんな自分との結婚を、まさか彼の家族に反対されずに済むだなんてと、鷹司家の人々の心の広さに感激した。

ロザーリアでは異性婚も同性婚も同じように許されていたが、日本ではつい数年前に同性婚が許されたばかりらしい。それがなければ、自分が彼の赴任先に帯同することは難しかったため、奇跡的なタイミングに感謝するばかりだ。

復帰した職場で鷹司が忙しく働く中、裁判所を通じてティーノの正式な戸籍を作る。時間はかかったが、やっとティーノの戸籍ができた日に、役所に鷹司との婚姻届を出しに行き、週末には身内だけで食事会をした。

その日から、ティーノは本当に鷹司家の一員となった。

「ティーノ、こっちだよ」

高い天井をした近代的なデザインの空港で、あたりをキョロキョロと見回す。身の回りのものを入れたスーツケースを引きながら、ティーノは呼ばれるがまま、急いで大きなスーツケースをふたつ転がす鷹司のあとをついて歩く。

こちらに戻ってから半年後の秋に、ティーノはすべての手続きを済ませ、赴任する彼に連れられて渡米した。

このために取ったパスポートには、鷹司の名字のあとに自分の名前が記されている。

こちらでは身元不明の身だった自分だが、鷹司の伴侶となったことで、地に足がついたような気がした。

初めての飛行機、初めての引っ越しに、初めての外国。

驚くことばかりだったが、長時間のフライトは、時空を超えて異世界に行くことに比べたら常識的な範囲内の出来事で、わくわくしながら空の旅を楽しめた。

空港の建物を出て、車が止まっているレーンに出る。

渡米前に住む部屋はネット上ですでに見つけてあり、あとは契約をするだけと聞いている。彼の赴任先に近い場所にある、家具付きのアパートメントらしい。

予約通り迎えに来たハイヤーの運転手と彼は英語で話し、大きなスーツケースの荷物を預けてしまう。

「乗らなくていいの？」と行ってしまうハイヤーを見送りながら狼狽えると、大丈夫だよと笑う。

鷹司は、なぜかべつのレンタカーを借りる手続きをして、その助手席にティーノを乗せた。

「……リューイチロ、アパートメントに行くんじゃないの？」

車窓の外を見ながら、ティーノは首を傾げた。

事前に、住む街がどんなふうかは調べてきた。だが、鷹司の運転する車はビルが立ち並ぶ都会を離れて　どんどん郊外へと向かっているように思えた。

初出勤の日までは一週間ほどの余裕があるはずだから問題はない。けれど、とりあえずはまっすぐに部屋に行くものだと思っていたのだが――。

「いや、出勤日までまだ少しあるから、ちょっと息抜き」

ハンドルを握りながら、彼が言う。

「ちょっと距離があるんだけど、父親が投資用に購入した別荘を自由に使っていいって言ってくれたんだ。二、三日はそっちに行ってゆっくりしよう」

まったく聞いていない話だったから驚いた。そういえば、何度か彼は父親と電話でやりとりをしていた気がする。渡米に関する話だとばかり思っていたが、あれはその別荘についての話だったのかもしれない。

「数日ゆっくりしてもいいの？」

日常生活を始める前に、足りないものや食材を買いに行って暮らしを整える必要がある。

「うん。ティーノも俺もいろいろあったし……ずっと慌ただしかったから、新生活を始める前の休日も必要だろ？」

横顔の彼が笑顔になる。ティーノも俄然行き先が楽しみになった。

「わあ……」

三時間ほど車を走らせてついたのは、周囲を森に囲まれた大きな邸宅だった。

ベッドルームは十以上あるというから、個人宅というより城に近い。敷地内にはプライベートプールの他に、テニスコートや馬場、それからなんと個人用のゴルフコースまでもがあるそうだ。

遙か遠くのほうまで他の家は見当たらず、明らかに一般的な別荘の域を超えている気がする。

「な、なんでこんな豪華なところ……？」

思わずティーノが訊ねると、彼は少し困ったように笑った。

「俺はさ……まだ竜に変身した経験が少ないだろう？　気をつけてはいるし、エルネストからいろいろと注意点も聞いてきたけど、なんの拍子に竜の姿になってしまうか、未だに自分でも制御し切れていないところがあるんだ。だから……万が一変身してしまったときのために、せめてこっちに着いた最初の数日だけでも、人目につかないところで過ごしたいと思って」と言われ、やっとこの小旅行の訳を納得した。

「そっか、ここならいつどこで竜に変身しても大丈夫なくらい広そうだもんね」

数段の階段を上がった玄関から、広大な敷地をぐるりと見回してティーノが明るく笑うと、鷹司も「そうだろ？」と頷く。

少し憂いを感じさせる彼の笑みが、ティーノは気になった。

向こうの世界でなら、竜への変身は敬われるべきものだ。だが、こちらでそんな事態が起これば、異端として騒がれ、まともに暮らすことすらできなくなるだろう。

彼がなるべく竜の姿に変化することのないよう、自分も協力しなければと決意する。

「使用人や料理人も手配できると言われたんだけど、数日だし、誰かを招くわけじゃないから不要だと断ったんだ」

ふたりとも料理はできるし、途中の食料品店で数日ぶんはじゅうぶんに持つ食料を買い込んできたから、なにも問題はないだろう。

広過ぎる室内をふたりで探検する。どの部屋も豪奢な設えであることに感嘆した。だが、どこかロザーリアの城にも似た雰囲気で、なんとなく親しみの湧く邸宅だ。

「今夜の夕食は僕が作るね」とティーノは通路の途中で彼を振り返る。

目が合うと、後ろをついてきていた鷹司が、なぜか笑みを消した。

腕を掴まれて、そっと躰を引き寄せられる。

「――だめだ。もう限界」

呟くみたいに言って、ティーノを抱き締め、鷹司がため息を吐く。

どうしたの、と訊ねる前に、彼は続けた。

「一度、竜の姿になってから、制御が効かなくて……どうしてなのか、ものすごく、君からいい匂いがするんだ」

首筋に鼻先を埋められる。

すうっと匂いを嗅がれて、ティーノは小さく身震いする。

顔を上げた鷹司が、ティーノの頬を両手で包み、そっと唇を重ねてくる。

「ん……」

優しく吸われ、甘い口付けにうっとりしていると、キスを解いた彼が苦しげに額を擦り合わせてきた。

「こっちについて早々、堪え性がなくて悪いと思うけど、もう我慢できそうもない……まだ早い時間だけど、ベッドに行ってもいいかな……？」

誤解のしようもないほどストレートに誘われて、ティーノは目を丸くする。

「なるべく、竜の姿にはならないように気をつけるから」と彼が急いでつけ加える。

(ああ、そっか、だから……)

彼がなぜ、街中のアパートメントの部屋ではなく、休日を過ごすためにこの邸宅を選んだのかがようやくわかって動揺した。

——竜人は、性的な興奮が過ぎると、制御できず、竜の姿に変化してしまうことがあるのだ。

その事実を思い出し、顔が真っ赤になるのを感じながら、ティーノはこくんと頷く。

ぎゅっと手を握られたかと思うと、唐突に鷹司の腕に横抱きに抱え上げられた。

ティーノを抱いたまま、彼は居間を出て、長い階段を上っていく。

さきほど覗いた寝室のうちのひとつに入り、鷹司は扉を閉めた。

五人は一緒に眠れそうな広々とした天蓋がついたベッドにティーノを座らせると、彼が靴と上着を脱がす。

「ティーノ」

緊張していると、名前を呼ばれてハッとした。ゆっくりとベッドの上に押し倒され、情熱的なキスが降ってくる。

ここには自分たち以外誰もいない。ふたりだけの休日だ。

甘い口付けと幸福な気持ちに酔い痴れているうちに、ティーノはシャツの前を開けられ、あっさりとズボンまで剥ぎ取られてしまう。

あとは、前を開けたシャツしか残っていない。

ティーノの両脇に腕を突いた鷹司が、じっと見下ろしてくる。

「……会ってから、もう一年か……ティーノはずいぶん大人っぽくなった気がする」

目を細めて言われて、ティーノは照れつつも笑顔になった。

最初に彼が自分を見つけてくれたときから、あとわずかで一年が経つ。

その間に、ティーノは少し背が伸びた。もう少しで十九歳の誕生日だ。

再会した太一郎や薫子にも言われた。消える前に比べて、どうしてか、ずいぶん落ち着いて見えるようになった、と。

おそらくは、ふたつの世界を行き来した怒涛の経験のためかと思うのだが、大人びたと言われると正直に嬉しかった。

そのおかげで、婚姻が可能な年齢であるという自己申告も無事に認められて、鷹司と結婚ができる運びになったからだ。

「大人っぽいじゃなくて、僕はもう大人だから」

少しだけ拗ねて言うと「そうだよな。わかってるんだけど」と彼は苦笑した。

彼の気持ちに対する不安は、ずっとあった。

なぜなら、入籍をしたその夜にも、鷹司は自分に性的な意味で触れてこようとはしなかったからだ。

未経験のティーノでも、初夜になにをするかぐらいは当然知っている。

もしかしたら、やはりトーリのことが忘れられないのか。または自分と結婚したこと自体が、そもそもの彼の気の迷いだったのではないかなどと心配は消えなかった——今日、このときまでは。

感慨深くティーノを見つめながら、彼が口を開く。

「……思えば、初めて君を意識し始めてから、ずっと長いこと気持ちをセーブしてきた」

意外な話に目を丸くする。

「まだこの子は子供なんだ、恋愛的な意味で好きになるわけにはいかない、って。気持ちをはっきり自覚したあとも、万が一竜になったらと思うと、怯えられて、嫌われるのが怖かった」

鷹司は小さくため息を吐く。

「……やっと、ティーノに触れられる」

清々《すがすが》しい笑みを見て、躰の力が抜けた。安堵のあまり泣きそうになる。

「だ、だったら、そう言ってくれたらよかったのに」

「ごめん、いろいろと余裕がなくて」

すまなそうに謝られると、それ以上拗ねていることはできなくなった。

元の世界に戻ってからの鷹司は、これまでの生活を取り戻し、ティーノとともに行く赴任のあらゆる準備をして本当に忙しかったのだ。

自分のことだけでも大変なのに、あえてティーノを一緒に連れてきてくれたことに、感謝の気持ちしかない。

いいよ、と頬を緩めて許すと、彼はホッとした顔になった。

そっとティーノの唇を啄んでから、改めて躰をじっと見下ろしてくる。

「すごく、綺麗な躰だ」

大きな手が、薄い胸元を優しく撫でる。淡いピンク色の乳首を捏ねられて、ティーノはびくんと肩を竦めた。丸くなぞられ、少し膨らんだところをきゅっと摘まれる。

「硬くなった……可愛いな。ここにキスをしてもいい？」

びっくりしている間に顔を伏せられ、乳首にそっと熱い唇が押しつけられる。

「えっ、やっ」

真っ赤になって狼狽えていると、ねっとりと舐め回され、ちゅっと音を立ててそこを吸われてしまう。

いやらしく胸を舐められると、刺激が背筋を伝って腰のほうまで響く気がした。

無意識に止めようとした手は、指を絡めて掴まれ、シーツの上に縫いつけられる。

「ん……っ、リュー、イチロ……胸、もうやだ……」

「嫌？　気持ち良くない？」

ぶるぶると首を横に振ったのに、なぜか微笑んだ彼にまた乳首を舐められてしまう。

両方の胸の先を散々舐め回されて、それだけで息も絶え絶えになる。

舌先で感じやすくなった乳首を捏ねられながら、ふいに性器を握られて、息を呑む。

「あっ」

いつの間にか半勃ちになっていたティーノのそこは、やんわりと掴まれて弄られると、あっという間に硬くなった。

「あっ、あ、やっ、ま、待って」

狼狽えているうち、乳首をじゅくっと吸われて強い刺激に仰け反る。

数度、扱かれただけで恥ずかしいことにティーノのそこはあっけなく蜜を吐いた。

息も絶え絶えになりながら、手で顔を隠す。

「恥ずかしくて、死にそう……」

「なぜ？　可愛いよ。初めてなのにこんなに乳首で感じてくれるなんて、興奮するな」

ティーノのぼやきに、腕を外させた鷹司は、嬉しげに鼻先にキスをしてくる。

呼吸が整うまでの間に、彼は膝立ちになり、ニットとシャツを脱ぎ捨てた。

しっかりと筋肉のついた大人の男の躰があらわになる。羞恥も忘れて、ティーノは思わず惚れ惚れと彼の躰を見つめた。

整った美貌は優しげな雰囲気なのに、鍛えられた肉体は腹筋が割れていて男らしい。

彼がズボンの前を開けて、取り出したものに一瞬ぽかんとする。

鷹司のそこはすでに張り詰めている。一緒のベッドで眠っていると、たまに朝、変化していることがあったが、そのときとも違う状態になっていた。

あのときもすごく大きいんだなと思ったけれど、太い膨らみが上向きになり、充血した彼の性器はまさに衝撃的な大きさだった。

思わずティーノは自分の躰を見下ろす。彼の唾液で濡れた乳首はつんと尖り、恥ずかしいくらいに濃いピンク色に変化して、充血してしまっている。同じ色に染まった半勃ちの性器は、反応していても小振りで、まだやや幼いかたちをしている。

（リューイチロの、僕の倍くらい大きい……）

すべてを脱いだ彼がベッドに乗り上げるのに羞恥と戸惑いを感じ、逃げるようにティーノはうつぶせになった。

「どうした、ティーノ……もしかして、怖い？」

のしかかってきた彼が、ティーノの肩先に口付けながら囁く。

「こ、怖くないけど……その、僕、上手にできるかなって心配で……」

ああ、と彼が苦笑する。

「大丈夫だよ。エルネストに聞いてきたから」

彼の弟で同じ竜人でもある国王エルネストによると、性行為をするときの竜の唾液は粘液のようになり、また、相手に強い催淫作用をもたらすものらしい。

変化せずとも、竜人であるロザーリアの王族の唾液にも同等の効果があるそうだ。

——唾液。

「だから、ティーノのここを舌で舐めて可愛がってもいいかな……？」

訊ねられながら、尻の狭間を撫でられて、ティーノはぎょっとした。

真っ赤になっているであろう顔をぶるぶると横に振って拒む。

「だけど、このままじゃぜったいに入らないと思うよ？」

「でも、そんなの……」

もじもじしていると、彼が小さくため息を吐く。「もちろん、俺だってティーノを抱きたいし、いますぐにでも自分のものにしたいけど……準備をさせてもらえないなら、今日は無理かな」

予想外の言葉に驚く。

「そ、そんな……」

「じゃあ、舐めさせてもらっていい？」

訊ねられて、どうしようもなくなる。仕方なくティーノはこくりと頷く。

「ありがとう、ティーノ」

頬にキスをしてきた彼に、腹の下に数個クッションを突っ込まれて、腰を高く持ち上げられた。

酷く恥ずかしい体勢になり、ティーノはぎゅっと目を閉じる。背後から鷹司の声が聞こえた。

「小さくて可愛いお尻だ。竜の唾液の様々な効能は聞いたけど、俺のものが本当にこんなに小さなところに入るのかな……。傷つけないか心配だから、よく濡らしておかないと」

そう言いながら、尻を掴まれて、そっとキスをされた。尻たぶを掴んで開かされた狭間に、温かな吐息がかかる。ちろ、と濡れた熱いものが触れる感覚に、ぞわりと総毛立った。

閉じた蕾を丁寧に舐め回される。

「あ……っ、ぅ……っ」

くすぐったさとえも言われぬ快感の交ざった感覚に、反射的にぶるっと身震いをする。

よく濡らしたあと、尻を両側に開かれ中に、舌がぬぷっと入り込んできた。

「ひ、あ……っ！」

耐え切れずにずり上がろうとしたとき、性器を握られて息を呑んだ。

触れられて、自分のそこが後ろを舐められたことでまた反応していたと気づかされる。

いつの間にか、しとどに濡れて蜜を垂らしている性器は、彼の手の動きでぬちゅっくちゅっと淫らな音を出す。

尻の孔に舌を挿入されながら、性器を扱かれるのはたまらない快感だった。

「う、んっ、はあ……っ、あぁ……」

時折、舌が抜かれ、張り詰めた睾丸や膨らんだ会陰までをも丹念に舐め回されてしまう。睾丸に甘く歯を立てられると、電流が走ったみたいな疼きで躰が痺れた。

竜人である彼がすでに興奮していることを表すかのように、唾液はねっとりとした蜂蜜のようになり、不思議に熱感がある。

「あっ、あ、ん！」

すっかり昂ってしまった躰は、後ろを舌で犯される強烈な刺激に、我慢ができなくなった。

後孔が彼の舌を締めつけ、扱かれていた前からぴゅっと少量の精液が溢れる。

後ろの孔を唾液が滴るまで濡らされて、散々舐められながら、ティーノは恥ずかしいことに、また達してしまっていた。

「――ティーノ、大丈夫？」

くたりとした躰を抱き抱えられて、ゆっくりと仰向けに寝かされる。

舌が抜かれても、まだ少し後ろの孔が開いているような気がした。

潤んだ目で見上げると、顔の横に手を突いた彼の蒼い目が、心配そうにこちらを見つめていた。

「もうちょっと解したほうがいいかな……それとも、少し休む？」

躰の奥まで竜人である彼の唾液で濡らされたせいか、四肢がくたくたでどこにも力が入らない。

とろとろに融けてぐったりしたティーノを気遣うように、彼が大きな手で頬を撫でる。

ぎくしゃくする動きで顔を動かし、ティーノは彼の手のひらに甘えるように顔を擦りつけた。

「も、もう、大丈夫だから……リューイチロの、挿れて……」

そう言うと、触れている彼の手がかすかにびくっとする。

吸われた小さな胸も、扱かれ過ぎた性器も、どこもかしこも疼いている。

初めてなのに、唾液を仕込まれて丹念に準備を施された後ろが彼を求めている。

一刻も早く、どうにかしてこの熱を収めてほしい。

「ただでさえ我慢してるのに……あんまり、煽らないでくれ」

苦しげに言って、鷹司がティーノの脚を大きく広げさせる。潤んだ目を向けると、彼の性器は
さきほど見たときよりも更に上を向いているのに驚く。気持ち良くされるばかりで、自分はまだ

「だから……いま、なんでそんな、可愛いことを言うんだ……」

必死に訴えると、中を押し広げる彼のものが更に硬さを帯びた気がした。

「大丈夫、だから、リューイチロの好きなようにして……？」

少し掠れた声で、こんなときまで優しく自分を気遣う鷹司に、焦れた気持ちが湧く。

「……どう？　痛みは？　辛いなら――」

奥のほうまで収められた感覚はあるものの、彼はそのまま動こうとはしない。

じわじわと呑み込まされるごとに、息を詰めて無意識に躰を硬くする。すると、『大丈夫だよ』というように、震える内腿を優しく撫でられた。

信じがたいくらい大きなものが、自分の中に入ってくる。息もできないほどの苦しさを感じたけれど、時間をかけて解してくれたからか、それとも竜人の唾液の効果なのか、思ったよりも抵抗はない。

「……っ、う、ぅ」

くりとそこを開かれた。

囁いた彼が、ティーノの濡れた後孔に性器の先端を押し当てる。こくりと頷くとともに、ゆっ

「辛かったら、言ってくれ」

そう熱くなった。

なんの奉仕もしていないのに、鷹司が激しく興奮していることがわかって、ティーノの躰もいっ

詰めた声を息を吐き出しながら苦しげに言い、鷹司がティーノの腰を掴み直す。

「ひ、あっ！」

ぐりっと奥を突かれて息を呑んだ。狭い粘膜をいっぱいにしている鷹司の性器が中のすべてを擦る。二度、三度と腰をわずかにずくずくと動かされるだけで、ティーノの全身に火がついたみたいに熱くなる。

腹の上では、二度出したはずの自分の性器が、また性懲りもなく硬くなっている。

「あっ、ま、待って、リューイチロ」

込み上げてくるものがあり、急いで言ったが「ごめん、もう待てない」と言われて絶望する。

「あぁっ、だって、僕、また出ちゃう……っ」

恥ずかしさを堪えながら涙目で訴えたのに、鷹司は動きを止めてはくれなかった。

「可愛いな。いいよ。恥ずかしがらないで、いっぱい出して」

そう言ったかと思うと、掴んだ腰を大きなストロークで揺らされて、腰に火花が散ったような快感が走る。

だめ、だめ、と泣きながら、どうしていいのかわからないまま、ティーノは触れてもいないのに、三回目の射精に至った。

胸を喘がせながら呆然としているとき、目に映ったものにティーノはハッとした。

「リューイチロ、それ……」

彼の引き締まった肩先に、うっすらと竜の鱗のようなものが現れている。

さきほどまではなかったはずのものだ。

熱が上がり、興奮で変化しかけているのかもしれない。

ティーノの視線で、彼も自分の変化に気づいたらしい。逆側の手で自らの肩を撫で、息を吐く。

「大丈夫、竜にはならないよ……いま変わったら、ティーノを傷つけちゃうからね」

安心させるように言うと、彼はティーノの手を握り、甲に恭しくキスをした。

どきどきしながら見ている間に、いつしか鱗は消えていった。緊張していたらしく、安堵でティーノは深い息を吐く。

「よかった、びっくりした……」

「驚かせてごめんね。お詫びに……もっと気持ち良くしてあげるから」

そう囁き、彼が濡れたティーノの性器をそっと握る。半萎えの先端を弄られて、動揺した。

「リューイチロ、そこ……」

「大丈夫、痛いことはしないから」

そう囁いて、彼が身を倒してくる。唇を塞がれて、舌を吸われると、躰の力が抜けてしまう。

「ん、ん」

濃厚なキスをしながら、彼はくちゅくちゅと音を立てて、握ったティーノの性器の先端を親指でぬるぬると擦り続ける。尻の中にはずっと彼の太いモノが押し込まれたままだ。たまに動かされるだけでも全身に響くほどの刺激なのに、達したあとの過敏な前まで弄られてはたまらない。

手を離して、と言いたいのに言えず、とんとんと必死で彼の肩を叩く。

腰を捩ろうとすると、よりいっそう深く呑み込まされて、喉の奥で喘いだ。

「んん、う……っ」

やっとキスを解いてくれた鷹司にホッとしたが、性器を擦る手を止めてはくれない。

「だめ、リューイチロ」

手を離してもらおうとしたが「いい子だから、もうちょっと我慢して？」と言って止めてくれない。拒むこともできないまま、だんだんと激しく擦る指の動きに、尿意に似た感覚を覚える。

半勃ちなので達しそうなのとはまた違う。失禁してしまいそうな気がして、焦りが湧いた。

「だめ、もう、ほんとにだめなんだってば」

必死に彼の手を掴むが、力の差もあってまったく剥がせない。

「……出ちゃいそう？」

顔を近づけてきた彼に訊ねられ、こくこくと頷く。耳元で、出して、と囁かれて、耳朶を食まれ、きつめに吸われる。

その瞬間、ふいに限界がきた。

ぴゅっと性器からなにかが溢れる。その飛沫は重なっている鷹司の腹にもかかる。躰が痺れるような感覚とともに吐き出されていく射精とは違う感覚は、衝撃的なものだった。

ティーノの額にキスをした彼が、腹を濡らした滴を手で掬い取る。

なにをするのかと思っていると、ぺろりと味わうようにそれを舐めた。

「やだ……っ」

「お漏らしじゃないんだよ、大丈夫」

美味しいよ、と言われて泣きそうになった。

わけがわからないティーノの前で、鷹司は嬉しそうに口の端を上げた。

「あんまりティーノが可愛いから、中が俺に慣れる前に、我慢できなくて無茶をしてしまいそうになった」

そろそろいいかな……と呟きながら、彼がぐったりしたティーノの腰を持ち上げ、脚を更に大きく開かせる。

え、と思ったときだった。ぐちゅっと音がして、ゆっくりと性器を引き抜かれる。

すぐにまたずぶりと突き込まれて、衝撃に息を呑んだ。ずっと彼の性器を挿れられていたティーノのそこは、少しも嫌がらずにふたたびそれを受け入れる。

「ああっ、あ、ひゃっ」

ぐちゅっ、くちゅっと蜜を捏ねる音を立てながら、ティーノの後孔は悦んで彼の楔を呑み込んでいる。

「可愛い……気持ちいいんだね、よかった……」

興奮した声で言いながら、彼がティーノの乳首を摘む。

「あぁんっ」

尖り切ったそこは、軽く弄られるだけでも四肢の先まで電流が走って身悶える。

狭い後孔を限界まで広げさせられ、苦しいぐらいにいっぱいだ。それなのに、繋がったところからじんじんと熱くなり、幸福感で満たされる。

三度も前で出し、そのあと失禁に似た行為までさせられたので、ティーノの性器は完全に萎えたままで、たらたらと滴を零すばかりだ。

「あぅ、あっ、やっ」

もう少しも腰から下に力が入らない。

それなのに、硬く滾った性器で中を擦られる快感に、後孔は恥ずかしいくらいにぎゅうぎゅうと蠢いて彼の性器を食い締めてしまっている。

頭の奥がちかちかして、奥を深く突かれるたびに強い快感で躰が痺れ、またなにか漏らしてしまいそうになる。

激しく腰を動かしながら身を重ねてきた鷹司が、欲を滲ませた目でティーノの目を覗き込んでくる。

「……気持ちいい？」

「ん、いい……、すごく、きもちいい……っ」

羞恥も忘れて、ティーノは素直に訴える。深く繋がっているせいか、理性がどこかに吹き飛んでいる。

「俺のこと、好き？」

甘い声で問いかけられて、鏡の中に、初めて彼の姿を見たときのことを思い出す。

——自分はあのとき、彼に一目惚れをしたのだ。だから、無理を押してでも異世界に行きたかった。

恥ずかしいくらいに無謀な初恋は、奇跡的に成就して、いま自分は彼のそばにいる。

感慨深く思い返す。魔術学校を卒業してからの怒涛の日々が、頭の中を過った。

「すき……、僕、リューイチロが、だいすき……！」

無我夢中で答えると、鷹司がふいに真剣な表情になった。

「俺も、大好きだよ……愛してる、ティーノ」

熱を込めた返事に感極まって頭がくらくらした。力の入らない腕を彼の項に回して、必死で抱きつく。

すぐさまかぶりつくような口付けが降ってきた。同時に貫かれたままの奥を、更にぐっと突かれる。

「……ン、んん……っ！」

最奥を繰り返し擦られて、彼の硬い腹で潰されたティーノの性器の先が、じわっと濡れる感触があった。

少し遅れて、中にどっと熱いものが注ぎ込まれる。

甘美な陶酔の中で、意識を失いかけたティーノは、腹の中に温かい光の存在を感じていた。

＊

渡米して一か月が経ち、こちらの日本大使館に配属になった鷹司は日々忙しくしている。ティーノは彼の暮らしを支えながら、今度は英語の勉強に励む日々だ。

時々鷹司に頼まれて使う遠見の魔術は、外交上の彼の仕事に非常に役立っているらしく、公共の治安に一役買えているという誇らしさもあった。

そんなある朝、ティーノは不思議な予感とともに目覚めた。

ふたりの住まいはワシントンＤＣの高級アパートメントのペントハウスだ。

スタイリッシュなデザインで、贅を凝らしたロザーリアの城の部屋とはまた違う豪華さがある。

広いベッドの隣に目をやるまでもなく、鷹司はまだ眠っているようだ。

（そういえば、竜人の王族の子供は、飛竜が連れてくるはずだけど……）

だが、ここはロザーリアとはべつの次元にある異世界だ。ここまでわざわざ連れてきてくれるなどということがあるのだろうか、と考え込んでいたときだ。

コン、と寝室の窓が外から叩かれる。

鷹司が怪訝そうな顔で目覚める。

「ん……いまの、なんの音だ……？」

まさか、と思い、慌ててティーノはその窓を開ける。

「うわっ!?」

窓の脇からひょこりと巨大な飛竜が顔を出す。驚愕して仰け反ったティーノを、背後から、鷹司が慌てて抱き留めてくれる。

なぜかとても迷惑そうで、やけに疲れ切った様子の飛竜は、口に持ち手を銜えた籠をずいとこちらに差し出してくる。

「あ、ありがとうございます……」

急いで受け取ると、すぐに飛竜は飛び上がり、あっという間にどこかに消えてしまった。

ぴー、という鳴き声にハッとする。

慌てて覗いた籠の中には、ぱっちりと蒼い目を開いた小さな小さな赤ん坊の竜と、割れかけた卵の中からこちらを覗いているもう一匹がいる。

「ティーノ、これは、いったい……？」

わけがわからないまま、横から籠の中身を覗き込んだ鷹司は、その中にいる小さな二匹の竜を見てぽかんとしている。目を開いているほうも、まだ卵の殻をお尻につけていて、本当に生まれたての様子だ。

動揺している鷹司は、竜人の王族である自分が、卵のままべつの時空に連れ去られたときの話を聞いたはずなのだが。

だが、その事実を知りはしても、自らの子がどのように生まれてくるのかという話とは、まだ繋がっていなかったらしい。

（そう言えば、僕、子供を産める躰なんだよってまだリューイチロに伝えてなかったっけ……）

そんな中で、「この子たちは、ロザーリアから飛竜が連れてきてくれた、僕らの赤ちゃんなんだよ」と伝えて、果たして信じてもらえるだろうか。

幸福な気持ちに包まれながら、頭の中で悩む。

「あのね、リューイチロ……」

これから、退屈する暇もない日々が始まりそうだ。

ティーノは彼に説明しながら、ふたりの間に恵まれたこの上なく可愛い宝物たちを見て微笑んだ。

END

あとがき

この本をお手に取ってくださりありがとうございます！

こちらは昨年四月に出た「救世主は異世界の王に求婚される」のスピンオフとなります。前作を読んでいなくてもわかるような感じにしたつもりですが、やはり前作も読んでいただけるとより楽しんでいただけると思いますので、もし今作を気に入っていただけたら、ぜひぜひそちらのほうも読んでみてやってください。

受けの橙莉の同僚だった鷹司は、橙莉が消えたあとどうなったのか？　鷹司のお相手は？　という感じで、丸々一冊、鷹司攻めの本です。

続編を書かせてもらえるというのは本当に嬉しいことなので、前作を買ってくださり、鷹司はどうなったのか気になる！　とご感想をくださった皆様に心から感謝です。

前作に引き続き、イラストを描いてくださったやすだしのぐ先生、美しくて可愛らしいイラストを本当にありがとうございました！　長身の鷹司、小柄でちょこまかしているティーノと、竜のイメージまで、本当にぴったりに描いてくださって感激です。

担当様、今回もとんでもなく長くなってしまい、お手数おかけして申し訳ありませんでした！　いつも優しい対応をしてくださり本当にありがとうございます。

そして、この本の制作と出版に関わってくださったすべての方に感謝申し上げます。

世界は未曽有の事態の最中ですが、少しでも、読んでくださった方の息抜きになれたら幸せです。

二〇二〇年七月　釘宮つかさ【@kugi_mofu】

プリズム文庫をお買い上げいただきまして
ありがとうございました。
この本を読んでのご意見・ご感想を
お待ちしております!

【ファンレターのあて先】
〒153-0051 東京都目黒区上目黒1-18-6 NMビル
(株)オークラ出版 プリズム文庫編集部
『釘宮つかさ先生』『やすだしのぐ先生』係

魔術師は竜王子の花嫁になる

2020年07月29日 初版発行

著 者 釘宮つかさ
発行人 長嶋うつぎ
発 行 株式会社オークラ出版
〒153-0051 東京都目黒区上目黒1-18-6 NMビル
営 業 TEL:03-3792-2411 FAX:03-3793-7048
編 集 TEL:03-3793-6756 FAX:03-5722-7626
郵便振替 00170-7-581612(加入者名:オークランド)
印 刷 中央精版印刷株式会社

ISBN978-4-7755-2933-1